PATRICK HOFMANN

NAGEL IM HIMMEL

ROMAN

PENGUIN VERLAG

meiner Mutter gewidmet

1

Er zählte. 37, 41, 43, 47. Die Zähne aufeinandergepresst. Ein blasser, zuletzt stark gewachsener Junge. Die dunkelblonden Haare kräuselten sich an der Seite. 53, 59, 61. Er saß schräg hinter seinem Vater im Auto, Samstagnachmittag auf einer Landstraße, unterwegs zur Urnenbeisetzung seiner Oma. Vor ihm die Stiefmutter, neben ihm deren Tochter Alexandra. Die Alten vorn, die Jungen hinten; männlich weiblich kreuzweis. Das flache Land südlich von Leipzig. Die Felder abgeerntet, umgepflügt. Nur hier und da noch dürrer Mais Mitte September.

67, 71, 73. Vor zehn Wochen hatte ihm die todkranke Großmutter erzählt, was sie nicht mit ins Grab nehmen wollte. Anfang Juli. Im gleichen Monat war er vierzehn geworden. Dann war endlich der Sommer vorbeigegangen, hatte die Schule wieder angefangen. Sein drittes Jahr an der Spezialschule.

79, 83, 89, 97. Er hatte immer gezählt. Zahlen waren seine ersten Wörter gewesen: *Eins, zwei, drei, ja! Vier, fünf, sechs, gut! Und noch ein Löffel, sieben, acht, neun.* Viel zu ihm gesprochen hatte niemand. Oder ihn gehalten; länger gehalten als nötig. Solche Berührungen ließen sich zählen. Und Zählen half. Die Zahlen halfen. Denn sie waren immer da. Nicht hier, aber da. Sein festester Halt, wenngleich imaginär. Er liebte Zahlen. Ganz besonders liebte er später die Primzahlen, von denen niemand wusste, woher sie kamen.

»Geschrien hasde«, hatte die Großmutter bei seinem letzten Besuch im Krankenhaus gekrächzt, »als dich Achim bekam vier Wochen nach der Geburt. Darauf hatten wir uns geeinigt: das Mädchen, ihre Eltern, ich, Harald un Achim, als der noch bei der NVA war. Grad ma achtzn war die un wollte weder den noch ein Baby. De Schwangerschaft hattese zu spät bemerkt. Als nich mehr abgetriem wern konnte. Adoptiern lassen wollte die dich. Aber ihre Eltern hatten erst mit der andern Seite sprechen wolln, mit uns, un die Adresse rausgefunden im Mai neununachtzsch.«

Niemand sagte ein Wort im Auto. 101, 103, 107. Alexandras ausgewachsener Körper irritierte Oliver. Er sah nicht hin. Er ging in die neunte Klasse des Spezi, sie ging in die zwölfte Klasse eines Gymnasiums bei Leipzig. Groß, dunkelhaarig, gelangweilt saß sie neben ihm. Ihre Mutter Vera, eine Angestellte in einem Baumarkt, war drei Jahre älter als sein Vater. Achim hatte die geschiedene Frau kennengelernt, als Oliver in die Grundschule kam. Ein Jahr später waren sie in ihr Haus gezogen, nur ein paar Dörfer entfernt von Olivers Großeltern Harald und Lisbeth Seuß. Die graublauen Augen zusammengekniffen, sah Oliver die kurzen schwarzen Haare, das freie Ohr, die glattrasierte Wange seines Vaters, der seit Jahren in einer Firma für Pumpen- und Abwasseranlagen arbeitete. 109, 113, 127.

»Geschrien, als der dich Ende August, da war der schon fertsch midder Armee, indn Arm hielt, denn du wolltest nich de Flasche. Geschaukelt hat der dich off sein Arm hin un her, mit dir ne Stunde durchn Ort geloofen isser, da hast du immer noch geschrien. Nichema n Kinderwagen hatte der besorgt. Da hat der dich dann ins Bettchen gelegt, is fort – un zwei Stunden später widdergekomm mit ner Fahne. Da hast du dann ooch getrunken.«

Die Urnenbeisetzung fand in kleinerem Kreis statt als die Trauerfeier vier Wochen zuvor, wobei sie immer noch zwanzig Leute waren. Auf dem frisch aufgestellten Grabstein war über Lisbeths Namen, Geburts- und Sterbedatum eben soviel Platz freigelassen worden. Oliver stand seitlich hinter seinem Vater. 317, 331, 337.

»Wie de Leute in dem Sommer abhauten un in Leipzsch drinne demonstrierten, hatten ja nich weiter intressiert. Der suchte Arbeit unne eigne Wohnung, wollte Musik machen, mit sein Kumpels rumziehn, feiern. Da ließ der dich oft bei mir. Das habsch ne Weile mitgemacht. Aber alser dann ma n ganzes Wochenende gar nich nach Hause kam, hats mir gelangt. Ich war dreinsechzsch un hatte fünf Kinder durchgebracht. Ich brauchte ma Ruhe. Da kamsde in de Wochenkrippe.«

Bis zu diesem Gespräch mit der Großmutter hatte Oliver von all dem kaum etwas gewusst. Über seine Mutter wurde nie geredet.

Neben dem rechteckigen dunklen Grabstein präsentierte der Bestatter mit weißen Handschuhen die Urne. Wie ein Zauberer seinen Lieblingstrick. Harald nahm sie noch einmal in die Hand, als ob er sie wiegen wollte, und reichte sie seinem Ältesten. Henry gab sie Achim weiter. Die drei Schwestern weigerten sich, die Urne anzufassen. Der Angestellte polierte den handlichen Metallkörper mit einem grünen Samttuch, bevor er ihn in das akkurat ausgehobene Loch des frisch bepflanzten Grabs versenkte, Erde nachstopfte und die Stelle mit einem Geranientopf krönte. Nachdem er sich aufgerichtet hatte, nickte der alte Mann ernst und entfernte sich.

383, 389, 397, 401.

»Dort warsde von Montag bis Freitag. Versorgt. Mit fünfnzwanzsch andern Babys von Leuten, wos wo ooch grad schwierig war. Hasde widder geschrien, dass dei Nabel offbrach un blutete. Damit konnten die aber umgehn. Da kam e Arzt, hat das genäht un verbunden un warsde dann ruhig. N Knuppel blieb dir von dem Bruch stehn. So dürre, wiede warst, fiel der richtig off unter nem Strampler. Das erschreckte jeden, der dich ma windelte. Wie so n Korken steckte das in deim Bauch. Ab un zu puderten wir den Zippel ein, denn das schien dich zu jucken. Wennde dich gekratzt hast, schimpften wir mit dir, pochten dir off de Fingerchen. Offem Bauch liegen durftsde ooch nich.«

Schwer atmend holte der Großvater aus einem Beutel eine zerbeulte grüne Feldflasche hervor. Seine Töchter sahen ihn verwirrt an. Harald drehte an dem knirschenden Deckel, sodass einige erschauerten. An den Stellen, wo die Farbe von der Flasche abgeplatzt war, schien das blanke Weißblech hervor wie ein Knochen. Endlich sprang der mit einem Strick gesicherte Schraubverschluss Harald aus den Händen.

Er hielt die Flasche hoch. »Diese Flasche hatte ich dabei, als ich mit Lisbeth s erste Mal verabredet war. Im Sommer nachm Krieg. Das Dorf zum Teil zerstört. Überfüllt mit vertriebnen Schlesiern. S gab kee Zimmer, keene Kammer, nichema ne Scheune, in der man ungestört hätte offm Stroh liegen könn. Die Felder abgeerntet. Kahl. Alle Wiesen, alle Straßenränder gemäht. Also ging wir indn Wald, obwo ihr das Angst machte, weil sie off dem Weg hierher durch viele Wälder hatte loofen, manchma sogar drin hatte schlafen oder sich verstecken müssen. Deswegen hatte ich in der Flasche Schnaps. Fracht mich nich, wie das möglich war, an Schnaps zu kommen nachm Krieg. Aber ohne die zwee, drei Schlucke Fusel wärse nich mitgekommen un wahrscheinlich ooch nich in Muckau gebliem.«

Harald hielt den Arm über das frische Grab, goss einen Schwapp über die Blumen und nippte selbst an der Flasche.

Die Leute schluckten. Aber nicht verwirrt wie beim ersten Anblick der Feldflasche, sondern überrascht, wie selbstverständlich diese Zeremonie sich vollzog.

Harald Seuß und seine Kinder waren nicht religiös. Was ein Sakrament war, wusste niemand mehr, obwohl einige noch getauft worden waren. Von den Jahrzehnten, in denen der Kommunistenstaat die Religion verunglimpft und bekämpft hatte, blieb ihnen eine Verachtung des Glaubens. Religion war einfach Humbug, Volksverdummung. Opium, wie jemand mal gesagt hatte. Punkt. Sie glaubten nicht an den Glauben. Das aber nicht aus schierer Gleichgültigkeit wie moderne Menschen, die, wenn sie von einem Schicksalsschlag getroffen worden wären, vielleicht doch eine höhere Macht hätten fürchten können. Sie standen der Kirche feindlich gegenüber wie gute alte Proletarier, die nur an den Lohn von und in ihren Händen glaubten. Diese Haltung zeigten sie sich aber zuletzt nur noch untereinander an ihren Mundwinkeln. Denn die Kirche genoss nach zwei Diktaturen allgemein wieder Anerkennung, und ihr gehörte der Friedhof.

Harald reichte die Flasche Henry, der von diesem Moment an überzeugt war, mit ihrer Hilfe an jenem Tag gezeugt worden zu sein. Nickend, mit vorgeschobenem Unterkiefer wog er die Reliquie in der Hand, nahm ein Schlückchen. Als Nächster Achim.

Oliver verzog genauso abschätzig wie sein Vater den Mund. 409, 419, 421. Er dachte an die Großmutter.

»Ne Arbeit hatter dann noch vor den ersten frein Wahln gefunden innem alten Maschinenbaubetrieb. Unne Wohnung in Kitzscher im Neubaugebiet. Aber mit den Betrieben lief das gar nich gut vor unnoch lange nach der Währungsunion. Da brach ja fast alles zusammen oder wurde kaputt gemacht. Da warer immer widder ma arbeitslos un schimpfte off de Politik. Zumindest hatter dann für dich nen normalen Krippenplatz gekrigt. Ich dachte ja, dassm das Halt gibt, wenner dich jeden Tag hinbringt un abholt. Aber öfter hab ich das gemacht. Oder ooch ma Simone. Wenner nich gekommen war un die uns anriefen. Wir hatten ja n Telefon, also Harald, als Parteisekretär. Sonst wärsde villei ins Heim gekommen.«

Die Flasche ging von Hand zu Hand, Mund zu Mund zu Oliver. Achims Schwestern sahen streng zu ihrem jüngeren Bruder. Der rührte sich nicht. Oliver wusste nicht, was stärker brannte: Haralds Schnaps oder Lisbeths Worte.

»Andn Wochenenden hadder dich manchma bei uns abgeliefert. Manchma ließer dich ooch offm Balkon in der Wohnung. Hochparterre. Im Kinderwagen. Du warst das gewöhnt von der Wochenkrippe: vier Stunden bis zur nächsten Mahlzeit, hast geschlafen oder warst ruhig. Nach vier Stunden kam er dann zurück, gab dir Essen. Ich hab manchma geheult, wenner sich widder irgendwo rumtrieb. Aber jemand hat immer nach dir geschaut.«

Sie standen auf dem Friedhof. Seine Onkel und Tanten unterhielten sich.

»Ich hab das«, sagte Margit, Olivers älteste Tante, »schonn geregelt, dass ich später ma in so e anonymes, naja, Massengrab komme. Da braucht sich niemand weiter drum kümmern.«

Simone, die jüngste der Geschwister, klammerte sich entsetzt an den Arm ihres Ehemanns.

»Wenn ich ma nich mehr bin«, fuhr Margit fort, »kann Lothar oder von mir aus Nathalie glei n Container komm lassen.« Nathalie – sie trug dieselbe Kleidung wie in der

Schule – stand daneben. »Meine Sachen, das kann alles ma weg. Wen interessiert schonn mei Zeug? Ooch meine Fotos. Wer guckt in die Alben noch rein? Die hab ich ja selbst de letztn Jahre nich in de Hand genommen.«

»Weilde ahmds immer fernsiehst«, sagte Lothar.

»Genau. Ab inn Container. Un wenn das erlaubt wäre, könntense mich glei mit entsorgen. Damit hätte sichs getan. War schön gewesen. Danke.«

»Jetz hör aber ma off«, schimpfte Lothar. »So weit kommts noch.«

»Ja, so weit kommts noch.« Margit verzog den Mund.

Die zerbeulte Feldflasche ging noch einmal rum. So viel passte da rein. Die Frauen wollten nicht mehr. Oliver hingegen bekam die Flasche abermals in die Hände. Trotzig begegnete er den besorgten Blicken und schüttelte sich.

Sie gingen zum Haus des Großvaters, in den Garten, holten Tische und Stühle aus dem Schuppen, stellten sie mitten auf die Wiese, wie es Lisbeth gemocht hatte. Hier und da stachen dann die Stuhlbeine unter den Kräftigsten in den Rasen. Die erschraken auf ihren schiefen Sitzen über den verkürzten Abstand zu der Erde, die gerade die Urne aufgenommen hatte.

Die Geschwister hatten sich abgesprochen und jeder etwas mitgebracht. Bier, Wein, zwei Flaschen Schnaps, Kekse, Kaffee in Thermoskannen, Selters. Die Frauen holten Gläser und kleine Teller aus dem Haus. Am Tisch erzählten sie von Lisbeth, was für eine gute Seele sie gewesen war, mit welcher Geduld sie den Schornstein verfugt hatte und die Natursteine am Sockel des Hauses. Margit erzählte die Geschichte, wie sich Lisbeth während eines Ostseeurlaubs mit einer Frau im benachbarten Strandkorb angefreundet hatte und die ihren Ehering verlor im Meer, wie Lisbeth sich die Stelle zeigen ließ, ungefähr, wo der das Gold vom kalten Finger in die See geglitten sein mochte, und das Ding tatsächlich, ja ja ja, im flachen Wasser entdeckte und herausfischte unglaublicherweise.

Damit es nicht zu traurig wurde, bat Harald seinen Jüngsten, etwas Lustiges zu erzählen.

Achim zog die Stirn hoch.

So ernst und nüchtern wie noch vor einer Stunde waren auch nicht mehr alle.

»Muss nich so verwegen sein wie Papas Geschichte«, sagte Margit und stellte die fast leere Flasche Schnaps weiter weg von Oliver.

»Mach schonn, du Dampfhans«, sagte der Alte.

»Naja«, Achim rieb die Lippen aneinander, »mir ham ja ma ne Zeit lang, also n paar Fußballer, in der alten Schule, alses die noch gab, Tischtennis gespielt.«

601. 607.

»Mit een oder zwei Kästen Bier. Un da kam ooch manchma der Bäcke rüber. Der alte. Wilfried. Der ja nu ooch schon …«

Simone hüstelte.

Oliver stand auf. Die Geschichte kannte er. Kannten die meisten. Die berühmte Wette. Den Wettlauf mit dem Sack Mehl. Er schwankte, argwöhnische Blicke im Rücken, über die Wiese, 613, 617, pinkelte hinter die Büsche, außer Hörweite.

Zwei Stunden hatte er im Krankenhaus an Lisbeths Bett gesessen. Am Ende nahm sie seine Hand, weinte. »Die Wochenkrippe.« Sie brauchte Pausen, bis sie weitersprechen konnte. »Der Balkon.« Sie schluchzte erschöpft. »Das is damals für alle schwer gewesen.« Mit leeren Augen hatte Lisbeth ihn angeschaut, als er sich von ihr verabschiedete.

619. 631. Langsam ging er zurück, fast gerade.

Die Familie drängte sich um Achim. »Als ich dem rückzu von der Eiche begegnete, warn meine Arme schonn zwee Meter lang.«

Oliver kannte jede Einzelheit, wie sein Vater mit dem Sack zu Boden ging. Es waren mit den Jahren immer neue Einzelheiten hinzugekommen von den Schmerzen, von dem Kampf. Er hatte Achim dafür bewundert und es akzeptiert, hinter ihm zu verschwinden, selbst nichts zu erzählen von sich, von der Schule, der Mathematik. Selten einmal war er von Achim oder einem Verwandten gefragt worden, wie es in Grimma auf der Schule lief und ob er später Professor werden wolle – in einem Ton, der ihn warnen sollte, sich nicht aufzuspielen.

»Richtig klar, wie ich da hingeknallt bin, war mir das nich. Immeim Kopp drehte sich alles. Ich klebte off der Straße un konnte kee Glied rühren.«

641. 643. Oliver schnappte sich ein Schnapsglas und trank es aus in einem Zug.

»Eh, sach ma«, fuhr ihn Henry an.

Streng sahen Margit und Effi zu ihrem pubertierenden Neffen auf, ob der nicht kapiert hätte, warum an diesem Tag alle Männer zum Pinkeln ins Haus gingen. Was bildete der sich ein!? Weil er auf der Spezialschule war? Brachte man denen dort das Saufen bei? Hochgeschossen und ungepflegt mit einem bösen Blick lief der hier rum; nicht mal dunkle Sachen hatte der angezogen – vielleicht aber auch gar nicht bekommen von Achim.

»Erst so nach un nach«, Achim sah jetzt müde aus, abgekämpft, obwohl das in ihm glühte; er blickte in die Augen seiner Schwestern, seines Vaters, Bruders, in das grimmige Gesicht seines Sohnes, zu Lisbeths Freundinnen, »verstand ich, dass der Zentner off meim Bauch lag un machte, dass ich kaum Luft kriegte. Dass ich den nich losgelassen hatte. Die Jungs schrien: Der kommt, der kommt! Tatsächlich lief der Bäcke an mir vorbei, sah mich off dem Asphalt un lief weiter. Die Kerle schrien: Mensch, steh off! Die Wette is noch nich verlorn. Das kannsde noch packen! Aber wie sollte ich offstehn mit dem Sack offm Wanst?«

647. Oliver war schwindlig. Er schüttelte den Kopf, als ob ihn ein Insekt belästigte, und setzte sich auf seinen Stuhl. 653. Sie wollten ja auch gar nichts hören von Mathematik, wenn sie doch einmal fragten, sondern erzählten immer gleich, wie schwer ihnen Mathe in der Schule gefallen sei, was für schlechte Noten sie bekommen hätten, dass er die Begabung schwerlich von den Seußens haben könne. Dabei rümpften sie die Nase.

»Da bewegte ich een Finger. Eene Hand. Een Arm. Een Been. Fing wie so n Käfer an zu strampeln. Ich stöhnte wien Angestochener. Wie ich das geschafft hab, mich da so hochzudrücken, war Wahnsinn. Ich schrie, schrie, dass der Bäcke sich nach mir umdrehte, wie ich widderofferstanden war. Von den Toten.«

Einige Zuhörer schluckten. Simone sah zu ihrem Vater. Harald zeigte keine Reaktion.

»Ich schmiss mir, ich weeß nich wie, den Sack off die Schulter un marschierte los. Dem Bäcke hinterher. Den Jungs stand das Maul offen. Un der Bäcke fing ooch an zu rennen kurz vor seim Haus. Zumindest versuchte der das. Ein Gejohle un Gekreische gab das. S halbe Dorf stand an der Straße. Die Alten feuerten den Bäcke an, die Jungen mich.«

659. Ganz klein und leise schloss Oliver die Augen, gab allen Widerstand auf gegen den schwirrenden Alkohol und die wirbelnden Sätze seines Vaters.

»Un dann hattich n genau vor mir. Der alte Asthmatiker fiepte. Der schaute so qualvoll zu mir rüber mit rausgequetschten Oochen, so wenig Luft bekam der nur noch. So wie ich vorher. Am Boden. Aber da war der an mir vorbeispaziert. Beim Tischtennis hatter ooch keene Gnade gekannt. Un wie ich an dem vorbeizog in der Einfahrt zu seim Hof, grapschte der nach mir! Ich sprang die letzten Schritte zur Backstube hoch. Un dort endlich vor der Tür hab ich den Sack hingeknallt un mich umgedreht. Da kroch der seine Offfahrt hoch, un die Alten off der Straßen warn alle stumm. Nur meine Jungs grölten.«

»Sechs sechs eins«, piepste es zwischen den gebannten Menschen. Ohne mit den Armen zu rudern oder zu versuchen, sich irgendwo festzuhalten, kippte Oliver auf seinem Stuhl nach hinten und schlug mit dem Hinterkopf im Gras auf einen Stein.

»Der Bäcke«, Achim hob den Kopf mit verklärtem Blick, »kam dann nie widder zum ...« Effi, die mittlere der Schwestern, stieß Achim in die Seite.

Sie sprangen auf, rüttelten den Jungen, drehten ihn hin und her, richteten ihn auf. Aber der blieb bewusstlos, sodass sie schließlich den Rettungsdienst anriefen. Ein Krankenwagen kam. Die ältere Notärztin fragte Achim streng, wie er es hatte zulassen können, dass sich sein minderjähriger Sohn auf einer Familienfeier so betrank. Achim musste etwas unterschreiben. Nachdem sie Oliver in den Wagen geschoben hatten, rief die Ärztin über die Wiese, ob denn nicht vielleicht der Vater oder sonst irgendjemand mitfahren wolle.

2

Das gelb-rot-braune Zackenmuster drang in ihn ein. Das Raster wuchs zu einem riesigen Mikado an, wucherte, stürzte zusammen, fiel auseinander, kontrahierte zwischen Chaos und Leere, immer schneller. Er versuchte, das explodierende Wirrwarr zu bändigen. Aber es wurde nur umso größer, verknäulter – blitzend starr, bevor es wieder umschlug. Nichts und niemand half. Er versuchte, es abzuschütteln, drehte den schmerzenden Kopf auf dem Kissen von einer Seite auf die andere Seite, ritt sich immer tiefer hinein in dieses heillose Pulsieren. In seiner Angst vor dem Nichts beschwor er die Balken, Linien, Streben. Hin und her ging das. Irgendwann kam ein Rhythmus in die Bewegungen, löste sich alles auf, beruhigte er sich.

Der Druck in seinem Kopf ließ nach. Er befand sich in einem warmen Zimmer. Am Fenster der Vorhang mit Zackenmuster bewegte sich von der Luft, die hereinwehte. Er lag in einem fremden Bett mit seitlichem Gestänge – zwei Wochen lang, dann konnte er das Krankenhaus verlassen. Die Beule an seinem Hinterkopf verschwand. Was ihm blieb von dem Sturz am Tag der Urnenbeisetzung seiner Großmutter, waren Kopfschmerzen ab und zu und das Kopfwackeln, in das er fand, wenn er auf dem Rücken im Bett lag, von links nach rechts, rechts nach links, mit geschlossenen Augen und einem friedlichen Gesicht, 3137, 3163, hin und her, 3167, 3169, von einer Seite zur anderen Seite, bis ihn die Primzahlen schlafen ließen.

Als er aber Anfang Oktober zurückkam in die Schule, begann er, die Mathematik zu vernachlässigen und andere Dinge zu treiben: Gedichte zu schreiben, Kant zu lesen, Wittgenstein, zu zeichnen, wobei er über Stümpereien nicht hinauskam. Gerade in den Fächern, wo er mittelmäßig war, strengte er sich nun manchmal an: Sport, Französisch, Geschichte – was an Selbstverleugnung grenzte und die Lehrer genauso stutzig machte wie seine Mitschüler.

Seine schnelle Auffassungsgabe in Mathematik war schon an der Grundschule gefördert worden. Zweimal hatte Oliver erste Plätze bei kleineren Mathematik-Olympiaden in Sachsen belegt. Mit zwölf war er ans Spezi nach Grimma gekommen, die deutschlandweit älteste Spezialschule für Mathematik und Naturwissenschaften, die zahlreiche bedeutende Wissenschaftler und Ingenieure hervorgebracht hatte. Das ging in seinem Fall ganz unkompliziert und stieß bei Achim auf keinerlei Bedenken – im Gegenteil. Einerseits war das Vertrauen in die staatlichen Bildungsanstalten ungebrochen groß in Ostdeutschland. Andererseits sollten die Kinder früh hinaus ins Leben. Stubenhocker und Einzelgänger sahen sie in seiner Familie nicht gern. Die sollten sich draußen mal schön ihre Hörner abstoßen. Beim Spezi musste man wirklich nicht lange überlegen. Diese DDR-Schule war dreißig Jahre lang so erfolgreich gewesen und hatte so einflussreiche und ideologisch unbelastete Fürsprecher gehabt, dass sie nicht nur die Wiedervereinigung überstand, sondern auch das Vorbild abgab für zwei weitere Einrichtungen in den alten Bundesländern, ein seltener Vorgang deutsch-deutschen Lernens, der natürlich einen neuen Namen brauchte. Die Plätze an den drei Gauß-Schulen waren außerordentlich begehrt. Einen davon hatte Oliver zwei Jahre zuvor ohne Aufnahmeprüfung bekommen.

Alles war ihm leichtgefallen im Internat und im Unterricht: die Regeln, die Aufgaben, der Stoff. Er war das Gegenteil von einem Muttersöhnchen, also im Vorteil. Auch nach ein paar Monaten, als die anderen sich an das neue Leben gewöhnt hatten, fühlte er sich weiter gut. Hier waren alle gleich. Die Mathematik liebte er nicht nur ihrer Präzision und Kälte, sondern mehr und mehr ihrer rätselhaften Tiefe wegen. Zum einen die Klarheit, zum anderen unerforschte Dunkelheit. Durch seine Fähigkeiten und erst recht durch sein Verhalten zählte er bald zu den Cracks, die stunden- oder sogar tagelang über einem Problem brüten konnten und danach unverständliche Erklärungen abgaben.

Die Fachlehrerschaft teilte sich in eine Gruppe, die Vorhersagen über eine vielversprechende akademische Zukunft der begabtesten Zöglinge mochte, und eine andere Gruppe, die derlei Spekulationen mit Schilderungen der tatsächlichen Lebenswege einstmals hoffnungsvoller Schulabgänger entgegentrat. In der Geschichte des Spezi und der gesamtdeutschen Gauß-Schulen hatten bislang zwei Absolventen die Fields-Medaille bekommen, die renommierteste Auszeichnung für Mathematiker bis vierzig. Die Bestimmung des Verhältnisses der Wahrscheinlichkeit, es als Gaußianer bis ganz nach oben zu schaffen, zur Wahrscheinlichkeit, sechs Richtige im Lotto zu tippen, stellte eine beliebte Aufgabe für die Neuankömmlinge dar. Die Chancen für sie standen zweieinhalbtausendmal besser als für Glücksspieler.

Oliver war ein Einzelgänger, der wenig in Berührung kam mit Menschen oder Dingen, der sich an seiner Umwelt nicht stieß, nicht rieb, der sich nie beeilte, der wortkarg und abgehoben seinem Weg folgte. Er schwitzte nie. Wochenlang konnte er dieselbe Hose tragen. Er besaß zwei Jeans, drei schwarze

T-Shirts, zwei schwarze Pullover – hauptsächlich. Gehänselt wurde er nicht, dafür machte er einen zu finsteren Eindruck, wobei er die Unscheinbarkeit bevorzugte. Er wollte seine Ruhe haben. Sport verachtete er. Trotzdem war er schlank. Er aß drei Mahlzeiten, ohne jemals Nachschlag zu verlangen und nachmittags ein Stück Kuchen.

Seit jenem Sturz nach der Urnenbeisetzung hatte Achim seinem Sohn gelegentlich Geschenke gemacht oder umstandslos – ohne die üblichen Anlässe wie Geburtstag, Weihnachten oder Schulzeugnisse abzuwarten – die Wünsche erfüllt, die Oliver selten genug einmal vorbrachte: einen Computer, eine Angelausrüstung, ein Zelt, Abfahrtsski. Die wollte sich Oliver bei den Winterferienfahrten mit dem Spezi nicht jedes Jahr ausleihen müssen.

Ein-, zweimal sagte Vera, wie gut der Junge es doch habe, wie sehr man ihn verwöhne. Da hörte Oliver auf, irgendwelche Wünsche vorzubringen. Seit jenem letzten Gespräch mit der Großmutter betrachtete er Achims Stolz auf seine mathematischen Erfolge mit Argwohn. In der Freude, dass aus ihm ein ordentlicher Mathematiker werden könnte, roch er die Erleichterung, ihn los zu sein. Deswegen fing er in der neunten Klasse damit an, die Leute ab und zu mit seinem Desinteresse an dem Fach zu ärgern.

In der zehnten Klasse gab es Vorbereitungskurse, Wettkämpfe, spezielle Nachwuchsworkshops an der Universität Leipzig oder Halle, zu denen er angemeldet war, aber nicht hinfuhr, wo er – was niemand wusste – allein über das Wochenende irgendwo angelte. Zu einer nationalen Schülerolympiade in den Winterferien Mitte Februar 2005 hatte er sich von Achim ein Hotel in Oberwiesenthal buchen lassen und sich tatsächlich auf den kurzen Schneepisten des

Erzgebirges herumgetrieben, während sein Team ihn in Stuttgart vermisste. Das hatte Ärger gegeben in der Schule und mit Achim, der von der Direktorin angerufen worden war. Weder erklärte noch entschuldigte sich Oliver. Er brillierte allerdings in den nächsten Wochen bei der Untersuchung stochastischer Prozesse. Woher sein mathematisches Talent kam, konnte niemand sagen. Darüber mochte niemand Vermutungen anstellen. Er selbst am allerwenigsten.

Mitunter blickten oder schielten seine Mitschüler im Mathematikunterricht bei einer schwierigen Aufgabe zu ihm hinüber, lächelte auch der Lehrer Oliver an. Die Frage war, ob der zugehört hatte. Es war nicht so, dass er die schwierigsten Aufgaben löste und die einfachsten Dinge übersah, dass er die Herausforderung brauchte. Es war nicht seine Nachlässigkeit, Launenhaftigkeit oder Arroganz, die manchen Lehrer zur Verzweiflung brachte, sondern etwas anderes, das ihnen Rätsel aufgab. Manchmal schien er fast so etwas wie Hass auf sein außerordentliches Geschick zu haben. In einer solchen Stimmung ging Oliver bestenfalls nachmittags spazieren oder angeln über ein Wochenende an einem See zu Hause.

Einerseits trieb Oliver seine Begabung, seine Fähigkeit zum arithmetischen Sehen, das sogleich Strukturen im Unübersichtlichen erkannte, immer tiefer in die Mathematik. Andererseits hielt ihn eine schmerzende Leere davon ab, sich länger an dieser Wissenschaft zu erfreuen. Bevor er allerdings nachdachte über sich, warum er so zurückhaltend blieb, wo es ihm doch gefiel an der Schule, warum er nicht aufging unter seinesgleichen, stürzte er sich lieber in mathematische Probleme.

Anfang der elften Klasse machte Oliver zwei Entdeckungen. Die erste war Bach: *Kunst der Fuge, Brandenburgische Konzerte, Englische Suiten, Goldberg-Variationen, Wohltemperiertes*

Klavier. Nicht die Kantaten, nicht die Passionen. Darin gab es zu viel Schmerz, zu großes Leid bis zur Erlösung. Sondern das Leichte, die Kanalisierung des Himmels, die Mathematik der Sphären, die Mechanik der Schönheit. Ihn verblüffte die Ordnung, in der sich die Töne genauso unaufhaltsam wie prächtig übereinander ergossen. Für sein Herz – an eine Seele glaubte Oliver trotz des häufigen Umgangs mit Unendlichkeiten nicht – war diese Musik Medizin. Damit konnte er sich stundenlang mathematischen Aufgaben widmen. Er hörte die Musik leise mit Kopfhörern, hochkonzentriert, saß in der Bibliothek über alten und neuen Heften der Schülerzeitschriften *Alpha* und *Die Wurzel,* las populärwissenschaftliche Einführungen in die Mathematik und sonstige für den wissenschaftlichen Nachwuchs gedachte oder für zumutbar gehaltene Mathematikbücher.

$$\zeta(s) = \prod_p \frac{1}{1 - p^{-s}}$$

Bei Euler stieß er auf die Zeta-Funktion und das wunderbare Euler-Produkt, eine unendliche Summe. Er beschäftigte sich mit Primzahlen – am einfachsten im Allgemeinen zu definieren, am schwierigsten im Einzelnen auszurechnen, so 1) mysteriös und unnütz wie alle schönen Dinge –, mit diophantischen Gleichungen, dem Euklidischen Algorithmus, mit Kettenbrüchen, Graphentheorie, Kartenfärbungen, dem Vierfarbenproblem, Kombinatorik, hyperbolischer Geometrie, chaotischem Verhalten und Fraktalen, erfuhr von Banach-Räumen, studierte den Satz von Wilson, den Kleinen Fermat, ging Schritt für Schritt diese Theorien und Beweise nach. An guten Tagen breitete sich vor ihm der Kosmos der Mathematik in seiner fantastischen Vertracktheit aus. Die Musik harmonierte perfekt mit seinem Studium. Etwas renkte sich ein, fügte sich. Welch guter Rausch, seinen Geist so fließen zu lassen! Nur hin und wieder erinnerte ihn eine Migräne, ein Drücken in seinem Hinterkopf, an den Sturz.

Die zweite Entdeckung war Bier. Einige Mitschüler standen regelmäßig abends in kleinen Gruppen an einem zur Schule gehörenden Pavillon am Fluss. Natürlich mehr junge Männer als Frauen, aber verhältnismäßig mehr Frauen als in den Klassen. Einmal ließ sich Oliver überreden, mitzukommen. Sie drückten ihm ein Bier in die Hand. Alkohol hatte er seit Lisbeths Urnenbeisetzung nicht mehr angerührt. Er stand da, hörte hin mit halbem Ohr, lehnte eine Zigarette ab oder, er war sich nicht sicher, einen Joint. Nach einer viertel Stunde ging ihm auf, dass es nicht das Geplapper war, was ihn einlullte und grinsen ließ, sondern der schwachprozentige Alkohol. Eine Weile ging er dann regelmäßig mit, probierte verschiedene Getränke, experimentierte, wie viel wovon ihm bekam.

Als er verstanden hatte, wie er trinken musste, damit sich ihm die Sphären öffneten, war klar, dass ihn das Lachen und Kichern, die Blicke, das Flirten, Sich-Zieren und Großtun nur störten. Als jemand auf einem iPod mit Minilautsprecher Hip-Hop spielte, war es ganz aus. Oliver ging am Fluss entlang und fand eine Stelle, wo er ungestört sitzen konnte.

Mit einer Flasche Bier in der Jacke ging er regelmäßig los im Herbst und auch noch im Winter. Das Bier zischte, der Fluss zog dahin, der Himmel wölbte sich. Nach dem dritten Schluck begann das Rauschen – ein Stromkreis, der sich in seinem Gehirn schloss. Das Rauschen rief die Musik. Der Musik folgte die Mathematik. Die Kunst bestand darin, diese Schwingungen nicht zu ersäufen. Weiter als mit 0,33 Liter ließ sich das Kopfkonzert nicht entfalten. Mehr Bier machte die Klänge schwer, wild, trüb. Dann verwandelten sich die Harmonien in etwas Dunkles, Erdiges. Außerdem schmeckte das Bier, so langsam, wie er trank, am Ende schal in einer großen Flasche. Bei einer kleinen blieb das Rauschen gut, kontrollierbar, produktiv. An diesem Punkt, auf diesem Niveau ließ es sich zwar nicht lange halten, aber auch das Verfliegen der Töne konnte er genießen. Darin bewies sich gerade die Schönheit des Vergnügens. Das schwingende Echo sank in ihn ein und hinterließ ein Glücksgefühl, das er öfter mit hoch auf das Vier-Mann-Zimmer nahm, wo er noch eine Weile für Mathematik empfänglich blieb. So ertrug er die Zumutungen des beengten Zusammenlebens. Zur Nachtruhe in dem einen Doppelstockbett unten wackelte er sich manchmal mit dem Kopf in den Schlaf, während die anderen drei onanierten. Ein Gequietsche. Aber danach schliefen sie.

Bach und Bier machten Olivers Welt heller. Damit schwebte er über der Bodenlosigkeit seines Lebens.

An schlechten Tagen, meist vor oder nach den Ferien, meldete er sich morgens öfter krank wegen Kopfschmerzen, blieb allein auf dem Zimmer, starrte aus dem Fenster über die Mulde.

Er versäumte nicht nur immer wieder viele Tage Unterricht. Schon das zweite Jahr hintereinander verpasste er die nationale Mathematik-Olympiade, bei der er als Dreizehnjähriger die volle Punktzahl erreicht hatte.

Die Direktorin seiner Schule, eine promovierte Mathematikerin aus Rheinland-Pfalz, hatte während ihrer mittlerweile achtjährigen Amtszeit noch nie den internen Wettbewerb zwischen den drei Gauß-Schulen gewonnen. In sechs Monaten standen die Drei-Jahres-Evaluationen an, die nicht nur Auswirkungen auf das Budget hatten, sondern dieses Mal auch über eine schon länger diskutierte informationstechnologische Neuausrichtung der Bildungsstätte entscheiden sollten. Dieses Ansinnen des sächsischen Bildungsministeriums empörte den Großteil des Kollegiums, wobei die älteren Ostdeutschen dahinter sogleich ein politisches Motiv witterten, die einstmals so erfolgreiche Einrichtung von ihrer ruhmreichen Geschichte abzuschneiden. Insbesondere der Vorgänger der Direktorin, der wegen seiner SED-Zugehörigkeit nach der Wende abgesetzt worden war, brüstete sich immer wieder mit den noch unter seiner Ägide zahlreich bei der Internationalen Mathematik-Olympiade gewonnenen Goldmedaillen und Silbermedaillen. Dass die Schule immer weiter an Renommee verlor, lag aber vor allem daran, dass die anderen beiden Schulen in den reicheren alten Bundesländern seit Jahren hoffnungsvolle Talente aus Osteuropa, Russland und selbst China mit dem Versprechen lockten, gute Arbeitsmöglichkeiten auch für die nachziehenden Familien zu bieten. Außerdem galt Sachsen als fremdenfeindlich.

Die Direktorin wollte für ihre Lehranstalt kämpfen, obwohl ihr einige ältere Kollegen unveränderlich reserviert begegneten. Diese Leute hatten den Lauf der Geschichte als persönliche Kränkung erfahren und besaßen mit dem Sieger-Besiegte-Schema für fast alle Probleme eine bequeme Erklärung. Davon wollten sie sich keineswegs trennen.

Rebekka Wolf wusste, dass der Schulwettbewerb wegen der Importtalente der anderen Gauß-Schulen schwerlich zu gewinnen war. Daran hatte und hätte auch ein Bestwert von Oliver Seuß wenig geändert. Sie konnte nur auf eine herausragende Einzelwertung bei der Internationalen Mathematik-Olympiade hoffen, die sie über die anderen Schulen erhob. Aber für die Bundesrunde hatte sich Oliver in diesem Jahr nicht qualifiziert. Ihr seit Langem bestes Pferd im Stall erwies sich als wenig verlässlich, wenn nicht sogar unwillig. Von verschiedenen Lehrern hatte sie gehört, wie unzugänglich Oliver war für Ratschläge oder Belehrungen, dass er machte, was er sich in den Kopf gesetzt hatte. Trotzdem war dieser hochbegabte Junge ihre einzige Hoffnung.

Sie sprach mit seinen Lehrern. Bestellte einige seiner Mitschüler in ihr Büro, um zu erfahren, was Oliver interessierte. Sie sprach mit dem Internatsleiter, erfuhr von häufigen Erkrankungen, ließ sich das Krankenregister vorlegen. Ihr fiel auf, dass Oliver oft drei Tage am Stück fehlte, aber nie länger. Am dritten Tag mussten erkrankte Interne immer von ihren Eltern abgeholt werden.

Sie bestellte Oliver nach dem Unterricht zu sich.

Als die Sekretärin Oliver durch das Vorzimmer ließ, stand die Direktorin am Fenster und sah aus dem zweiten Stock des wilhelminischen Backsteinbaus hinunter auf den Fluss.

»Bitte, Herr Seuß. Treten Sie näher.«

Oliver ging an dem großen Schreibtisch vorbei. Vor der hohen Fensterfront, seitlich hinter der Direktorin, blieb er stehen. Das Alter der Frau konnte er schwer schätzen. Dafür hatte er kein Auge. Sie trug ein graues Kostüm. Unter der Jacke leuchtete eine olivgrüne Bluse mit breitem Kragen hervor. Blondes, vielleicht gefärbtes, hochgestecktes Haar. Eine schlanke Frau, größer als der Durchschnitt, zumal in Absatzschuhen. Diese Eleganz beeindruckte ihn.

»Die Mulde.«

Sie blickten beide hinaus.

»Den Fluss sehen und den Fluss verstehen sind zwei verschiedene Sachen. Es gibt in der Mathematik viele schwere Aufgaben.

Eine Sache ist es, eine Lösung zu finden. Eine andere, diese auch zu verstehen.« Die Arme unter der Brust verschränkt, bewegte sich die Direktorin keinen Zentimeter. »Von vielen Aufgaben muss man ahnen, wohin sie gehen, um auf Ideen für eine Lösung zu kommen. Das nenne ich das mathematische Gefühl. Davon, glaube ich, haben Sie mehr als jeder andere Schüler, der mir begegnet ist, seit ich diese Schule leite.«

Oliver sagte nichts.

»Mir fällt dieses Gespräch nicht leicht. Denn ich habe Ihnen etwas Unerfreuliches mitzuteilen.«

Die Direktorin drehte sich Oliver zu, zog tief die Luft ein und die Stirn hoch. »Aber bitte.« Sie zeigte auf einen Sessel und setzte sich ihm gegenüber.

»Herr Seuß. Es ist jetzt Mitte April, und Sie haben in der elften Klasse schon zwanzig Tage Unterricht verpasst. Natürlich gibt es immer mal einen Schüler mit einer schweren Krankheit, eine Schülerin, die wegen eines Magen-Darm-Infekts drei, vier Wochen ausfällt und dann Mühe hat, den Anschluss zu finden. So etwas kennen wir, verstehen wir. Da helfen wir natürlich. In Ihrem Fall aber sind wir ratlos. So viele Unterbrechungen. Immer wieder einmal drei Tage.« Sie legte die Fingerspitzen aneinander. »Es gab vor Kurzem eine Besprechung im Kollegium, eine Diskussion, in der sich die Meinung durchgesetzt hat, dass unsere Schule Ihnen nicht guttut, dass Sie sich in der Nähe Ihrer Familie höchstwahrscheinlich besser entwickeln werden. Wir möchten, dass Sie sich für das nächste Schuljahr, also ab September, ein neues Gymnasium suchen und dort die zwölfte Klasse, also das Abitur, machen. Ich wollte Ihnen das persönlich sagen, bevor ich mich an Ihre«, sie langte nach einer Mappe auf dem Nachbartisch, sah hinein, »an Ihren Vater wende.«

Oliver war blass geworden.

»Was soll ich sagen? Vorletztes Jahr, da hatten Sie sich für die IMO qualifiziert. Mit vierzehn. Aber dann sind Sie kurz davor krank geworden. Deutschland hat nicht besonders gut abgeschnitten. Jetzt sind Sie nicht einmal für die Bundesrunde qualifiziert. Solche Dinge passieren. Natürlich. Das ist schade. Aber bei Ihnen, sagen einige Lehrer, passieren sie leider ständig, sodass man nicht auf Sie zählen, mit Ihnen nicht kontinuierlich arbeiten kann.«

»Ich möchte hierbleiben«, sagte er leise.

»Tja.« Die Direktorin zuckte die Schultern. »Vorletztes Jahr, da hatten Sie die Chance. Ihnen dürfte bekannt sein, dass alle sechs deutschen Teilnehmenden an der IMO automatisch in die Studienstiftung des deutschen Volkes aufgenommen werden. Damit ist nicht nur deren Studium, sondern meist auch ihre akademische Zukunft gesichert. Dadurch hat man manchmal schon mit fünfzehn für sein Leben ausgesorgt. Natürlich würde man so einem Schüler niemals eine andere Schule empfehlen.«

»Ich ...«

»Herr Seuß, für kleine Versprechungen ist es zu spät. Dass Sie mir jetzt womöglich versichern, nicht mehr so oft krank zu werden. Das bringt alles nichts. Darauf lässt sich das Lehrerkollegium nicht mehr ein. Wir haben eine lange Warteliste von begabten, fleißigen Schülern.«

»Ich könnte ...«

»Wissen Sie«, schnitt sie ihm wiederum das Wort ab, »wer für Sie am meisten gekämpft hat? Ihr Mathelehrer.«

»Kobilke?«

Sie sah ihn streng an.

»Äh, Herr Kobilke?«

»Damit Sie bei uns bleiben. Obwohl er es wirklich nicht leicht mit Ihnen hat. Der hatte eine Idee. Aber gut.« Sie sah auf ihre Armbanduhr. »Herr Seuß. Ich habe viel zu tun.«

»Was für eine?«

Die Direktorin machte Anstalten aufzustehen.

»Was für eine Idee?«, fragte Oliver verzweifelt.

Sie kniff die Augen zusammen, fixierte ihn, beugte sich nach vorn. »Im Mai, in drei Wochen, treffen sich am Mathematischen Forschungsinstitut in Oberwolfach die besten sechzehn Schüler des Landes, um die deutsche Mannschaft für die IMO im Juli zu ermitteln. Sie kennen das Prozedere ja. Kobilke sagte, wir sollten Ihnen eine letzte Chance geben. Sie würden es uns beweisen. Der«, sie schüttelte den Kopf, »traute Ihnen das zu.« Damit stand sie auf, ging zu ihrem Schreibtisch und nahm sich einen Stapel Papiere.

»Ich könnte es versuchen.« Oliver stellte sich neben sie. »Ich kann das schaffen.«

Die Direktorin las weiter, schlug eine Seite um. »Ja, ja.« Sie wedelte mit der rechten Hand durch die Luft. »Sagen Sie jetzt. Weil Ihnen der Gedanke nicht behagt, von hier zurückgeschickt zu werden. Weil das wie eine Niederlage aussieht. Klar, das tut Ihnen weh. Aber in zwei Wochen tut Ihnen dann etwas anderes weh.«

»Nein.«

»Kobilke hat die anderen Lehrer bei der Besprechung nicht überzeugen können.«

»Ich werde nicht krank. Die Quali für die IMO ist nicht so schwer.«

Sie sah gleichgültig auf. »Ich bin nicht Ihre Mutter.«

Oliver taumelte zurück von dem Schreibtisch, sah zur Tür, blickte entgeistert die Direktorin an. Sein Bauch, seine Brust, sein Hals verkrampften sich, sodass kaum zu verstehen war, was er durch die Zähne presste. »Bitt ... dies ... Chance.«

Die Direktorin schob den Bürosessel hinter sich weg und blickte den Sechzehnjährigen ärgerlich an. »Sie haben keine Ahnung, was Sie da von mir verlangen! Auch Kobilke nicht. Die Einladungen an die sechzehn Kandidaten sind längst raus. Da soll ich jetzt für eine wirklich unerhörte, eine eigentlich unmögliche Ausnahmeregelung kämpfen und für Sie meinen Kopf hinhalten?«

Oliver presste die Kiefer aufeinander.

»Wissen Sie, wie viele Telefonate das wären? Ich müsste nacheinander mit dem Landesbeauftragten für Nachwuchsförderung in Dresden sprechen, mit dem Vorsitzenden des Vereins der Mathematik-Olympiaden, Professor Snell in Lübeck, ich müsste mit allen«, ereiferte sich die Direktorin, »mit allen Jurymitgliedern des IMO-Auswahlwettbewerbs sprechen, allen, die ich erreichen kann. Außerdem mit den Direktoren der beiden anderen Gauß-Schulen, dass die auf einen solchen Wettkampf eingehen und sich dann nicht beschweren, falls Sie wirklich einen von deren Kandidaten im Team verdrängen und mit nach Kanada fliegen. Und schließlich müsste ich auch den guten Geist in Oberwolfach überzeugen, dass der mitspielt und noch ein Zimmer für Sie herrichtet. Dr. Wendelin Müller. Kennen Sie ja. Das alles soll ich für Sie tun?«

Oliver sah sie entschlossen an. »Ich mache das.«

»Hah!« Die Direktorin schnaubte wild. »Für wen machen Sie das? Für die Schule? Vielen Dank. Das nimmt Ihnen keiner ab.«

»Für mich.« Er schluckte. »Dass ich hierbleiben kann. Bitte, Frau Dr. Wolf.«

Sie trat ans Fenster, sah hinaus.

Oliver ging langsam zur Tür.

»Na gut.« Sie verschränkte die Arme unter der Brust. »Ich werde versuchen, Sie noch auf den Zug zu setzen.«

»Danke.« Er nickte ungläubig, mit offenem Mund, aber das sah sie nicht. »Vielen Dank!«

»Eine Sache noch.«

Er sah die Silhouette der großen Frau gegen das starke Fensterlicht, einen olivgrünen Schimmer um ihren Hals, den Rock, die Beine in den hellen Strumpfhosen, die Schuhe. Ihm war übel von diesem Wechselbad der Gefühle.

»Denken Sie an den Fluss, Herr Seuß. Einige Probleme muss man nicht verstehen, um eine Lösung zu finden. Manchmal muss man nur in Bewegung bleiben, rechnen, verschiedene Techniken probieren, kombinieren. Beißen Sie sich nicht fest. Lassen Sie sich nicht aufhalten. Das Verständnis kommt vielleicht später.« Sie öffnete das Fenster, und er verließ das Zimmer.

3

Oliver fühlte sich gut während der Auswahlwoche in Oberwolfach, mitten im Schwarzwald, zwischen bewaldeten Hügeln, obwohl ihm die Euphorie der anderen bald auf die Nerven ging. Täglich acht Stunden Mathematik in dem modernen Bau des berühmten Forschungsinstituts. Niemand kam auf die Idee, Oliver zu verbieten, seine Kopfhörer aufzusetzen, wenn sie über einer kniffligen Aufgabe grübelten. Denn danach beteiligte er sich an den Diskussionen und konnte oft als Einziger eine Lösung präsentieren.

Als er aber drei Wochen später in Montreal an einem Samstag Viertel vor neun zusammen mit vierhundertsechsundneunzig Teilnehmern aus zweiundneunzig Ländern den großen Konferenzsaal des Hotels betreten wollte, sollte er seinen iPod und die Kopfhörer abgeben. Als Hilfsmittel waren neben dem Schreibzeug nur Zirkel und Lineal erlaubt. Keine elektronischen Geräte.

Oliver schaltete den Player an und wollte, dass die Aufsichtshabenden hörten, um was es sich handelte, wollte denen seine Kopfhörer aufsetzen. Aber die schüttelten die Köpfe. Die zwei Betreuer des deutschen Teams eilten heran, überrascht, dass Oliver dieses Gerät mitgenommen hatte. Das sei doch nur Musik – Bach, Telemann, Händel –, verteidigte sich Oliver. Glaubten die ernsthaft, er hätte darauf irgendwelche mathematische Literatur untergebracht, irgendwelche Formelsammlungen versteckt?

Durch die Diskussion stockte der Einlass. Die anderen Teilnehmer und Teams schoben sich verwundert, aufgeregt an den Deutschen vorbei, wodurch etwas Gedränge entstand. Gleich sollte die Eröffnungszeremonie beginnen mit der Wirtschafts-, Wissenschafts- und Innovationsministerin von Quebec. Da der deutsche Teamleiter, Dr. Müller, Oliver nicht gleich dazu bewegen konnte, das Gerät einfach abzugeben, sprach er auf dessen Bitte hin mit den Verantwortlichen der Jury. Der Großteil der Teilnehmer hatte sich bereits gesetzt. Die Plätze waren so verteilt, dass Mitglieder einer Mannschaft nicht an benachbarten Tischen saßen. Oliver schickte den zweiten Betreuer des Teams zur Jury mit dem Vorschlag, dass eine Aufsicht neben ihm sitzen und zuhören könne. Oder dass, wäre die Barock-Playlist erst einmal eingeschaltet, er seinen Player nicht weiter berühren werde.

Unverrichteter Dinge kamen die deutschen Betreuer zurück und redeten auf Oliver ein. Die Ministerin betrat die Bühne unter Applaus. Die Türen des Saals sollten geschlossen werden. Der stellvertretende Teamleiter versuchte kurzerhand, Oliver die Kopfhörer vom Hals zu ziehen und ihn durch die Tür zu schieben.

»Ja, gehts noch?«, fuhr Oliver ihn an.

Der Angestellte wollte endlich die Tür schließen. »Please, step to the side.«

»Was bilden Sie sich eigentlich ein?«, entgegnete der zweite Teamleiter.

»Sie können mich doch nicht einfach so schubsen?«

»Sie sollten einmal an die Mannschaft denken.«

»Mathematik ist kein Mannschaftssport.«

Der Angestellte versuchte, die Deutschen vor der Tür zu beruhigen.

»Oder an Ihre Schulleiterin, was die für Sie getan hat.«

»Das geht Sie gar nichts an.«

»Ach, zum Teufel! Es gibt noch andere, um die wir uns kümmern müssen«, sagte der jüngere Betreuer und stapfte davon.

Oliver stand da. Neben ihm, tief durch die Nase ein- und ausatmend, Wendelin Müller. Sie warteten, dass die Ansprache des Vizegouverneurs endete. Danach sprach noch ein früherer Preisträger. Oliver zitterte.

»Ist ja noch nichts verloren. Ich freu mich, dass Sie im Team sind.« Dr. Müller fasste ihn an der Schulter.

Oliver sah ihn verstört an, riss sich die Kopfhörer ab und rannte los.

Draußen schlug ihm schwüle Hitze entgegen. Vor ihm die Wolkenkratzer, hinter ihm ein grüner Hügel, ein Park. Er lief die Straßen entlang.

Nachdem sein Zorn verflogen war, überkam ihn das Elend. Er weinte. Die Stadt voller Menschen. Er wollte zum Fluss. Er wusste nicht, wie es weiterging. Die Olympiade begann. Ohne ihn. Er würde das Stipendium der Studienstiftung doch nicht bekommen und im Sommer die Schule wechseln müssen. Die Direktorin würde wegen ihm sicherlich Probleme kriegen. Sie war nicht seine Mutter. Er wollte allein sein, ein angenehmes Rauschen im Kopf, ein Bier.

Grüne und rote Cafés an jeder Ecke. Starbucks. Tim Hortons. Aber kein Kiosk. Hotels, Bürogebäude, Hochhäuser. Aber keine Kneipe. Hier bekam man nicht einfach ein Bier. Auf der Straße. Nicht, wenn man so jung war. Er hatte gar kein Geld dabei. Mit dem Ärmel rieb er sich das Salz von den Wangen. In einem der Blöcke hinter ihm wühlten sich die hoffnungsvollsten Teenager der Welt in sechs logisch-abstrakte Aufgaben hinein. Nur neun Prozent der Teilnehmer waren junge Frauen. Wie gern hätte er einmal mit einem Mädchen gesprochen. Über Mathematik, naheliegenderweise.

Er entdeckte einen Supermarkt, Sobeys, ging hinein. Jetzt war sowieso alles egal. Er fand, weit hinten, Regale mit unbekannten Biersorten. Auch mit Geld hätte er schwerlich ein Bier kaufen können. Er nahm eine Flasche, öffnete sie im Handumdrehen mit einer zweiten, setzte sie an die Lippen, zog das Bier mit einem eigenartigen Kirschgeschmack in sich hinein und setzte auch nicht ab, als er den dicken Uniformierten auf sich zurennen sah.

»Stop it! Immediately!«

Als er vor Oliver stand, war die Flasche leer. Der Wachmann stemmte die Fäuste in die massige Hüfte.

»What are you doing? My goodness!« Wendelin Müller hastete heran, stellte sich schwer atmend vor seinen Schützling und nahm ihm die Flasche ab. »What is this?« Er betrachtete die Flasche mit dem roten Etikett. »Oh, I am awfully sorry, officer. My grandson isn't speaking English so good. But it is all my mistake. I told him to find a cherry taste soft drink. And he went to the wrong shelf – sorry, we are both so thirsty from this spicy Korean breakfast we had just before. Where are the soft drinks? Apology very much. I am to die of thirst. Where can I pay? I'll pay. I'll pay. Sorry, officer. I wish you a good morning and a nice weekend. God bless you.«

Oliver stand der Mund genauso offen wie dem Wachmann, der gleichwohl den Arm hob und auf die benachbarten Limonadenregale zeigte. Müller zog den Jungen fort, schnappte sich zwei Büchsen, lief zur Kasse.

Außer Atem brachte Müller Oliver zurück ins Hotel bis vor den Konferenzsaal. Man ließ Oliver hinein, führte ihn zu seinem Platz. Kaum jemand blickte auf.

Er setzte sich, schüttelte den Kopf, verdrehte die Augen. Er hatte noch nie auf ex getrunken. Vor ihm die Aufgabenblätter. Er sah hinein. Er musste warten, bis sich der Nebel in seinem Kopf lichtete. Ihm blieben vier Stunden.

Fünf Themenbereiche mit steigendem Schwierigkeitsgrad: eine Geometrieaufgabe, eine Ungleichung, eine Funktionalgleichung, eine Fragestellung aus der Zahlentheorie und eine aus der Kombinatorik. Acht Punkte gab es für jede Aufgabe. Die letzte hatte es in sich:

> Ein Jäger und ein unsichtbarer Hase spielen in der euklidischen Ebene ein Spiel. Der Ausgangspunkt A_0 des Hasen und der Ausgangspunkt B_0 des Jägers sind gleich. Nach $n - 1$ Runden des Spiels befinden sich der Hase im Punkt A_{n-1} und der Jäger im Punkt B_{n-1}. Die n-te Runde des Spiels besteht aus 3 Schritten in der angegebenen Reihenfolge:
>
> (i) Der Hase bewegt sich unsichtbar zu einem Punkt A_n, sodass der Abstand zwischen A_{n-1} und A_n genau eins ist.
>
> (ii) Ein Ortungsgerät meldet dem Jäger einen Punkt P_n. Die einzige Garantie, die das Ortungsgerät dem Jäger gibt, ist, dass der Abstand zwischen P_n und A_n höchstens eins ist.
>
> (iii) Der Jäger bewegt sich sichtbar zu einem Punkt B_n, sodass der Abstand zwischen B_{n-1} und B_n genau eins ist.
>
> Ist es immer möglich, egal wie sich der Hase bewegt und egal welche Punkte das Ortungsgerät meldet, dass der Jäger seine Bewegungen so wählen kann, dass der Abstand zwischen ihm und dem Hasen nach 10^9 Runden höchstens 100 ist?

Oliver wartete. Die Geräuschkulisse eines Saals, Gekritzel auf Papier, Räuspern, Husten hier und da, ein Stift, der von einem Tisch fiel, Wasserflaschenschraubverschlüsse. Oliver lauschte in sich hinein. Ein Pochen. Ein Schwirren. Ein paar Töne. Ihm war kalt. Von der Klimaanlage. Aber das war gut für das Gehirn. Kühl, klar sollte es anfangen zu schnurren. Die Energie stieg in seinem Körper nach oben. Etwas klang in ihm auf, das er für Monteverdi hielt, bis er sich immer sicherer wurde, dass die Takte aus Händels g-Moll-Orgelkonzert stammten. Die Unterarme auf der Tischplatte, den Stift in der Hand, schrieb er die ersten Bedingungen. Auf einmal ging es los: Opus 7. Er warf einige Schlussformeln aufs Papier, spielte die extremen Situationen der Aufgabe durch. Die Gnade eines hellen Geistesstroms. Opus 7, Nummer 5: *Andante larghetto e staccato.* Er konzentrierte sich auf die Formeln. Die Musik lief im Hintergrund. Er schrieb ein Blatt, zwei Blätter voll, ordnete die Möglichkeiten des Spiels, versuchte, sie von dem einen oder anderen Ende her zu vereinen. Die Kürzungen, die sich ergaben, bestärkten ihn in dem Glauben, auf dem richtigen Weg zu sein. Schließlich konnte er eine elegante Gleichung und drei klare logische Ableitungen formulieren. Da wusste er, dass er die Lösung gefunden hatte. Denn obwohl das kein verlässliches wissenschaftliches Kriterium darstellte, hielt man auf Schönheit stets große Stücke bei der IMO. Den Händel hatte er vergessen.

Noch anderthalb Stunden. Er ging auf die Toilette, aß zwei Bananen im Vorraum, nahm eine Flasche Wasser mit an seinen Tisch.

Die erste und die zweite Aufgabe waren verwunderlich leicht. Er löste sie in kürzester Zeit. Aber das konnte – gemessen an der fünften Aufgabe, die ihm zwei Stunden lang alles abverlangt hatte – nicht sein: zwei so läppische Aufgaben. Blödsinn.

Mit der dritten Aufgabe merkte er, wie seine Kräfte versiegten, wie seine Gedanken zäh wurden, kam aber zu einem kompakten Ergebnis.

Bei der übrig gebliebenen vierten Aufgabe spielten sie über die Saallautsprecher die *Gymnopédie No. 1* von Erik Satie, wie es seit vielen Jahren Tradition war am Ende der Prüfung, um die in Gedanken versunkenen, feststeckenden, manchmal auch noch besessen schreibenden Teilnehmer sanft zurückzuführen in ihre Körper und die Welt um sie herum, sodass sie losließen, aufhörten, aufstanden.

Oliver ärgerte sich einen Moment, dass die Veranstalter erst jetzt Musik zuließen, diese wunderbare Synergie bei der eigentlichen Arbeit aber unterbanden. Tatsächlich half ihm das zarte Stück, in den letzten fünf Minuten seine Erschöpfung abzuschütteln. Er sah, er schrieb noch etwas, entwickelte einige Zwischenschritte, überschlug die Ergebnisse, kam – um ihn herum waren schon alle Papiere eingesammelt worden, sahen nur noch einige Verzweifelte flehend oder sogar weinend um ein Minütchen bettelnd auf zu den Ordnungskräften –, als der Mann, der ihn vor fünfeinhalb Stunden an der Eingangstür aufgehalten hatte, sich neben ihm zum dritten Mal räusperte, zu einer Lösung, unterstrich sie doppelt und ließ den Stift fallen.

Während die meisten Teilnehmer und Teilnehmerinnen sich auf ihren Zimmern erholten und zwei Stunden später mit Shuttlebussen zu einer Party in ein Resort außerhalb der Stadt gebracht wurden, machte sich eine sechzigköpfige Kommission ausgewählter Delegationsvertreter in einem Konferenzraum an die Bewertung der Schülerantworten. Hier und da gab es Diskussionen über einzelne Ausführungen, stritt man über den Geist hinter bestimmten Gedanken. Blieben die Mitglieder der Kommission uneins, musste per Mehrheitsbeschluss abgestimmt werden über die Vergabe einzelner Punkte.

Auf dem Fest im Park, zehn Kilometer entfernt, redeten sie anfangs nur über die einzelnen Aufgaben, den Schwierigkeitsgrad, ihre Lösungswege. Nur wenigen gelang es, sich zu entspannen. Es gab Tischtennisplatten, Basketballkörbe, Kickertische, sogar eine Karaoke-Bühne. Die Sonne schien prächtig. Ein Pool in der exklusiven Anlage lud zum Baden ein. Einige hatten tatsächlich ihre Badesachen dabei: coole Badehosen und zwei Bikinis. Am weitesten entfernt vom Pool zwei Frauen aus dem Iran und eine Frau aus Indonesien mit Kopftüchern. Später Disko.

Die Kommission im Hotel kam mit den Bewertungen flott voran. Jetzt sah man schwarz auf weiß, dass die ersten beiden Aufgaben zu leicht gewesen waren. Fast alle Teilnehmer hatten sie gelöst. Auf einem Antwortbogen gab es auch eine kuriose Durchstreichung der richtigen Lösungen, eine inakzeptable Überschreibung mit Worten, die nicht gleich verstanden wurden, jedenfalls nicht Englisch waren, weswegen man die mit einem Barcode-Aufkleber versehenen Blätter herumreichte.

Eine österreichische Mathematikerin bekam die Blätter in die Hand. »Das ist Deutsch«, rief sie, »hier steht ›zu einfach‹. Über beiden Lösungen.« Sie zuckte die Schultern und ging zu Wendelin Müller, der wieder einmal in der Bewertungskommission saß. »Muss einer von euch sein. Ich kenne unsere Handschriften.« Müller hatte ein ungutes Gefühl. Der Schweizer Vertreter beugte sich ebenfalls über die Blätter und schüttelte den Kopf.

Durchgestrichene richtige Lösungen hatte es in der Vergangenheit immer wieder einmal gegeben, meist mit der Präsentation einer anderen, falschen Lösung. Diejenigen Mitglieder der Kommission, die bei der Auswahl der Aufgaben drei Tage zuvor schon ihre Bedenken geäußert hatten, sahen sich bestärkt, dass diese beiden Aufgaben einer Internationalen Mathematik-Olympiade unwürdig seien, und wollten in diesem Fall eine Ausnahme machen, also die volle Punktzahl vergeben. Damit kamen sie aber nicht durch.

Die Bewertung der dritten Aufgabe machte keine größeren Probleme, obwohl sich hier die Spreu vom Weizen trennte und nur noch zweiundvierzig Prozent der Teilnehmenden die volle Punktzahl erreichten. Man entschied sich, gleich noch die vierte Aufgabe anzugehen, um am nächsten Tag genügend Zeit für die schwierige letzte zu haben.

So kam die Kommission zu ihrem Barbecue auf die spektakuläre Hotelterrasse zwar etwas verspätet, aber mit präzisen Daten über die Verteilung von vier Fünfteln der Punkte einerseits und schon recht verlässlichen Prognosen über die nötigen Punktezahlen für eine Gold-, Silber- und Bronzemedaille andererseits. Die Anonymität der Lösungsblätter erlaubte zwar noch keine Zuordnungen zu einzelnen Personen oder Nationen. Trotzdem wurden schon an diesem Abend viele Telefonate zwischen den Teamverantwortlichen und ihren Heimatländern geführt.

Als Wendelin Müller Rebekka Wolf weckte, verstand sie sofort, dass etwas schiefgelaufen war. Sie kannte den begnadeten Mathematikbegeisterer, den genauso umtriebigen wie verdienstvollen Nachwuchsförderer gut. Hätte der ihr außergewöhnliches Ansinnen nicht unterstützt gegen die enormen Widerstände von fast allen Seiten, wäre Oliver nie und nimmer nach Oberwolfach gefahren.

»Ich habe schon einiges gesehen. Auch solche Geister wie Oliver Seuß, der mich in Oberwolfach wirklich ein-, zweimal entzückt hat, sodass ich sehr guter Dinge nach Kanada geflogen bin. Aber so was!« Müller schnaufte. »Ich lass das Schlimmste aus, was auch gar nicht auf der IMO, sondern außerhalb passiert ist. Das Entscheidende ist, dass dein Spezi bei den ersten beiden Aufgaben wohl komplett leer ausgegangen ist. Null Punkte. Ich bin mir so gut wie sicher. Aus purem Hochmut. Damit ist er aus dem Rennen. Der Verlust für die Mannschaft hält sich in Grenzen, da es bei den ersten beiden Aufgaben Punkte im Übermaß gab. Seuß hat vor allem dir und mir geschadet. Das muss ich so deutlich sagen. Du weißt, ich habe dir helfen wollen – und meinem alten Spezi. Ich bin dem Jungen wirklich hinterhergerannt.« Er machte eine Pause. »Was mich angeht, ich mach meinen Platz frei in Oberwolfach. Ich sollte schon längst in Rente sein. Dir wünsch ich alles Gute, Rebekka. Gute Nacht. Oder Guten Morgen!«

Müller hatte nicht krachend aufgelegt. Weil das gar nicht mehr ging mit Handys, dachte sie. Das zumindest war ihr erspart geblieben. Um sie herum herrschte Stille – eine Stunde vielleicht vor dem Morgengrauen. Ihr alter Lehrer hatte nicht wütend geklungen. Vielmehr erschöpft. Enttäuschung ergriff sie. Wäre nicht Sonntag gewesen, hätte sie gleich ihren Rücktritt einreichen können.

4

Während des Barbecues der Betreuer und Organisatoren hatten auf Initiative des Leiters der englischen Delegation Aldrich Green einige Landesvertreter den Entschluss gefasst, die schwierige letzte Aufgabe an ihnen bekannte Professoren der kombinatorischen Geometrie zu schicken mit der Bitte, sie ohne Hilfsmittel zu lösen. Siebzehn Professoren aus der ganzen Welt erklärten sich noch in derselben Nacht dazu bereit. Green nahm auch Wetten an, wie viele Professoren zu einer Lösung kommen würden.

Die Kommission traf sich am nächsten Morgen um acht zur abschließenden Bewertungsrunde in einem Konferenzsaal. Noch einmal erläuterte die österreichische Delegationsleiterin die von ihr eingebrachte Aufgabe. Wieder zogen einige die Stirn kraus, so verzwickt erschien ihnen der Lösungsweg.

Zweieinhalb Stunden später lagen die ernüchternden Ergebnisse vor. Ein Drittel der Teilnehmer hatte gar nichts zu Papier gebracht: komplett leere Lösungsblätter. Ein anderes Drittel hatte irgendetwas gekritzelt: wenige Zeilen, die gleich wieder abbrachen; unnütze, sinnlose Versuche. Ein zäheres Sechstel scheiterte daran, die Zusammenhänge in eine mathematische Form zu bringen. Bei dem übrigen Sechstel ließ sich eine logische Analyse der Bewegungsmöglichkeiten des Jägers und des unsichtbaren Hasen unter Berücksichtigung des Ortungsgerätes erkennen. Dafür wollte die Kommission allerdings noch keinen Punkt vergeben. Die meisten Ansätze verhedderten sich sogleich in falschen Folgerungen oder blieben stecken. Nur fünf Teilnehmende kamen weiter. Zwei davon erhielten für ihre prinzipiell zielführenden Ansätze jeweils einen Punkt, zwei für den Fortgang ihrer Gedanken jeweils zwei Punkte. Eine vollständige Lösung, die die Kommission begeistert aufatmen und unisono die vollen acht Punkte vergeben ließ, fand sich nur ein einziges Mal. Damit war seit der ersten IMO 1959 das Jäger-unsichtbarer-Hase-Spiel diejenige Aufgabe, für die die wenigsten Punkte verteilt wurden, gerade einmal 0,35 Prozent von theoretisch möglichen 3976 Punkte.

Als schließlich die Punkte zusammengezählt wurden, bemerkte ein Kommissionsmitglied, dass zu den Blättern mit der richtigen Lösung von Aufgabe fünf die durchgestrichene Lösung der ersten beiden Aufgaben gehörte, was die Bemerkung »zu einfach« natürlich in einem ganz anderen Licht erscheinen ließ. Erneut flammte die Diskussion auf, ob man in diesem Fall nicht doch eine Ausnahme machen solle. Zwar hatte der recht skizzenhafte Beweis der vierten Aufgabe nicht die volle Punktzahl erreicht. Aber würde man die richtigen Lösungen der ersten beiden Aufgaben anerkennen, hätte die Person mit neununddreißig Punkten das mit Abstand beste Ergebnis von allen erzielt. Ohne die sechzehn Punkte war nicht einmal eine Bronzemedaille sicher. Zeigte diese außergewöhnliche Leistung den Veranstaltern nicht, dass sie sich dieses Jahr mit der Schwierigkeitsskala vertan hatten? Sollte man nicht einmal selbstkritisch einen Fehler eingestehen und eine einzelne berechtigte Kritik über die allgemeinen Regeln stellen?

Der Vorsitzende der Kommission beruhigte die Gemüter mit dem Hinweis, dass man erst einmal die Auswertung abschließen solle, bevor man über Medaillen und Auszeichnungen redete.

Also wurde gezählt und eine Rangliste der Teilnehmer und der Länder erstellt. Die USA, Südkorea, China, Großbritannien und Vietnam auf dem ersten Platz, dahinter Iran, Japan, Russland, Singapur auf dem sechsten, danach achtundzwanzig Länder, darunter Deutschland, gemeinsam auf dem zehnten Platz.

Der chinesische Delegationsleiter protestierte, dass der Westen mit diesen völlig unausgeglichenen Aufgaben den Trend verwischen wollte, dass die Asiaten seit Jahren die Spitzenplätze einnahmen. Der vietnamesische Teamleiter beschwerte sich, dass die Medaillen für die beste Hälfte der Teilnehmer – Gold für das erfolgreichste Zwölftel, Silber für das folgende Sechstel, Bronze für das zweitbeste Viertel – kaum noch sinnvoll vergeben werden konnten, genauso wenig wie die bislang üblichen Anerkennungsurkunden für die vollständige Lösung einer einzigen Aufgabe.

Gerade als die Diskussion zu eskalieren drohte, bekam der Leiter der englischen Delegation die Nachricht, dass sich mittlerweile zwölf von siebzehn Professoren zurückgemeldet hätten, und verschaffte sich Gehör. Zehn von zwölf Mathematikprofessoren waren so ehrlich, einzugestehen, innerhalb der Zeitvorgabe keine Lösung gefunden zu haben. Nur zwei hatten einen schlüssigen Beweis vorgelegt. Die Wettgewinne und -schulden könne man, sagte Aldrich Green, nach der Preisverleihung in Ruhe begleichen. Wichtiger sei es, hier zu einer Einigung zu gelangen, wie man nun mit dem außergewöhnlichen Fall dieses Deutschen verfahren solle. Würde man ihm nur seine dreiundzwanzig Punkte aus den letzten drei Aufgaben geben, läge er genau einen Punkt hinter den oberen fünfzig Prozent des Feldes. Zweifellos verdiente er aber eine Auszeichnung für seine Leistung. Noch nie hatte allerdings ein Teilnehmer ohne Medaille einen Sonderpreis erhalten.

Das opulente Mittagessen konnten die meisten Teilnehmer nicht genießen, so groß war ihre Freude oder Enttäuschung über die Ergebnisse, die die Mannschaftsleiter und Betreuer ihnen vorab mitteilten.

Um fünfzehn Uhr fand im großen Konferenzsaal die Abschlussveranstaltung statt. Nach den üblichen Danksagungen an die Helfer und Sponsoren überreichte der Vorsitzende des kanadischen Organisationskomitees einhundertzweiundzwanzig Bronzemedaillen, der Dekan der Mathematischen Fakultät der McGill University einundachtzig Silbermedaillen und Louis Nirenberg, der berühmteste kanadische Mathematiker, einundvierzig Goldmedaillen. So viele Flaggen wurden von den Teilnehmern mit auf die Bühne gebracht und geschwenkt, dass darunter die Ausgezeichneten oft gar nicht zu sehen waren.

Nirenberg, ein feiner alter Herr mit erstaunlich dichtem Haar und Bart, räusperte sich, als die letzten Fahnen der Goldmedaillengewinner von der Bühne verschwunden waren. Er galt als einer der größten Analytiker des zwanzigsten Jahrhunderts. Auf dem Gebiet der Partiellen Differentialgleichungen hatte er Herausragendes geleistet. Nirenberg schob seine Hornbrille den Nasenrücken hoch und verkündete eine schon viele Jahre nicht mehr vergebene Auszeichnung: »For the one, who solved the fifth problem as completely as he did elegantly. Mister Oliver Joyss.«

Wendelin Müller saß weit hinten im Saal und reckte den Hals. Vor einer Stunde hatte er Rebekka Wolf angerufen und ihr alles berichtet, alles erzählt.

Viele Leute im Saal sahen sich nach dem Gewinner um. Aber niemand trat hervor. Der Vorsitzende des kanadischen Organisationskomitees ging zu Nirenberg und flüsterte ihm etwas ins Ohr.

»Mister Oliver Sjuhs«, sagte der berühmte Mathematiker noch einmal ins Mikrofon. Es klang wie der Name eines nordamerikanischen Indianerstamms.

Die Unruhe im Saal wuchs. Der Leiter der deutschen Delegation runzelte die Stirn und zog die Schultern ein. Auf der Bühne der alte Mathematiker in dem grauen Anzug mit einer großen kobaltblauen Fliege schien nicht zu verstehen, was hier vor sich ging. Müller schämte sich, da fasste ihn jemand an der Schulter.

»Danke.«

Erschrocken wandte sich Müller um.

»Sie haben ein Bier bei mir gut.« Damit stand Oliver im Rücken des Delegationsleiters auf und ging vor zur Bühne, lang und schlaksig, mit einem hellblauen karierten Sakko, das er sich eine Stunde zuvor, als ihn niemand finden konnte, gekauft hatte in der schicken rue Sainte-Catherine, wo alle Geschäfte geöffnet waren am Sonntag.

Seine Mannschaftskameraden begannen als Erste zu klatschen. Zu jubeln! Einige Teilnehmer erkannten Oliver an den Kopfhörern, die er um den Hals trug. Sie staunten über diesen Deutschen. Ohne Fahne.

Für Letzteres hätte Wendelin Müller, dem der Mund offen stand, nicht die Hand ins Feuer gelegt.

5

Sonnengebräunt stand Rebekka Wolf Ende August an der Fensterfront ihres Büros und sah hinunter auf den träge dahinziehenden Fluss. Ihr frisch gewaschenes blondes Haar war so leicht, dass es eher zu fliegen als auf ihre Schultern zu fallen schien. Sie trug eine ihrer leuchtenden Blusen, smaragdgrün, und eine extravagante graue Reithose. Ein dünnes Jäckchen hing über der Lehne des Schreibtischsessels. Sie hatte den Urlaub verdient wie noch nie. Im Süden. Algerien: Oran, Algier, Constantine – Wüste. Ein alter Traum. Mit ihrem Mann.

Das neue Schuljahr hatte vor einer Woche begonnen. Wieder zeitig dieses Jahr. Sie drückte die Schultern nach hinten. An der Seite stand der Tisch mit den von der Sekretärin laminierten Zeitungsartikeln. Ihr Blick flog darüber: »Skandal bei Mathe-Olympiade. Nur Trostpreis für deutsches Jahrhunderttalent«, hatte die *Bild* getitelt, »Internationale Mathematik-Olympiade zu leicht für Deutschen«, der *Spiegel,* »Kam (zu spät), sah (nur halb hin) und siegte (gewissermaßen). Deutscher Chaos-Erfolg bei Mathe-Nachwuchs-WM«, die *Frankfurter Allgemeine Zeitung.*

Sechs Wochen war das her. Es kam ihr vor wie eine Ewigkeit. Was für Energie hatte sie das alles gekostet! Welches Geschick hatte sie bewiesen! Die Medien Stunden nach der Preisverleihung und dann tagelang mit Stoff zu versorgen. Das war die Woche, die den Ruhm dieser Schule strahlend aufpolieren würde für lange Zeit. Sie hatte das Spezi zurück an die

Spitze gebracht. Die Evaluierung? Ein Selbstläufer. Eine zwanzigprozentige Erhöhung des Budgets? Genehmigt! Genauso wie die überfällige Sanierung der Sporthalle. Sie hätte in dem Moment wahrscheinlich sogar ein eigenes Schwimmbad beantragen können. Die Neuausrichtung des Schulprofils? Davon wäre doch niemals die Rede gewesen.

Die Artikel konnten jetzt weg.

Sie war heilfroh, Wendelin Müller das Versprechen abgenommen zu haben, dass darüber, was in dem Supermarkt vorgefallen war, Stillschweigen bewahrt wurde. »Deutscher Gymnasiast gewinnt betrunken Internationale Mathe-Olympiade.« So eine Schlagzeile konnte sie genauso wenig gebrauchen wie Nachfragen nach dem Alkohol- oder Drogenkonsum an ihrer Schule vonseiten der Schulaufsichtsbehörde.

Verblüfft hatte sie Olivers Umgang mit den Medien. Er war nicht abgetaucht nach seiner Rückkehr aus Kanada kurz vor den Ferien, hatte sich dem ganzen Rummel um ihn nicht verweigert, sondern war da gewesen, hatte Interviews gegeben, Fragen beantwortet, Fotos machen lassen von sich und dabei sogar linkisch gelächelt, wie ihn noch niemand in fünf Jahren an der Schule gesehen hatte. Er sagte Ja und Nein und öfter, dass er davon keine Ahnung oder dass er darüber noch nicht nachgedacht, dass er Glück gehabt habe bei Aufgabe fünf, so viel Glück, dass man es eigentlich Zufall nennen sollte, dass ihn die Aufgaben eins und zwei in dem Moment sehr gewundert hätten und er manchmal etwas impulsiv sei, dass die Schule toll sei, die Lehrer, die Mitschüler, die Direktorin, die ihm wirklich etwas auf die Sprünge geholfen habe, weil er ab und zu etwas schlafmützig sei, verpennt, man könnte auch sagen faul, wie sehr ihm Grimma, Sachsen, die Mulde gefalle, dass er gern angle, lese, klassische Musik höre, vor allem Bach, dass er leider kein Instrument spiele, aber ab und zu Tischtennis, dass sein Vater Ingenieur sei, hauptsächlich Pumpanlagen projektiere, warte, repariere, seine Mutter in einem Baumarkt arbeite, ja, rechnen könnten beide, denn die wären ja auch auf eine Schule gegangen. Er sei stolz auf den Sonderpreis, wisse aber noch nicht, wo er später Mathematik studieren wolle. Diese Sätze wiederholte und variierte er. Ab und zu streute er das Gleichnis vom Fluss ein, dass man einige Probleme nicht verstehen, dass man manchmal nur in Bewegung bleiben, verschiedene Techniken probieren und das eine mit dem anderen kombinieren müsse, um eine Lösung zu finden. Das Verständnis komme vielleicht später.

Die Journalisten hatten ihre Beiträge gemacht, sich bedankt und waren enttäuscht davongefahren, dass dieser pubertierende Elft-, alsbald Zwölftklässler mit der sprießenden Haut, der doch in Montreal für so viel Unruhe und Aufsehen gesorgt hatte, so blass blieb.

Dass alles gut werden könnte mit Oliver, hatte Rebekka Wolf gedacht, sich einmal aber auch, auf einer langen Tour durch die Wüste, erschrocken gefragt, ob er nach den Ferien wiederkommen und das letzte Jahr an der Schule absolvieren würde oder ob ihn vielleicht eine renommierte amerikanische Universität nach Amerika lockte.

Aber Oliver kam zurück und war – wie sie hörte – wieder ganz der Alte: unzugänglich, gelegentlich unansprechbar und auch schon wieder einmal krank gemeldet.

Als Oliver die Woche darauf ihr Büro betrat, begrüßte die Direktorin den jungen Mann freundlich, gab ihm – das hatte sich die gebürtige Wormserin in acht Jahren Ostdeutschland angewöhnt – die Hand und fragte, als sie beide an die geöffneten Fenster traten, nach seinen Ferien und wie er sich fühle. Viel sagte Oliver nicht.

Sie schauten über den Fluss auf den Stadtwald am steilen gegenüberliegenden Ufer.

»Vor Kurzem haben sich viele Menschen im ganzen Land für Sie interessiert – ein paar Tage, als die Sache in Montreal heiß war. Die hätten nur zu gern gewusst, was der Grund für Ihre Fähigkeiten ist. Sie aber haben den Journalisten, die nichts lieber wollen als ein Drama, umgehend den Wind aus den Segeln genommen mit all den Nettigkeiten, die Sie von sich gegeben haben. Sie waren gar nicht wiederzuerkennen. Einige Leute hier an der Schule fragen sich ja schon länger, was eigentlich Ihr Problem ist. Nicht, weil die Ihnen helfen möchten. Die wollen Sie einfach einordnen können. Ich denke nicht so. Für mich sind Sie so, wie Sie sind.«

Sie hörten draußen die Vögel. Und die Autos, die zweihundert Meter weiter links über die stahlerneuerte Pöppelmannbrücke rollten.

»Wo möchten Sie eigentlich studieren?«

Oliver zog die Stirn hoch. »Nach dem Militärdienst?«

Sie fuhr mit der rechten Hand durch die Luft. »Den sollten Sie sich sparen und an einen wirklich großen Zivildienst denken.«

»Ich weiß noch nicht. Jetzt, mit der Studienstiftung ...«

»Nach Montreal können Sie sich die Uni aussuchen. Viel mehr als Ihren Namen müssen Sie nicht sagen.« Sie sah ihn an. »Die ETH Zürich. Dort spricht man Deutsch, Schweizerdeutsch oder Englisch.« Sie neigte leicht den Kopf und kniff die Augen zusammen, als ob sie an einige Wissenschaftler oder Schulabgänger dachte. »Oder«, sie hob die linke Augenbraue, »gleich Princeton. Das ist nach wie vor die beste Adresse. Da sind schon einige Gaußianer hingekommen. Falls Sie aber Deutschland partout nicht verlassen wollen, dann Bonn. Göttingen haben die Nazis ja kaputtgemacht.«

»Sie raten mir zu Princeton?«

Wolf blickte ihn an. »Man kann einem Fluss in zwei Richtungen folgen. Flussabwärts ist es immer leichter, wenn kein Wasserfall kommt. Sie sollten es sich nicht so schwer machen. Die Mathematik ist schwer genug. Machen Sie sich frei, ja, verlassen Sie Europa.« Sie streckte ihm die Hand hin. »Ich muss Ihnen«, sie drückte zu, »strengstens untersagen, vor oder während der Schulzeit Alkohol zu trinken. Übrigens wurde gestern die vierundvierzigste Mersenne-Primzahl entdeckt, wie Sie vielleicht schon gehört haben. Alles Gute!«

Das Gespräch hinterließ bei Oliver ein so verwirrend gutes Gefühl, dass er in den folgenden Monaten fast seine gesamte Freizeit der Mathematik widmete. Insbesondere natürlich den Primzahlen, von denen einige sagenhaft große in den unendlichen Weiten des Zahlenuniversums entdeckt worden waren durch die Große Internet-Mersenne-Primzahl-Suche (GIMPS), die seit 1996 durch immer neue Funde fast im Jahresrhythmus die Mathematiker in Atem hielt: Die letzte, $2^{32582657} - 1$, hatte fast zehn Millionen Ziffern. Die zugrunde liegende Idee stammte von dem französischen Mönch Marin Mersenne, der Mitte des siebzehnten Jahrhunderts behauptet hatte, dass einige Primzahlpotenzen der Zahl 2 minus 1 wiederum Primzahlen wären. Oliver sah sich sowohl die Software an, durch die Tausende private PCs auf der ganzen Welt miteinander verbunden wurden, als auch den bei der Suche angewendeten Lucas-Lehmer-Test, der darauf beruhte, dass sich die Mersenne-Zahlen im Binärsystem als lange Einser-Folgen darstellen ließen. Die Primzahl 127 beispielsweise als $2^7 - 1$ oder, binär, als 1111111. 131.071 als $2^{17} - 1$ oder 11111111111111111.

Er las über Fermat, Euler, Gauß.

Fermat, das erste mathematische Schwergewicht der Neuzeit, mit dem Mersenne korrespondiert hatte.

Euler, der geniale Zahlenexperimentator und Rechenkünstler, an dem man noch den Alchemisten erriechen konnte, so wie es ihm auf Effekte und verblüffende Entdeckungen ankam. Er fand heraus, dass die Formel 2^{2^N} für $N = 5$ keine Primzahl ergab, wie Fermat einhundert Jahre zuvor vermutet hatte. Was war das Besondere an der Zahl 41, die in Eulers kurioser Formel $x^2 + x + 41$ so viele Primzahlen ergab? Eine allgemeine Formel zur Erzeugung von Primzahlen hatte auch Euler nicht gefunden.

Gauß. »Weder Gaudi noch ein Graus – der größte Mathematiker aller Zeiten: Gauß!« So hatte Kobilke ihn schon mehrmals besungen. Gauß nahm eine neue Perspektive auf die Primzahlen ein. Eine statistische. Er zählte sie. Und für die kontinuierliche Abnahme der Dichte der Primzahlen bei Betrachtung eines immer größeren Zahlenfelds fand er einen wunderbaren Logarithmus $\frac{N}{\log(N)}$.

Manchmal kam die Mathematik Oliver fast magisch vor, freute er sich über das Hexenwissen, versuchte er, sein Denken geschmeidig zu machen und zwischen den Perspektiven zu wechseln. Wenn er später stark genug sein würde, zwischen den Theorien hin und her zu hangeln, zu springen, dann könnte er dasjenige denken, was noch niemand gedacht hatte vor ihm.

Er sah nun auch länger in die Gesichter seiner Mitschüler, Mitschülerinnen, suchte darin nach Zeichen des Verständnisses. Und versuchte, in sich hineinzuhören, in sich Ruhe zu finden.

Als der Frühling kam, stand er ab und zu bei den anderen am Fluss hinter der Schule, mit einem Bier in der Hand, hörte zu, wie sie über sich sprachen, was sie machen wollten nach dem Abi, nach dem Militär- oder Zivildienst, wo sie studieren oder wohin sie erst einmal reisen wollten für ein paar Monate oder ein Jahr. Wenn sie ihn danach fragten, sagte er, dass er sich nicht sicher sei.

Er nahm sich vor, demnächst mit der Direktorin über Princeton zu sprechen. Bevor er weggehen konnte, musste er allerdings eine Sache klären. Für den großen Schritt nach Amerika brauchte er sicheren Boden unter den Füßen.

6

Achims Geburtstag Mitte Mai fiel in die Woche. Er feierte aber am Samstag im Garten.

Wenn bei jemandem die Entfernung nach Hause groß war, konnte man übers Wochenende auch im Internat bleiben. Diese Möglichkeit nutzte Oliver ab und zu. Jetzt aber wollte er mit Achim sprechen. Er nahm den Zug über Leipzig ins nächstgelegene Dorf, von wo er noch drei Kilometer zu laufen hatte auf einer Landstraße zwischen blühend-stinkenden Rapsfeldern, bis er Krauthain erreichte, die Hauptstraße, Veras Haus mit dem großen Garten und dem Bungalow. Darin oder davor auf der Terrasse und der Wiese fanden alle Feiern statt, je nach Wetter und Jahreszeit. Im Haus feierten sie nie.

Opa Harald. Achims Geschwister und sein bester Freund Bernd mit Frau. Veras Familie. Ein paar Leute aus dem Dorf. Schöner Frühsommer. Es wurde gegrillt. Mit einer Rostbratwurst, dafür Senf, einem Schweinesteak, dafür Ketchup, und Kartoffelsalat setzte sich Oliver neben Achim, fing mit der Bratwurst an, die nicht so gut schmeckte, weswegen er sie mit Ketchup verdrückte. Als er das Steak gegessen hatte, ging seine Tante Margit mit einem Tablett voller Schnapsgläser herum. Oliver griff zu. Er brauchte Mut. Achim zog eine Augenbraue hoch.

»Auf deinen Geburtstag«, sagte Oliver und hob das Glas.

»Moment, Moment«, riefen die, die noch kein Gläschen hatten.

Die zurückgestellten Gläser klirrten. »Wer hat mir«, fragte Oliver, »eigentlich meinen Namen gegeben? Du?« Eine Ja-Nein-Frage. Aber Achim überlegte zu lange, als dass ihm Oliver das Nicken abnahm.

»Wie ist das alles passiert?«

»Wie ... das ... alles?«

»Na, sag mir das doch mal. Ich weiß ja fast gar nichts. Nur von Oma. Die hat mir was erzählt, bevor sie starb.«

»Mensch, die Feier«, Bernd, bereits angetrunken, stieß Achim gegen den Oberarm, »mit dein Witzen. Da ist das doch passiert.«

»Ja, ja.« Achim sah Oliver an, sah durch ihn hindurch, runzelte die Stirn. »Ich war zwanzig un bei der Asche un hatte dann nach Monaten endlich ma n Wochenende Urlaub. Da machten wir ooch glei Musik.«

Bernd nickte. »*Color.* Musik zum Feiern.«

So hieß ihre Disko. Das wusste Oliver.

»Wir hatten nich viel: n Tonband, nen Plattenspieler, Verstärker, Lautsprecher, einiges selbst zusammgefriemelt, ne Diskokugel unne kleene Lichtanlage, Marke Eigenbau. Für Familienfeiern reichte das. Die liefen spitze. Da ham wir richtig Geld gemacht, obwomer sich davon nich viel koofen konnte. Aber rumgekommen ismer dadurch hier so im Bezirk.« Achim ließ seinen Blick über die Zuhörer am Tisch schweifen.

»War ne schöne Zeit«, sagte Bernd.

»Nur, dass uns de Stasi überwachte.« Achim kniff das linke Auge zusammen. »Wir kannten, uns kannte ja Hinz und Kunz. Un das war mir schon klar, obwo die zu der Zeit eigentlich genuch zu tun hatten, immer mehr zu tun hatten. Aber vorsehen musstemer sich trotzdem. Ich hab ja die Ansagen gemacht.

Die Musik lief da ja nich einfach durch. Nur wemmer ne Pause machten, was gegessen ham oder so.«

»Oder so.« Bernd lachte.

»Da hatten wir n Band mit was Ruhigem. Sonst gabs immer Überleitungen, manchma richtige Einlagen oder eben Witze. Bei mir jedenfalls. Un dafür hatte ich so n Heft.« Achim schob den Unterkiefer vor und fuhr sich mit der Zunge hinter den Lippen über die Schneidezähne. »Die Witze warn größtenteils aus der *Leipziger Volkszeitung,* der Wochenendausgabe, von der letztn Seite. Die guten schnitt ich aus un klebte die in das Heft. Un da schrieb ich ooch politische Witze rein. Ich Vollidiot. Die standen natürlich nich in der *LVZ.* Die schnappte ich so off, vor allem von Westdeutschen, die zu nem runden Geburtstag oder so rüberkam un manchma ihre Zonenwitze rissen. Die erzählte ich aber nur Bernd un noch zwee, drei Freunden. Jedenfalls kam ich bei dieser Feier während meiner Armeezeit nach ner Pause zurück – un das Heft war weg.«

Die Verwandten zogen die Stirnen hoch. Bernd zuckte die Schultern.

»Ich dachte, wenn das ..., wenn das in die falschen Hände kommt, bin ich im Arsch. Ich war richtsch fertig in dem Moment. Ich konnte ooch nich ans Mikro gehn un sagen, dass das ne Unverschämtheit wäre un ich mei Heft widderham will, sonst spielen wir nich weiter. Ich ging von der kleen Bühne zu dem Ausschank un bestellte mir was, während unsre Pausenmusik durchlief un Bernd mit den Leuten sprach. Die wussten von nichts. Die waren ooch nich locker. Viellei, weil der Mann, der da sein Fuffzigsten feierte an dem Tag, irgend so n Bonze war.« Achim nickte. »Bernd machte alleene weiter. Ohne Ansagen. Ich saß da, kippte. Da kam so ne Junge off mich zu un sachte, die Witze hinten in dem Heft wärn das Beste an der ganzen Feier.«

Oliver sah seinen Vater an. Aber der blickte in die Runde.

»Ich kuckte die an – die war viellei sibzn, un da gabs ooch was zu kucken –, wie die so vor mir stand, wild un bunt. Ne ziemliche Provokation in der gediegenen Gesellschaft. Ich spürte richtig, wie das in mir hochstieg. Wegen dem Luder hatte ich so nen Schiss bekommen. Ich zischte die an, wo das verdammte Heft wäre, un die nickte mir zu. Ich ging der hinterher, in irgend so n Kabuff. Als die dort die Tür hinter uns zumachte, mir das Heft zurückgab un grinste«, Achim kniff die Augen zusammen, »hab ich mir die vorgenommen.«

»Meine Mutter?«

Achim nickte.

Einen Moment blieb es still.

»Kanntest du da ihren Namen?«

Achim schüttelte den Kopf.

»Aber später schon?«

»Kathrin.«

Ein Teller mit den letzten Bratwürsten und Steaks wurde zum zweiten Mal herumgereicht. Die Einsichtsvollsten kratzten auch den Kartoffel-, Tomaten-, Gurkensalat zusammen. Man wollte schließlich einmal fertig werden. Obwohl sein Onkel Lothar mit einem Tablett voller Schnapsgläser einen Bogen um ihn machte, angelte sich Oliver ein Gläschen. »Hast du sie wiedergesehen?«

Achim überlegte, ob er pinkeln gehen sollte. Es waren aber zu viele Blicke auf ihn gerichtet. Also zog er tief Luft durch die Nase ein und nickte grimmig. »Ich war ja bei den Grenzern. Im Harz. Als ich nach der Grundausbildung sagte, dass ich nich off Menschen schieße, steckten die mich in den Innendienst, obwohl ich als Mechaniker gemustert worden war und dort ne Zeit lang schon in den Werkstätten gearbeitet hatte. Die wussten, die hatten gesehen, wie ich mit Fahrzeugen ega welcher Größe umgehen konnte. Das hatte ich in den Pfoten mit Motoren, Vergasern, Lichtmaschinen, Kupplungen. Un wenn ich mich nich für Anlagenbau entschieden hätte, wär ich ganz bestimmt Kfz-Mechaniker geworden.« Er nahm einen Schluck Bier. »In der Werkstatt dort stand n 311er Wartburg. Vom Hauptmann. Kee 312er, sondern der ganz alte Wartburg, die erste Baureihe, die noch so hoch war. Wie der Hauptmann damit ma wieder ne Spritztour machte, hörte ich, dass der Vergaser nich richtig eingestellt war. Der ließ mich tatsächlich ran an das gute Stück. Un den Vergaser kriegte ich so gut hin, dass mich der Hauptmann ab un zu vom Innendienst abzog un dran fummeln ließ. Musstich nich immer Kartoffeln schäln. Für de ganze Kompanie. Die Schießübungen musstich natürlich trotzdem mitmachen. Un ooch die andern Übung. Un beim Handgranatenweitwurf – ne Disziplin, die bei uns immer an der Schule geübt worden war mit diesen Profilstahleiern – kam ich Idiot off Anhieb off dreiunsechzig Meter. Kompanierekord.« Achim winkelte seinen rechten Arm an und drehte die Faust ein, dass sich sein Bizeps unter dem kurzärmeligen Hemd anspannte. »Ich hatte ja Bums. Von der Ziegenmilch in meiner Kindheit, Brockei, was mir meine Oma immer gemacht hatte. Jedenfalls wollten die off nen Dreinsechzsch-Meter-Werfer nich verzichten, un sollte ich mit noch zwee andern drei Ma de Woche trainieren in Vorbereitung offn Stärksten Soldaten, so nen Wettbewerb. Deswegen hatte ich an bestimmten Tagen nich nur verkürzten Dienst in der Küche, sondern kamen wir regelmäßig zu spät zum Abendbrot. Der Zwei-Zentner-Küchenkapo reichte uns dann jedes Ma s Tablett durch die Ausgabe mit seim Daumen in der Soße. Wennse das noch ma machen, sachte ich schließlich, könnse ma mein Daumen schmecken. Das nächste Ma machte der das widder. Noch ma nich, sachte ich.« Achim nahm einen Schluck Bier. »Vorm nächsten Training riefen die mich in die Schreibstube. Da warteten dort drei Frauen. Meine Mutter. Daneben die Bunte, die mir die Witze geklaut hatte. Unne Frau, die ich von derselben Feier her ooch noch kannte. Ihre Mutter. Die sahen mich an un sachten erst ma nichts. Der Gefreite hinterm Schreibtisch grinste über beede Ohren. Die Jungsche in der Mitte mit nem dicken Bauch! Als ich von der Unterhaltung zurückkam un mei Abendbrot fassen wollte, obwohl ich gar keen Hunger hatte, war der fette Daumen widder in meiner Suppe. Bums! Hab ich die Sau voll erwischt. Durch die Ausgabe. Ich bin da fast durchgesprungen. So schnell konnte der gar nich kucken. Hatte ich dem eene eingeklinkt. Un der rappelte sich gerade erst widder off, als die zwei Kameraden vom Weitwurf reinkamen un glotztn, was hier los war, mit dem Unteroffizier un meiner Suppe offm Boden. Un hätte der nich schon länger Knatsch mit m Hauptmann gehabt, ich wäre an dem Tag glei inn Bau gewandert. Da wurde ja nich lange gefackelt damals. Ooch am Ende nich. Hattsde een umgehaun, gingsde inn Knast. Un Militärknast war was andres als normaler Knast. Ich hatte aber noch ma Glück, un das wurde alles untern Teppich gekehrt. Ich kam sogar zurück in die Werkstatt. Die letzten drei Monate.« Achim winkte ab. »Un dann war der Laden ja schon so gut wie am Ende, als die mich im Sommer neununachtzsch entließen.«

Die anderen nickten. Oliver nicht.

Es dämmerte. Glückliches Rosa an einer Wolkenschicht im Westen, schön zu sehen durch die hohen Weiden am Rand des Gartens. Bernd stand auf, ging hinter die Büsche. Ein Onkel tat es ihm nach. Die Asche aus dem Grill wurde über die von Steinen eingefasste Feuerstelle geschüttet. Zusammengeknülltes Papier, Äste, gehacktes Holz darüber, Brennspiritus. Schon stand das Feuer, knackten die Scheite. Achim wollte aufstehen, weggehen von seinem Sohn, denn damit, wie der trank, wollte er nichts zu tun haben.

Olivers Herz schlug. Vor Elend und Wut. »Und als ich geboren wurde?«

»Hm.«

»Wo warst du da?«

Achim schüttelte den Kopf, sah in die Gesichter der Runde. »In Siófok am Balaton.«

»Ach, der Balaton!«, rief jemand.

»Der Bratfisch!«

»Die Melonen.«

Sie wollten Achim helfen und dem Gespräch eine erfreuliche Wendung geben.

»Die Bluejeans auf dem Kleidermarkt.«

»Die T-Shirts.«

»Viel mehr Süden gabs ja nich für uns, außer noch Bulgarien.«

»Das zusätzlich mitgenommene Geld.« Harald schüttelte den Kopf. »Un die Westgermanen, für die das dort alles nichts kostete.«

»Scheißostgeld«, schimpfte Lothar.

»Dieses pisswarme Wasser, zweihundert Meter bauchhoch hinein!«, rief Margit.

»Ei jei jei! Mit Lisbeth zusammen«, seufzte der Großvater.

»Als ich geboren wurde?« Oliver fixierte seinen Vater.

»Ja. Da hätten wir ooch abhauen können. Über die Grüne Grenze. Die wurde ja da grade offgemacht von den Ungarn.

Aber was wollte ich drüben, wo ich meine ganzen Kumpels hier hatte. Wir ham uns an dem Campingplatz einfach anne Westkarre gelehnt un Geld gezählt. Westgeld. Das wir getauscht un manchma bei Veranstaltungen gekriegt hatten. Westkarre, Westgeld in der Hand – bis paar Ostweiber vorbeikamen. Den hammer anner Imbissbude dann ne Coca Cola unnen Hamburger spendiert, ohne groß zu sächseln. Alles klar?!« Achim prostete Bernd zu. »Da ließen die uns eigentlich immer ran!«

Bernd lachte über den Tisch zurück. »Bis ma so n Typ kam, dem gerade die Karre gehörte, un uns durchschaute.«

»Durchschaute? Der wedelte uns mit seinen Scheinchen zu. Die Sau dachte wo, der kann den Spieß umdrehen ... Krank! Ich sag nur: krank! Du musstest mich echt zurückhalten.«

»Was macht ein schwuler Adler?«, fragte Lothar.

»Er fliegt zu seinem Horst«, antwortete gefällig Margit, die alle Witze ihres Mannes kannte, zumal diesen seichten Klassiker unter den Schwulenwitzen.

Achim machte mit einem Analwitz weiter und schob noch etwas Abfälliges hinterher.

In das verhaltene Lachen hinein fuhr Oliver seinen Vater an. »Das meinst du nich ernst?« Er war der Schwule.

»Klar.«

»Das sind ganz normale Menschen.« Er war der Kuckuck im fremden Nest.

»Off keen Fall.«

Oliver sah Achim voller Abscheu an. Auf der Terrasse vor dem Bungalow wurde es still, weswegen sich auch die, die am Lagerfeuer standen, umdrehten.

»Die wolln wir hier nich.«

»Was?« Er war der Ausländer.

»Die brauchen wir hier ooch nich.«

»Sag, dass das ganz normale Menschen sind, verdammt!« Er war der Fremde.

»Nee. Das sin keene …«

Oliver sprang auf und schlug zu.

Geschrei und Gerangel. Gläser, Flaschen stürzten um.

Henry und Bernd hielten Oliver fest, packten ihn an den Sachen, Armen, Beinen, zerrten ihn weg von seinem Vater, stießen ihn auf den Rasen. »Hau ab!«

Effi hob Olivers Brille auf.

»Ihr Schweine!«

»Geh schlafen!«

»Sag, dass das ganz normale Menschen sind!«

Achim saß am Tisch.

Oliver heulte. »Ihr Nazis!«

»Krigsd glei eene off de Schnauze«, rief Henry.

»Das reicht jetz!«, ging Harald dazwischen, stellte sich vor Oliver, zündete sich eine Zigarette an und brachte seinen Enkel zum Haus.

Achim blieb am Tisch sitzen, auch als um ihn herum alle Gläser und Flaschen abgeräumt worden waren und sich die Letzten verabschiedet hatten.

Benommen stand Oliver am nächsten Vormittag auf, wusch sich das kratzende Gesicht. Am liebsten hätte er sich das Gehirn gewaschen. Die Kopfschmerzen waren nicht sein größtes Problem. Er schaute in die Küche. Vera sah ihn an, goss ihm einen Kaffee ein, hielt ihm eine Packung Paracetamol hin. Er schlürfte den Kaffee, entschuldigte sich für sein Benehmen, fragte nach Achim, ging die Treppe hinunter in den Garten, wo sein Vater mit Henry die Tische wegräumte. Oliver entschuldigte sich laut und deutlich.

»Is erledigt. Brauchen wir nich weiter drüber reden.«

Auch Olivers Onkel nickte. Zu dritt räumten sie den Garten auf, bauten das weiße Partyzelt ab, klappten die Stühle, stellten die Tische und Bänke zusammen, brachten alles ins Haus und in den Schuppen. Als sie fertig waren, genehmigten sich die Brüder ein Bier auf der Hollywoodschaukel. Oliver ging ins Haus, packte seine Sachen.

Vera kam in sein Zimmer. »Das war dumm von dir.«

Oliver antwortete nichts.

»Ich weiß, wies dir als Junge ergangen is. Das weeß ooch Achim. Von dem kannsde alles kriegen.«

»Ich will gar nichts von dem.«

»Mit eem Schlag hast du alles aus der Hand gegeben. Jetz ham die Leute een für alle Ma was gegen dich in der Hand. Daroff ham die nur gewartet, dass du dir ma n dickes Ding leistest. Damit hasdse von ihrm schlechten Gewissen befreit. Wenn immer du von nu an was anstellst, was die zu hörn bekommen, wern die das off dei Entgleisungskonto schreiben.«

»Is mir egal.« Er zurrte den Rucksack fest. »War höchste Zeit, dass ich Achim ma eene reingehauen hab.«

Nach dem Mittagessen, Achim gab ihm wie immer einen festen Händedruck, fuhr Oliver zurück ins Internat.

Wochenlang gingen regelrechte Schamanfälle über Oliver hinweg, wenn er daran dachte, wie er die Verwandtschaft beschimpft hatte. Er meldete sich nicht in Krauthain, blieb über die Wochenenden im Internat, wo er sich mit zwei Mitschülern anfreundete, die auch nicht nach Hause fahren wollten. Vera sagte er am Telefon, dass er für die Abiturprüfungen lernen müsse.

Der Direktorin lief er zweimal über den Weg. Sie sah ihn wohlwollend an. Er grüßte ausdruckslos. Was wusste die schon?! Er hatte die Wunde schließen wollen. Aber sie war nur größer geworden. Er konnte nicht weggehen. Er brauchte den richtigen Abstand. Nicht Princeton hinter einem Ozean. Sondern die TU Dresden. Einhundert Kilometer. Vorher ein Jahr Armee. Vielleicht tat ihm das ja gut: Kommandos, Befehle, Arschtritte. Er war der Ossi der Ossis.

7

Der Militärdienst bei einer Raketeneinheit bereicherte keineswegs nur Olivers Begriff von Idiotie. Wie die erste Zeit an der Gauß-Schule fühlte er sich in seinem Element und den anderen Wehrdienstleistenden gegenüber im Vorteil. Obwohl er nicht der Sportlichste war. Am Schulsport hatte er stets nur lustlos teilgenommen und einzig an den jährlichen Skifahrten des Spezi Gefallen gefunden.

Die Regeln und Befehle bei der Armee, das vorgeschriebene Programm, der jedem bestimmte Platz, der Rhythmus der Mahlzeiten waren für ihn kein Problem, sondern eine fast natürliche Freude. Die Schinderei der Grundausbildung hatte man für die Hochbegabten auf ein erträgliches Maß reduziert. Das Gebaren, die Macken und Gemeinheiten der Vorgesetzten einerseits, die Reaktionen einiger Rekruten andererseits erweiterten seine Menschenkenntnis. Oliver wusste, wie man in solchen Einrichtungen zurechtkam.

Nach acht Wochen verließen die Spezialköpfe das allgemeine Ertüchtigungsprogramm und begannen ein Vorstudium in höherer Mathematik, Informatik und Kybernetik, berechneten ballistische Bahnen und benutzten dafür Computer, von denen die Rechenzentren mancher Universitäten nur träumen konnten. Oliver überlegte, ob er bleiben sollte. Seine Fachausbilder, zum Teil promovierte Offiziere, die sein Potenzial schnell erkannten, schwärmten in mehreren Einzelgesprächen von den glänzenden wissenschaftlichen Perspektiven und der soliden finanziellen Vergütung, die es zwar nicht mit Gehältern, die in der Wirtschaft gezahlt würden, aufnehmen könnte, aber allemal mit dem, was man irgendwann einmal vielleicht an einer Universität als Professor bekam. Sie erwähnten verschiedene Forschungsprogramme, etwa die Ballistik elektromagnetischer Supergeschosse oder die Präzisionstopologie zur Zielerfassung betreffend, wo ohne mathematische Grundlagenforschung gar nichts vorankomme, wo solche Köpfe wie Oliver der Technologie von morgen den Weg bahnten und auch Kooperationen mit den Eliteinstituten des französischen, britischen und amerikanischen Militärs den unbedingt nötigen wissenschaftlichen Austausch gewährleisteten, bei aller Geheimhaltung, die auf diesem Gebiet natürlich geboten sei. Die Hälfte der Physik-Nobelpreise der vergangenen Jahrzehnte seien Derivate militärischer Forschungen gewesen. Einen zivilen Beruf könne man später, wenn die wissenschaftliche Kraft nachlasse, immer noch ergreifen. Da vermittle die Bundeswehr fürsorglich zur Zufriedenheit aller. Die militärische Forschung solle ja auch der Zivilgesellschaft zugutekommen, was nicht zuletzt der demokratische Auftrag moderner, nachhaltiger Landesverteidigung sei.

Oliver misstraute nicht diesen Versprechungen, sondern dem persönlichen Glück, das er hier hätte finden können. Er wusste, wie problematisch seine Konstitution war. Dass er so gut zurechtkam in der Armee, sprach gegen diese Verbindung. Er brauchte einen bestimmten Schmerz, der ihn umtrieb, ein beständiges Gefühl der Vergeblichkeit, ja, der Schuld. Deshalb lehnte er das Angebot ab. Höchstens die Mathematik des Unmöglichen hätte ihm sein Leben aufschließen können, eine Arithmetik des Bodenlosen, eine Algorithmik des Verschwindens, an der das Militär aber kein Interesse haben konnte.

Also ging er, als die Militärzeit um war, nach Dresden.

Dort fühlte er sich wie ein altersloses Wesen. Wie ein Dschinn in der Lampe. Er wartete. Er konnte warten. Mit den Zahlen. Irgendwann würde es genug Reibung geben, dass er aus sich herauskam.

Das Grundstudium absolvierte er in drei Semestern. Er war fleißig. Auf seine Weise: mehr in der Bibliothek und in der vorlesungsfreien Zeit als in den Seminaren. Die in den Regalen greifbare Fülle des mathematischen Wissens und die Anzahl der Fachjournale begeisterten ihn. Er wiederholte, was er kannte, erweiterte seine Kenntnisse in Zahlentheorie, Geometrie und Topologie, las über Vektorfelder, Kryptologie, Minimalflächen, holomorphe und meromorphe Funktionen, zelluläre Automaten sowie die Warteschlangentheorie. Er vertiefte sich in die Probleme der Stochastik, steckte seine Nase in die Knotentheorie mit ihren Verschlingungen und Verwringungen, in Kauffman- und Jones-Polynome, Reidemeister-Bewegungen, die Zopfgruppe, beschäftigte sich eine Zeit lang mit Mengenlehre, Cantors Konzept des Unendlichen, der Zermelo-Fraenkel-Axiomatik, insbesondere dem Auswahlaxiom, außerdem mit dem Banach-Tarski-Paradox. Er beschnupperte de Branges Beweis der Bieberbachschen Vermutung, die Riemannsche und die Poincarésche Vermutung sowie Wiles' Beweis des Großen Fermatschen Satzes, wobei er recht schnell an seine Grenzen stieß. Diese Achttausender der Mathematik lagen nach wie vor außerhalb seiner Möglichkeiten, waren nicht bloß einsame Gipfel der Wissenschaft, sondern unüberschaubare Hochgebirgszüge, in denen er sich alsbald verlor, wenn er den Fuß in die tiefen unteren Wälder setzte. Trotzdem: Er las, dachte mit, dachte nach, trug das mit sich herum, grübelte, puzzelte, experimentierte, stellte Sachen auf den Kopf, versuchte, Brücken zu schlagen, allgemeine Linien zu sehen, Berührungspunkte auszumachen, gleichartige Strukturen oder Probleme zu erkennen – kam voran.

Zum Ausgleich, zur Inspiration und Motivation besuchte er klassische Konzerte in der Semperoper, in den kleineren und größeren Sälen der Stadt, in den Kirchen, regelmäßig auch die Motetten in der Kreuzkirche mit ihrem berühmten Chor, obwohl er die Predigten des Pastors nur schwer ertrug.

In Seminaren meldete er sich nie, um durch kluge oder kritische Kommentare die Dozenten zu beeindrucken. Die Neugierde der Professoren auf seine Fähigkeiten wurde nur ab und zu durch exzellente Hausarbeiten beflügelt. Oliver hielt die meisten Mitstudenten für beschämend mittelmäßig. Freunde fand er auf diese Weise nicht, geschweige denn eine Freundin.

Die ersten Semester wohnte er in einem Studentenwohnheim, später in einer Wohngemeinschaft, ohne dass die Mitbewohner ihn viel sahen. Montag bis Freitag aß er in der Mensa. Am Wochenende machte er sich Kartoffeln oder Nudeln mit Würsten, Konservenfleisch oder Dosenfisch. Alle vier Stunden brauchte er tagsüber eine Mahlzeit, morgens, mittags, nachmittags, abends, wobei er es mochte, wenn sein Magen knurrte zur bestimmten Zeit, wenn sein Gedärm sich rumpelnd zusammenzog. Manchmal wartete er grimmig noch ein Weilchen, bis er endlich etwas in sich stopfte, ein Schinken- oder Salami-Brot, zwei Stück Kuchen, einen Thunfisch-Salat, ein Paar Wiener Würstchen mit Kartoffelsalat.

Samstags, manchmal schon freitags, trank er in hässlichen Kneipen unter älteren Männern. Dann wurde aus dem Einzelgänger ein Einzeltrinker. Fünf, sechs Bier. Das half. Trinken und dabei nicht dummquatschen. Er sagte immer

Trinken dazu, nicht Saufen, selbst wenn er schlimm nach Hause torkelte.

In den Semesterferien allerdings kam Schnaps hinzu. Dann konnte er auf dem Nachhauseweg seine Weltverachtung herausschreien, was seine Selbstverachtung tags darauf nur größer machte. Im Anschluss an solche Exzesse fuhr er manchmal in die Berge. Bestenfalls lag Schnee.

Ab und zu trank er auch mit dem einen und dem anderen ehemaligen Gaußianer, die am Spezi übers Wochenende geblieben und nun an ihren Universitäten genauso verkracht waren mit der Welt wie Oliver. Sie besuchten sich in Bonn, Göttingen oder eben Dresden und fingen nach einem halben Kasten Bier an, sich zu streiten, zu beleidigen. Nach dem ganzen Kasten kam es vor, dass einer kotzte. Ungefähr zwei Monate später überwog ein Minimalbedürfnis nach Gesellschaft die Restscham, ermöglichte eine späte Entschuldigung ein Wiedersehen, das bei dem völlig haltlosen Lebenswandel dieser Studenten spätestens beim nächsten Treffen wieder übel endete.

In seiner Familie, die er alle vier Wochen besuchte, hielt sich Oliver zwar mit Alkohol zurück. Womit er sie aber keineswegs davon überzeugen wollte, dass so ein Eklat nicht erneut passieren könnte. Mit seinen Besuchen erinnerte er sie daran, dass er da war, mit zwei Bieren daran, dass er trank. So, wie ihm jene Geschichte anhaftete, wollte er an ihnen kleben bleiben und immer wiederkommen, damit sie sich unwohl fühlten.

Doch die Familie, von Veras Seite genauso wie von Achims, beachtete Oliver kaum. Sie grillten von Mai bis Oktober, manchmal auch unter der Woche und feierten jedes Fest. Veras und Achims Geschwister wohnten in einem Umkreis von zwanzig Kilometern. Schon wenn sich jemand ein neues

Auto kaufte, kamen sie zusammen und stießen darauf an. Plus Gartenfeste reihum. Oliver ging nie mit, war aber manchmal da, wenn die eine oder die andere Sippe sich in Krauthain traf oder bei größeren Anlässen mischte. Niemand sagte ihm vorher etwas, weil er dann in Dresden geblieben wäre. Er gehörte aber nun mal dazu. Manchmal fragte eine Tante oder ein Stiefverwandter, was genau er mache und später machen wolle, ob er als Lehrer an der Schule arbeiten könne. Gelegentlich schaltete sich Harald ein und verkündete, dass aus seinem Enkel noch mal was Großes werde.

Alles Geschwätz, dachte Oliver und wunderte sich über diese Leute, wie selbstgewiss sie im Leben standen und vor allem darüber sprachen, welche Arbeiten demnächst anstanden. Die Vergangenheit war in Ordnung. Die kratzte niemanden. Soviel Oliver wusste, waren beide Familien durch das zwanzigste Jahrhundert ohne einen einzigen gewaltsamen Todesfall gekommen. Lisbeths Vertreibung aus Schlesien zum Kriegsende war historisch das einzige Unrecht, das dieser Familie widerfahren war. Ein katastrophales Jahrhundert mit zwei Weltkriegen, zwei Hungerszeiten, vier Systemwechseln, mehreren Währungswechseln, einer Hyperinflation, zwei Diktaturen – aber kein Verbrechen, keine Verfolgungen oder Inhaftierungen in diesen beiden Familien. Da war niemand jemals unter die Räder gekommen, nicht mal in einen bösen bürgerlichen Rechtsstreit verwickelt worden. Nur auf Veras Seite ein SS-Mann, der spät aus russischer Kriegsgefangenschaft heimgekehrt und nicht alt geworden war. Was der davor getan hatte, erfuhr Oliver nicht. Diese Leute wussten, wie sie sich anstellten, mitmachten, die Schnauze hielten, durch- und davonkamen. Harald war in den fünfziger Jahren in die Einheitspartei eingetreten und ein kleiner Funktionär geworden.

Seine Kinder ließ er außen vor, die mussten sich nicht großartig bekennen. Schlucken und arrrrrrbeiten. Das konnten sie. Niemals unten. Immer auf den Wagen geklettert und sich festgehalten. Niemals höhergestiegen. Ausgestattet mit einem bodenständigen Instinkt, der sie Politik wie das Wetter und die Jahreszeiten als etwas sehen ließ, was vorbeigeht und sich wiederholt. Da stach keiner hervor und zog das Unheil an. Die hatten alle einen gesunden Schlaf und nahmen dem Leben nichts übel. Am liebsten hätte sich Oliver mit ihnen einmal still besoffen.

In dem Frühjahr, als Oliver genau halb so alt war wie sein Vater, wurde bei diesem Krebs festgestellt. In einem bereits fortgeschrittenen Stadium. Man behielt Achim gleich im Kreiskrankenhaus und schnitt ihm terminal ein Stück Darm ab. Der reichte dann nicht mehr bis zum Ausgang. Die Ärzte nähten Achim den Anus zu und ließen den Darm links am Bauch in einen Beutel auslaufen. Das, was jetzt an seinem Körper hing, grämte ihn anfangs mehr, als dass ihn das, was sie vielleicht nicht herausgeschnitten hatten, ängstigte. Die Ärzte, Schwestern und Pfleger sprachen von malignem Tumor, Rektumresektion, Stoma, Colostoma, Stuhl. Das machte es für Achim nicht besser. Er sagte Darmkrebs und Scheiße.

Auf Arbeit gehen konnte Achim nicht mehr. Er jammerte nicht. Vera allerdings hörte ihn oft im Bad fluchen.

»Ja. Bestimmt. Das Gesaufe«, sagte Achim zu Oliver, als der ihn besuchte. Sie saßen im Bungalow. Achim trank ein Bier aus der Flasche. Oliver hatte nichts gefragt. »Wird sein Teil dazu beigetragen haben. Un die Gene. Von Lisbeth. Denn von Harald kann ich das nich haben. Un die Ernährung. Obst hat mir ja nie geschmeckt. Eher noch Gemüse. Das ganze rohe, gesalzene, gepökelte, gekochte, gebratene, gegrillte, geschmorte, geräucherte, durch den Wolf gedrehte und vermischte, verwurstete Fleisch, das ich mei Lehm lang gegessen hab. Meine Fresse! Das Zeug kann ich jetz nich ma mehr riechen. Das will wo was heeßen.«

Oliver hörte zu. Von Dresden erzählte er nie, davon, dass er an seiner Abschlussarbeit über *Pathologische Singularitäten dreidimensionaler Räume* saß, von seinem Professor Sigismund Dorfmeister, der ihn auf dieses aktuelle topologische Thema gebracht hatte. Und erst recht nicht von seiner Liebe zu den seltsamen Phänomenen, den extremen Krümmungen mancher Formen, wo ihm der Boden unter den Füßen schwand, wo sich alle Form der Gedanken auflöste, sodass er in einen eigenartig mathematischen Höhenrausch verfiel.

Wenn Oliver wieder nach Krauthain kam, wog sein Vater stets ein Kilo weniger. Achim erzählte von der Chemo, für die er abgeholt wurde von einem ansässigen Taxi-Unternehmen, das von den Kranken und Alten im Umkreis lebte. Vera erzählte von Alexandra, deren Freund Benedikt, dem Obst und Gemüse im Garten. Sie sprachen über das Wetter. Meist redete Achim auch noch über Fußball. Bundesliga. Champions League. Was Oliver nicht interessierte. Aber das war nicht schlimm. Die Gespräche mit seinem Vater zogen ihn nicht mehr herunter. Im Gegenteil. Wenn er zurück nach Dresden kam, trank er eine Weile weniger.

Bis zu seinem dreiundzwanzigsten Geburtstag hatte Oliver fertig sein wollen mit der Diplomarbeit. Ein dummer Gedanke. Als ob die mathematische Aufgabe, die er sich vorgenommen hatte, ein Haus wäre, das sich von unten nach oben, oder eine Straße, die sich Stück für Stück bauen ließe durch kontinuierliche, fleißige Arbeit, als ob alles Material bereitstünde und nur noch hätte zusammengefügt werden müssen.

An einigen Tagen wurde Oliver regelrecht wütend, wenn ein Gedankengang versandete, wenn auf eine Folgerung die gebändigten Kurven, die Kanten der Räume wieder ins Haltlose schossen. Einige Dozenten der Fakultät, die von Olivers Projekt hörten, machten Witze darüber, welche Aus- oder Nebenwirkungen die Beschäftigung mit sogenannten wilden Geometrien auf die Gehirnwindungen eines jungen Mathematikers haben musste. Aber das war ja klar, war nur zu verständlich, dass die Leute über das, was ihre Vorstellungskraft überstieg, lästerten. Das war noch harmlos.

Auch der August verging. Manchmal verließ er drei Tage nicht die Wohnung. Sein Zimmer roch nach zu lange benutzter Wäsche. Einige Male rannte er ins Kino, sah zwei Filme hintereinander, trank zwei Bier im Saal und danach weiter. So leerte er seinen Kopf, erholte sich sein Gehirn, selbst wenn er einen Tag verkatert im Bett liegen blieb. Am übernächsten Tag konnte er meist mit frischer Energie und einem neuen Gedanken, der plötzlich da war, weitermachen. Im September war es so weit, gab Oliver die Arbeit ab.

Eine Weile fühlte er sich leicht. Einige Wochen. Nichts trieb oder drückte ihn. Er machte nichts und kümmerte sich auch nicht darum, wie seine Arbeit von den Gutachtern der Fakultät aufgenommen wurde. In dieser Zeit ging es ihm so gut, dass er eine und später noch eine Einladung annahm zu einer Party von Kommilitonen, die ihn bewunderten. Da trat er überraschend nett auf.

Öfter ging er raus aus der Neustadt ein Stück flussabwärts zu einem Biergarten mit großen Kastanien. Die Elbe wurde vor der Kurve bei Pieschen schmal und schnell. Die Gäste kamen aus den umliegenden Schrebergärten zumeist in Arbeitskleidung oder waren einheimische Fahrradausflügler. Oliver genoss den Blick über die Wiesen, den Fluss, das gegenüberliegende Ostra-Gehege und auf die orientalische Kuppel der einstigen Tabakfabrik.

Einmal setzte sich eine Frau auf seine Bank, zündete sich eine Zigarette an, redete einfach los und auf ihn ein, denn sie meinte, ihn von irgendwoher zu kennen. Sie sagte, dass der Fluss hier gefährlich sei wegen einiger Stromschnellen, fragte, ob er schon einmal in der Elbe geschwommen sei, sie habe nicht übel Lust, einmal hineinzugehen, sprach über die Spaziergänger an der Elbe, deren Hunde im Fluss verschwunden wären. Er wunderte sich, wie lange er an seinem halben Bier saß. Vielleicht, weil die Frau so schnell redete. Die bunte Yenidze-Kuppel strahlte im Licht von einem der mutmaßlich letzten warmen Tage.

»Was für Musik hörst du?«

»Äh, Ba-«, er war perplex, »-rockmusik.«

»Rockmusik! Genau so siehst du aus!« Sie lachte.

»Barock!« Er lachte mit.

Sie schaute auf den wirbelnden Fluss.

Er betrachtete sie. Die dunklen Haare fielen ihr ins Gesicht. Sie hatte braune Augen und eine feine gerötete Nase. Sie sah ihn traurig an. Das gab ihm einen Stich.

Sie schimpfte über ihre Fakultät, einige Dozenten, Professoren, die Herrschaft, die Ignoranz dieser Männer, die Frauen nicht ernst nahmen, nicht unterstützten, nur blöd anschauten von vorn oder hinten. Die wollten sie tatsächlich in die Paraphysikecke stellen. Oliver verstand, dass sie als wissenschaftliche Assistentin an der Physikalischen Fakultät der TU promovierte. Als ihre Apfelsaftschorle und sein Bier alle waren, forderte sie ihn zu einem Spielchen heraus: Drei Kastanien in den Müllkübel vor ihnen schießen. Der Verlierer sollte die nächsten Getränke holen. Verdutzt sah er, wie sie die glänzenden braunen Dinger aufsammelte. Drei für sich. Drei für ihn. Sie gab ihm einen Schubs. Er stand schwerfällig auf. Sie kreiste zur Erwärmung die Schultern, fing an. 1:0. 1:1. 2:1. Er warf daneben. Sie warf daneben. Als er mit seinem letzten Wurf noch ausglich, verabschiedete sie sich.

Später fragte er sich, ob er hätte danebenwerfen sollen, und bestellte allein ein Bier. Aber eine Frau, die ihn ansprach, die es schaffte, ihn zu einem Spielchen zu bewegen, musste nicht ganz dicht sein.

Ende November, nach der Verteidigung seiner Diplomarbeit und dem ausgezeichneten Abschluss seines Studiums, galt Oliver Seuß zusammen mit Peter Scholze als größte mathematische Hoffnung des Landes. Olivers Vorschlag, wie sich im Anschluss an Hamilton und Perelman die Zeitpunkte, wann die Singularitäten auftraten, genauer bestimmen ließen, fand über die Grenzen nicht nur der TU Dresden, sondern Deutschlands hinaus Beachtung in der Fachwelt und wurde gekürzt im *Journal der Deutschen Mathematischen Gesellschaft* publiziert. Oliver erhielt dafür einen der renommierten Leibniz-Preise, wobei das für die weitere Forschungsarbeit bestimmte Preisgeld im Vergleich zu dem, was man in den angewandten Wissenschaften bekommen konnte, bescheiden ausfiel mit fünfundzwanzigtausend Euro. Der Dekan bot ihm eine Promotionsstelle ohne akademisch-bürokratische Verpflichtungen an. Zwei Professoren amerikanischer Universitäten, die nicht erst, wie sie beide unabhängig voneinander schrieben, durch seine neueste Arbeit auf Oliver aufmerksam geworden waren, umwarben ihn mit einem Stipendium ihrer Alma Mater. Urs Donati-Krenn, ein Professor der ETH Zürich, machte auf dem Rückweg von einer Fachkonferenz in Halle an der Saale einen Umweg über Dresden, um seinen alten Freund Dorfmeister wiederzusehen und Oliver kennenzulernen. Sie trafen sich zu dritt in Dorfmeisters Büro. Donati-Krenn erzählte vertraulich, dass Oliver mit seiner Diplomarbeit einer der aussichtsreichsten Kandidaten für den alle zwei Jahre von der ETH vergebenen Heinz-Hopf-Preis für herausragende Arbeiten im Gebiet der reinen Mathematik sei – und schwärmte von der produktiven Forschungsatmosphäre in Zürich gerade auf dem Gebiet der algebraischen Topologie, dem Hopf Mitte des vergangenen Jahrhunderts so starke Impulse gegeben habe. Wenig später winkte ihm auch das Züricher Forschungslabor von IBM, wo zwei Nobelpreisträger arbeiteten, mit einem Drei-Jahres-Vertrag für freie Forschung.

Oliver wusste nicht, wofür er sich entscheiden sollte. Tagsüber las er die Klassiker: Gauß, Riemann, Hilbert. Abends ging er in ein Konzert oder hörte Musik in seinem Zimmer mit Kopfhörern – zu der Zeit am liebsten Liszts Klaviersonate in h-Moll.

In der alten Mensa stand Mitte Dezember die Kastanienfrau, die Physikerin an seinen Tisch. Überrascht und verlegen bot er ihr einen der freien Plätze an. Was suchte diese schicke Frau in dem schäbigen Altbau, wo wirklich nur noch die hungrigsten Studenten der nächstgelegenen Fachbereiche aßen? In der neugebauten Mensa war das Essen zwar auch nicht besser, aber es stank nicht nach den starken Reinigungsmitteln, mit denen sie hier gegen längst resistente Bakterienstämme in den Wänden vorgingen. Ina. Linkisch schüttelte er ihre Hand. Sie habe von seiner Diplomarbeit gehört, gratuliere ihm zum Leibniz-Preis. Er wurde noch misstrauischer. Das Gespräch entsprechend. Holprig. Wobei man ja auch etwas essen musste. Dafür war man ja hier. Zum Essen. Tat sie ja auch.

»Möchten Sie am Freitag mit uns – zwei, drei jüngeren Dozentinnen, Dozenten – etwas trinken gehen? Wir würden Sie gern kennenlernen.«

»Da gehe ich ins Konzert.«

Sie schob die Lippen vor – holte ihr Handy hervor, tippte und wischte über den Bildschirm. »Und nächsten Samstag? Um neunzehn Uhr in der Semperoper die *Zauberflöte*?« Sie lächelte.

Was sollte er von dem Lächeln und dem Ganzen halten? »Da besuche ich immer …«

»Na, dann vielleicht einmal nächstes Jahr wieder an der Gartenschenke.« Sie schob knarrend ihren Stuhl zurück, stand auf, »Alles Gute!«, nahm das Tablett und ging davon.

Oliver sah ihr nach, nickte und aß die zweite Mahlzeit des Tages.

8

Im neuen Jahr – gerade war Curtis Cooper mithilfe der GIMPS-Software auf die achtundvierzigste Mersenne-Primzahl gestoßen, $2^{57885161}-1$, eine Zahl mit über siebzehn Millionen Ziffern – saß Oliver an einem Samstag mit Achim und Vera im Bungalow. Draußen dämmerte es. Achim wärmte sein Bier am Ofen.

»Hab ich dir von dem Maulwurf erzählt, der wochenlang den Garten offwühlte? Vor drei Wochen kam ich kurz nach neun runter, als der stieß. Sonst war ich immer zu spät dran. Aber an dem Morgen nich. Vorsichtig holte ich den Spaten, der am Bungalow lehnte, ging ganz sachte ran. Stück für Stück wuchs der Huckel. Ich wartete, dass der nach oben kam. Meine Pfoten warn kalt. Bin ja nur noch Haut un Knochen. Dann hörte das Stoßen off. Ich wusste nich: Hielt der nur inne? Oder war der weg? Da stach ich zu. In den Haufen. Ich riss den Spaten hoch un hoffte, dass der Kamerad durch de Luft flog, weg von seim Stollen. Aber der purzelte grad so über sein Haufen un blieb liegen. Das Fell glänzend schwarz von der frischen Erde. Ich hätte glei droffhauen müssen. Aber wir standen wo beede unter Schock. In dem Moment. Als Erstes rappelte der sich off, machte fast nen Sprung zurück Richtung Loch. Ich erschreckte richtsch, wie der ganz wild daroff zupaddelte. Ich hatte noch nie nen Maulwurf erschlagen. Bamm! Traf ich mit der Schaufel off was Weiches. Bamm! Bamm! Ich schwitzte, obwo mir kalt war. So hab ich den Blindgänger erschlagen off der Wiese.«

»Maulwürfe sind schlecht für Rasenmäher«, sagte Vera.

»Stolz daroff war ich nich. Das erzählte ich später aber in der *Roten Achte.*«

Oliver staunte, dass dieser Treffpunkt in der Garage des ehemaligen Bürgermeisters einen Namen hatte.

»Erstma hasde an der Stelle en Indianerfeuer gemacht. Gut für den Rasen«, beschwerte sich Vera.

»Ich musste mich offwärm. Am nächsten Tag sollt ich ja zur Kur fahrn. Um mich von der Chemo zu erholn.« Er öffnete das Bier und trank.

»Den ganzen Tag hattsde dein Moralischen.«

»Weil ich dran denken musste, dass wir beede, der Maulwurf genau wie ich, eigentlich den gleichen Job gehabt ham.«

Wie sein Vater immer schmaler wurde von Monat zu Monat, faszinierte Oliver. Achim verschwand, und Oliver spürte, dass er selbst stärker wurde, dass er immer abstrakteren Pfaden in der komplexen Analysis und der Zahlentheorie folgen konnte. Er verglich Funktionen, kombinierte Gleichungen, setzte sie zusammen, legte sie auseinander. Er lief durch seine Wissenschaft, stockte, verrannte, verirrte sich, besoff sich zuweilen, lief nach zwei Tagen weiter, ging alte und neue Axiome, Beweise, Hypothesen durch. Wenn er da und dort intuitiv die richtigen Abzweige fand, trieb ihn das weiter an. Er war im besten Alter, um etwas Großes anzugehen.

Von den sieben Millenniumproblemen, die das in Peterborough, New Hampshire, ansässige Clay Mathematics Institute, im Jahre 2000 aufgelistet hatte, waren nach Perelmans Beweis der fast einhundert Jahre alten Poincaré-Vermutung noch sechs widerspenstige Fundamentalfragen übrig. Das ausgesetzte Preisgeld – der verschrobene Russe hatte es nicht angenommen – interessierte Oliver nicht. Was waren eine Million Dollar gegen die Unsterblichkeit? Genau so einen harten Brocken, an dem sich die Mathematiker seit Langem die Zähne ausbissen, wollte Oliver. Und nichts faszinierte ihn so sehr wie die Riemannsche Vermutung, dass sich hinter dem unregelmäßigen Vorkommen der Primzahlen eine höhere Ordnung verberge. Die Hypothese war über einhundertfünfzig Jahre alt. 1859 hatte Bernhard Riemann sie in einem zehnseitigen Artikel in den *Monatsberichten der Königlichen Preußischen Akademie der Wissenschaften zu Berlin* formuliert.

$$\xi(t) = \frac{1}{2} - \left(tt + \frac{1}{4}\right) \int_1^\infty \psi(x) x^{-\frac{3}{4}} \cos\left(\frac{1}{2} t \log x\right) dx$$

Diese Function ist für alle endlichen Werthe von t endlich, und läßt sich nach Potenzen von tt in eine sehr schnell convergirende Reihe entwickeln. Da für einen Werth von s, dessen reeller Bestandtheil größer als 1 ist, $\log \zeta(s) = -\sum \log(1 - p^{-s})$ endlich bleibt und von den Logarithmen der übrigen Factoren von $\xi(t)$ dasselbe gilt, so kann die Function $\xi(t)$ nur verschwinden, wenn der imaginäre Theil von t zwischen $\frac{1}{2}i$ und $-\frac{1}{2}i$ liegt. Die Anzahl der Wurzeln von $\xi(t) = 0$, deren reeller Theil zwischen 0 und T liegt, ist etwa $= \frac{T}{2\pi} \log \frac{T}{2\pi} - \frac{T}{2\pi}$; denn das Integral $\int d \log \xi(t)$ positiv um den Inbegriff der Werthe von t erstreckt, deren imaginärer Theil zwischen $\frac{1}{2}i$ und $-\frac{1}{2}i$ und deren reeller Theil zwischen 0 und T liegt, ist, (bis auf einen Bruchtheil von der Ordnung der Größe $\frac{1}{T}$) gleich $\left(T \log \frac{T}{2\pi} - T\right) i$; dieses Integral aber ist gleich der Anzahl der in diesem Gebiet liegenden Wurzeln von $\xi(t) = 0$, multiplicirt mit $2\pi i$. Man findet nun in der That etwa so viel reelle Wurzeln innerhalb dieser Grenzen, und es ist sehr wahrscheinlich, daß alle Wurzeln reell sind. Hievon wäre allerdings ein strenger Beweis zu wünschen; ich habe indeß die Aufsuchung desselben, nach einigen flüchtigen vergeblichen Versuchen vorläufig bei Seite gelassen, da er für den nächsten Zweck meiner Untersuchung entbehrlich schien.

Als Oliver sich sicher war, dass er die nächsten zehn Jahre seines Lebens dieser Aufgabe widmen wollte, ging er in die Sprechstunde seines Professors.

»Heidewitzka!« Sigismund Dorfmeister knallte die Faust auf den Schreibtisch, entschuldigte sich, stand auf und füllte den Wasserkocher. »Tee? Brennnessel, Kamille, Minze«, er langte nach einer vierten Packung auf dem Regal, »Hage…, ach, nee, die is leer.« Er warf sie in einen Papierkorb neben dem Schreibtisch.

»Brennnessel.«

»Wie bitte?«, überschrie der hagere Alte den brodelnden Wasserkocher im Fenster mit Blick auf den genauso breiten wie trostlosen Zelleschen Weg.

»Brennnessel.«

Eine Weile saßen sie sich mit den dampfenden Tassen gegenüber.

»Die Riemannsche? Oh, oh, oh. Die wird Sie«, der Professor furchte die Stirn, lachte auf, »anschmieren. Jawohl! Wunderbar! Pardon, scrabbeln Sie?«

Oliver schüttelte den Kopf.

»Ich kann Ihnen schwerlich zu dem Entschluss gratuliern. Wir reden hier von einer extremen geistigen Herausforderung«, er schüttelte den Kopf, »vom Stein der Weisen, von der Kammer des Schreckens, vom Feuerkelch, von den Heiligtümern des Todes.«

Oliver schlürfte am Tassenrand. Früher hatte er bei Lisbeth im Garten manchmal frischen Brennnesseltee getrunken. An den Geschmack erinnerte er sich nicht.

»Anschmieren! Un das betrifft nur Ihrn Teil der Arbeit. Abgesehen davon gibt es etliche äußere Risiken bei einem solch spektakulären Projekt. Verstreut auf der ganzen Welt, arbeiten zweifellos einige der besten Mathematiker an dem Problem. Davon bin ich überzeugt. Nur wissen wir meist nichts davon. Aber die sitzen da dran und kämpfen mit dem«, er überlegte, »armenischen RV-Ungetum. Ja! Sehen Sie. Erst im September hat Shin'ichi Mochizuki von der Uni Kyoto einen Beweis der abc-Vermutung vorgelegt. Mehr als fünfhundert Seiten. Fünfhundert! Der wird gerade von Experten hier und da geprüft, was vielleicht zwei bis drei Jahre dauert. Sollte es schnell gehn mit der Prüfung, wäre das höchstwahrscheinlich bedauerlich für den Japaner. Wenn es dem aber wirklich gelungen ist, dürfte das die ganze Primzahlenforschung beeinflussen. Ich will damit sagen: Sie, mein Lieber, müssen schnell sein. Klingt aberwitzig, weil die RV so ehrwürdig ist. Aber noch aus nem andern Grund sollten Sie sich meiner Meinung nach beeilen.«

Oliver mochte Dorfmeisters leichtes Dresdner Sächsisch, das der sich hier über die Jahre angeeignet haben musste. Ein waschechter Sachse war er nicht.

»Die Wissenschaften un gerade die Mathematik haben sich in den vergangenen dreihundert Jahren unglaublich entwickelt. Ihnen brauche ich nichts zu erzählen. Aber diese Epoche«, er hob die Tasse mit dem blauen Aufdruck an die Lippen, »geht zu Ende.«

»Wie?«

»Wie?« Dorfmeister nippte, verzog schmerzlich-genüsslich den Mund, wartete. »Wie beim Schach. Die besten Spieler der Welt gewinnen heute kaum noch einmal gegen die besten Schachprogramme. Mit der Entwicklung der Künstlichen Intelligenz werden die Menschen in immer mehr Gebieten Zuschauer. Spätestens, wenns in zehn Jahren die ersten brauchbaren Quantencomputer gibt, wird die Arbeit der Mathematiker auf dieser Welt vor allm darin bestehen, diese Maschinen zu füttern und dann nachzuvollziehen, was die ausspucken.«

»Das wird die Menschen nich von ihren Problemen erlösen«, sagte Oliver.

Dorfmeister trank seinen Tee. »Stehn Sie zu Riemann mit andern Mathematikern in Kontakt?«

»Ich lese die neueste Literatur.«

Dorfmeister nickte. »Was ist Ihr Motiv, Herr Seuß, sich an diese Jahrhundertaufgabe zu wagen?«

Oliver wiegte den Kopf. »Ich«, er sah den Professor an, »ich fühle mich manchmal wie eine große Primzahl.«

Dorfmeisters Stirn faltete sich. Er wusste, dass er leicht etwas Falsches sagen konnte. »Wie groß? 7717?«

Oliver schüttelte den Kopf. »Größer.«

»77171?«

»Größer.«

»Eine bestimmte Primzahl?«

»800011 schon mehrmals.«

»Wirklich?!«

»Ja. Auch andere. Aber selten über sieben Stellen.«

»Hm.« Der Professor stand auf und streckte die Hand aus: »Siggi.«

Überrascht stand auch Oliver auf und griff zu. »Oli.«

»Niemand nennt mich hier Siggi. Aber für dich möcht ich ne Ausnahme machen, wenn das was werden soll.«

»Mich nennt überhaupt niemand Oli.«

»Ich würde sagen, wir hängen das erstma nich an die große Gockel.«

Oliver sah ihn verwirrt an.

»Glocke. Dein Thema, meine ich. Sonst halten die dich und ooch mich für übergeschnappt.«

Oliver verzog den Mund.

Dorfmeister fragte sich, ob er gerade einen Teil des Vertrauens verspielt hatte, das ihm sein neuer Doktorand entgegenbrachte. »Hast du Harry Potter gelesen? Das sind auch sieben Bände.«

Im Frühjahr nahm Vera Oliver an einem Samstag einmal beiseite: dass Achim schlecht schlafe, dass er manchmal nachts fantasiere und schreie. Und die Stimmungsschwankungen. Ach, und diese Wut! Wenn er einmal wieder getrunken hatte. Dann werde er wie verrückt.

An dem Tag war Achim aber erstaunlich freundlich und regelrecht zuvorkommend zu Vera. Sie aßen Mittag im Wohnzimmer. Achim bekam anderthalb Kartoffeln mit etwas Soße hinunter und bedankte sich. Eine Weile saß er reglos auf dem Stuhl, während sie den Tisch abräumten. Als sie zurückkamen, stand Achim schwerfällig auf, wankte und schlug der Länge nach auf den Boden. Zum Glück nicht mit dem Kopf irgendwo dagegen. Der Körper zuckte, Arme, Beine, Rumpf, das Gesicht zur Seite, der Hals verkrampft. Entsetzen bei Vera, Oliver. Er hielt Achims Arm fest, sie rief den Rettungsdienst. Beide hockten sie vor dem Leib, starrten hilflos auf den Mann, bis der Notarzt kam. Zwei Sanitäter hoben Achim auf die Transportliege, schoben ihn in den Wagen, fuhren weg.

Als Vera später mit Sachen und Waschzeug für ihn hinterherfuhr, fand sie Achim nicht im Städtischen Krankenhaus, sondern in der benachbarten Suchtklinik. »Zuckersturz«, erklärte die diensthabende Ärztin, »und ein massiver Leberschaden.« Weder der Krebs noch der Altersdiabetes seien bei solchen Werten vorerst behandelbar. Achim, erzählte Vera Oliver, habe gar nicht gewusst, wo er und was überhaupt los sei.

Achim auf einer geschlossenen Station. Auf Alkoholentzug. Der Anblick der anderen Patienten, diese beschämende Gemeinschaft, wirkte auf ihn stärker als die eigentliche Diagnose durch den Arzt und dessen drastische Worte vor der Entlassung nach fünf Tagen. Achim wollte auf keinen Fall zu diesen kaputten Menschen zählen.

Im Verwandtenkreis sprach niemand über den Vorfall. Im Dorf allerdings gab es Gerüchte, dass Achim eine Spezialkur hätte über sich ergehen lassen müssen.

Nach fünf Wochen fing Achim mit alkoholfreiem Bier wieder an; sein Rekonvaleszenz-Bier, wie er es nannte. Ein bisschen Spaß musste sein. Als noch mal drei Wochen später Alexandra verkündete, dass sie ihren langjährigen Freund Benedikt heiraten wolle, stieß er darauf mit einem richtigen Bier an, wogegen niemand etwas einwenden wollte.

Etwas leichtere epileptische Anfälle kamen dann noch zweimal vor, als Achim seine Medikamente oder zu essen vergessen hatte. Aber da wussten sie schon, dass der Mann nicht durchdrehte oder tollwütig wurde, sondern eine Cola brauchte. Auch, dass er immer schlechter sah, hatte mit dem Diabetes zu tun. Oliver rief deswegen nicht häufiger an und kam auch nicht öfter zu Besuch.

Mehr oder weniger regelmäßig ging er in die Bibliothek der Mathematik-Fakultät. Er las alles, was mit der Riemannschen Vermutung in Verbindung stehen konnte, Spezielles und Allgemeines. Ein Jahr wollte er so wild und ungehemmt lesen, sich vollstopfen mit Zahlentheorie und allen möglichen Ansätzen über Primzahlen, Zeta-Funktionen, insbesondere die Riemannsche Zeta-Funktion und ihre nichttrivialen Nullstellen. Er wusste, dass das der einfachste Abschnitt des Weges war. Diese völlige geistige Freiheit, diese Offenheit. Er wollte dieses Chaos im Kopf. Vielleicht ergab sich daraus jetzt oder später einmal ein ungewöhnlicher Einfall.

Seine Haare wurden lang, sein Bart. Er vernachlässigte die Körperhygiene. Immer dieselbe schwarze Hose, die er noch nie gewaschen hatte. Seine anderen Sachen stopfte er alle zwei Wochen in einen Waschautomaten.

Zu seinem vierundzwanzigsten Geburtstag rief Vera an, die den Hörer gleich an Achim weiterreichte. Außerdem bekam er eine lustig gemeinte Geburtstagskarte von seiner Stiefschwester per E-Mail, eine Postkarte von Rebekka Wolf und von Sigi Dorfmeister die sieben Bänden Harry Potter im mysteriengrünen Schuber. Im Briefkasten, den er alle zwei Wochen von Fastfood-, Entrümpelungs- und Umzugsfirmen-Flyern leerte, stieß er später noch auf einen Brief von Achim und Vera mit einhundert Euro drin, wovon er sich etwas zum Anziehen kaufen sollte.

Anfang September lud Vera ihn telefonisch zu ihrem Geburtstag ein und rief drei Tage später noch einmal an. Sie sagte, das sei vielleicht das letzte Fest mit seinem Vater.

Er nahm den Zug und lief die letzten drei Kilometer durch dürre Maisfelder, aus denen jederzeit eine Rotte Wildschweine über die Straße brechen konnte. Im Dorf wurden vereinzelt neue Häuser gebaut. Seit Jahren wuchs die Einwohnerzahl wieder. Bis auf den Bäcker aber waren alle Geschäfte verschwunden. Er ging die Dorfstraße entlang, vorbei am Kriegerdenkmal für die Gefallenen des Ersten Weltkriegs. Auf der Rückseite des wuchtig kurzen Obelisken waren die Namen der Gefallenen des Zweiten Weltkriegs kürzlich mit schwarzer Farbe aufgearbeitet worden. Veras Haus, der große Garten an der Straße. Gepflegt. Sie musste sich jetzt allein um alles kümmern. Eine milde Nachmittagssonne. Schichtwolken.

Achim hatte fast nicht mehr mit ihm gerechnet. Oliver gab jedem die Hand, nickte dabei, half, die letzten Kuchenteller und Kaffeetassen ins Haus zu tragen. Er ließ sich von Henry ein Bier aus einem Dreißig-Liter-Fass zapfen. Der Onkel betrachtete ihn: seine wilden Locken.

»Hast du keine Zeit zum Kämmen oder keinen Kamm?«

»Zu viel Ordnung schadet dem Denken«, entgegnete Oliver.

Er stand im Garten vor dem weißen Partyzelt, hörte da und dort zu, nickte manchmal. Kein runder Geburtstag. Trotzdem hatte Vera auch von Achims Seite viel Verwandtschaft eingeladen. Eine große Gesellschaft mit etlichen Kindern, die durch den Garten rannten.

Mit Rücksicht auf Achim wurde zurückhaltend getrunken, sodass sich Henry an der gemieteten Schankanlage Sorgen machte, wie das Fass leer werden sollte. Noch war keine Runde Schnaps herumgegangen. Veras gute Organisation tat ein Übriges, dass derbe Witzeleien genauso wie die sonst üblichen politischen Diskussionen unterblieben.

Ein Lieferwagen brachte das Abendbrot in beheizten Edelstahlpfannen und auf mehreren, noch mit Folie überspannten Platten. Grillen hatte sich Achim ausdrücklich verbeten. In zehn Minuten war alles aufgestellt, angerichtet, der Kleintransporter wieder weg. Den Männern aber gefiel es nicht, dass die Frauen nichts taten und ihre Bratwürste und Steaks nicht bewunderten. Dadurch fehlte, was die Feste in dieser Familie immer ausgezeichnet hatte: die Erzeugung von Hitze. Das Erlebnis, gemeinsam in einer Küche am Herd oder auf der Wiese um einen Kessel mit brennendem Birkenholz darunter oder um einen Grill mit glühender Holzkohle zu stehen, das Gedränge, die Bratendüfte, den Qualm, die vielen Hände und Meinungen gab es alles nicht beim Catering. Die Gäste kamen sich nutzlos vor. Und hilflos angesichts von Achims Elend waren sie eh schon. Folglich wurden sie nicht warm mit der Veranstaltung. Das bisschen Tischdecken, Abräumen, Aufwaschen, Gläsereinsammeln, Getränkeöffnen hier und da stiftete keine Gemeinschaft. Aber da Vera und Achim es nun mal so wollten ... Schmecken tats ja: die Schnitzelchen, Steaks, Bouletten, Hähnchenkeulen, Bratkartoffeln, Pilzbohnen, Erbsen, belegten Brote, Salate und die verschiedenen Käse. Nur was bitte schön sollte der Reis auf dem Tisch? Reis!? Wer war bloß auf diese Idee gekommen?

Die neumodische Kaffeemaschine, die Achim Vera geschenkt hatte, wurde nach dem Essen noch einmal angeworfen. »So ein Wahnsinn«, sagte jemand. »Früher hasde eene große Kanne rausgekriegt. Un jetz das ganze Getue bei jeder einzelnen Tasse. Wer weeß, ob die zehne hinternander schafft.«

Vera fühlte sich herausgefordert. Achim hatte genug Packungen Kapseln in allen möglichen Geschmacksrichtungen besorgt. Kuchen wurde auch wieder aufgetischt.

So viele Kaffeetrinker gab es um die Uhrzeit eigentlich nicht mehr. Aber ein Pfeifen, das nach der achten Tasse zu hören war und bei der neunten sogar noch etwas lauter, spornte die Truppe an, sich um den Schlaf zu trinken.

»Zwanzig Euro«, rief Steffen, Margits Schwiegersohn, der als Fernfahrer wirklich seine fünf bis acht Tassen täglich trank, »dass die Kiste nich noch zehn Tassen macht.«

Natalie stieß ihren Mann in die Seite. »Erst das Bier un jetz der ganze Kaffee. Du wolltest doch wegen, äh … weniger trinken.«

»Das will ich jetz wissen«, blaffte Steffen sie an.

Margit ärgerte sich über ihren Schwiegersohn, der immer unterwegs war. Entschuldigend lächelte sie Vera zu.

»Aber der Kaffee muss ooch getrunken wern«, sagte Vera und goss Wasser nach. »Nur spaßeshalber lass ich die nich rackern.«

»Topp!«, erwiderte Steffen.

Fasziniert sah Oliver zu, wie aus dem dampfenden Kasten mit den goldlackierten Griffen und Aufsätzen dunkle Brühe in immer neue untergestellte Tassen floss und tröpfelte. Oliver krümmte sich, wie der Apparat immer heißer fiepte. So etwas Bitter-Schwarzes brannte auch in ihm.

Schnaubend musste Steffen schließlich den Schein über den Tisch reichen. »Schmecken tut der aber nich mehr.« Damit entfernte er sich.

»Vierzig Euro, dass da keine zehn Tassen mehr rauskommen!«

Alle sahen zu Oliver, wie der, die Fäuste auf dem Tisch, die Kaffeemaschine anstarrte.

»Nein, Schluss!«

»Is ma gut jetz.«

Steffen kam zurück. »Ich bin dabei.«

»Ich denke, der schmeckt nicht«, sagten gleichzeitig Nathalie und Margit.

»Trotzdem!«

Vera sah zu Achim. Der saß am Ende des Tisches, in eine Decke gewickelt, und nickte. Sie ging in den Bungalow und brachte die letzten Schachteln heraus, zählte die Kapseln. »Sin nur noch neun übrig.«

»Dann neun«, sagte Oliver leise. »Aber schnell.«

Als der Apparat wieder zu brodeln anfing, waren einige kopfschüttelnd oder sogar erbost weg-, andere ängstlich in Deckung gegangen, denn das Teil konnte ihnen jeden Moment um die Ohren fliegen.

Krächzend spuckte die Blech- und Plastikkonstruktion die einundzwanzigste, zweiundzwanzigste, dreiundzwanzigste, vierundzwanzigste Tasse aus. Oliver, Steffen und noch zwei Angetrunkene soffen das heiße Zeug ganz dünnlippig. Längst war der Kuchen alle. Und Frauen machten auch nicht mehr mit, denn das war ja wohl wieder typisch Mann, das Zusammengebaute auseinanderfliegen zu lassen mit dieser hartnäckigen Lust an der Zerstörung. Vera aber hielt die Sache so geschickt wie vorsichtig am Laufen. Bei der fünfundzwanzigsten Tasse pfiff der Kasten aus dem letzten Loch. Bei der sechsundzwanzigsten erklang ein flehentliches Falsett, was einige starkes Mitleid empfinden ließ. Simone, Achims jüngste Schwester, sah traurig zu ihrem kranken Bruder. Dieses schreckliche Heulen war wirklich pietätlos. Oliver presste die Zähne aufeinander. Mit spitzen Fingern lud Vera nach. Quiekend lief aus der Maschine ein scheußlicher Sud, den selbst Steffen nicht mehr trinken mochte. Aber Oliver genau so, ohne Milch. Und noch eine Füllung. Da erzitterte das arme

Ding und war – rrgggrrrggffffffffffffffts-s-s-hhhh – Sense. Aus. Feierabend.

Achim stand langsam auf und ging ins Haus.

Danach hatten alle einen unmäßigen Durst auf Bier, einen regelrechten Brand, um den Kaffee zu verdünnen, was den diuretischen Effekt aber weiter verstärkte und die Nieren der Leute dermaßen strapazierte, dass ein großes Gerenne war über die Wiese hinter die Sträucher und – bei den Frauen – auf die Toilette im Keller des Hauses. Sie stießen an, tranken das Helle in großen Zügen, verschwanden kurz und ließen sich die Gläser auffüllen, sodass Henry kaum hinterherkam mit Zapfen, aber glücklich war, dass ihm endlich die Aufmerksamkeit zuteilwurde, die er sich den ganzen Nachmittag gewünscht hatte.

Die erste Runde Schnaps. Dafür waren ja Feste da, dass man mal seine Sorgen vergaß. Oliver trank nicht mit. Er ging zu dem großen Stahlbecken, wo alles schon dafür bereitstand, und machte ein Feuer. Als das zweite Tablett mit Schnaps herumging, wurde nicht mehr über die Arbeit, die Häuser, Gärten, Dörfer und Leute, über Fußball und einige Restsportarten, über Essen, Urlaube, Kinder, anstehende Feste geredet, sondern geschimpft und gemeckert über Handwerker, Geld, Politiker, Steuern, Ausländer, Asylanten, Flüchtlinge, Schmarotzer, Betrüger und die Prominenten, die in den Medien gerade dran waren. Gegen all den Mist und das Schlechte in der Welt halfen ja nur der Zusammenhalt in der Familie und die Erinnerungen an das Schöne. Das einzig Wahre und Verlässliche.

Es fing an zu nieseln. Ein Teil verabschiedete sich, ein Teil verzog sich in den Bungalow oder zum Bierfass unters Partyzelt. Aus dem Nieseln wurde leichter Regen. Oliver holte sich eine

Lederjacke und einen Hut aus dem Haus und schürte das Feuer. Als das Feuer hoch knäckerte, wollte er von Henry noch ein Bier.

»Dein viertes«, sagte sein Onkel und hielt das Halbliterglas unter den Hahn.

»Wenn dus sagst.«

»Willsde dich heut widder kloppen?« Henry ließ sich Zeit mit dem Zapfen. »Weeßd ja: Der Apfel fällt nich weit vom Stamm.«

»Der Affe ooch nich.« Oliver nahm das Bier. »Prost.«

Ab und zu ging jemand raus aus dem Partyzelt oder Bungalow hinter die Büsche und hielt rückzu bei Oliver die Hände vors Feuer. Länger wollte ohne Hut aber auch niemand stehen bei dem schweigsamen Kerl, erst recht nicht sitzen auf den nassen Bänken. Oliver hingegen, der sich immer mal drehte, blieb trocken bis auf den Hut und holte, obwohl sich die letzten Gäste verabschiedeten, noch eine Stiege Holz. Er zog das Kabel einer Lampe und das einer Lichterkette aus einer Verteilerrolle im Gras und brachte die in den Schuppen. Ein-, zweimal legte er den Kopf in den Nacken, schaute hinauf in den dunklen Nachthimmel, in die hohen Zweige der Silberweiden – wie der Regen niederfiel. In sein Gesicht. Woher hatte sein Vater die billige braune Lederjacke?

Da stand in einer schweren grauschwarzen Gummijacke Achim neben ihm.

»Danke, dassde gekommen bist.«

Oliver rückte auf der Bank nach rechts. Achim setzte sich. Oliver legte drei außen nasse Scheite nach. Das Feuer zischte, aber schon nach zwei Minuten leckte es gierig an dem lange gelagerten Holz.

»Gib mir ma deine Hand«, sagte Achim mit brüchiger Stimme.

Zögerlich streckte Oliver die rechte vor.

Achim nahm sie zwischen seine Hände. »Ist die schön warm.« Er drehte sich Oliver zu. »Ich machs nich mehr lange.«

Olivers Hand zuckte.

Achim hielt fest. »Mein letzter Herbst.«

Das Feuer flackerte über ihre Gesichter.

»Ich hab eine Bitte.«

Oliver hielt den Kopf schräg.

»Ich möchte, dass du off meiner Trauerfeier sprichst.«

»Was?« Er wollte seine Hand befreien, aber Achim ließ nicht los.

»Wenn ich tot bin.«

»Ich?«

»Du, un kee andrer.«

Oliver biss die Zähne aufeinander. Seine Kiefermuskeln traten hervor. Er sah seinem Vater in die halbblinden Augen. »Dafür müsstest du dich«, er presste die Worte heraus, »bei mir entschuldigen. Für alles.«

Achims Hände öffneten sich.

9

Obwohl er von der Studienstiftung des deutschen Volkes ein ordentliches Stipendium erhielt, erst als Student, dann als Doktorand, hatte er sich keine eigene Wohnung gesucht. Aus Angst, zu vereinsamen oder zu verwahrlosen, ging er nicht weg aus der WG, deren wechselnde Mitbewohner gleich jung blieben. Ins Gespräch kamen sie fast nie. Manchmal, wenn er hustete, hörten sie durch die Wände, wie er sich selbst anzischte: »Schnauze!« Erkältet oder verschnupft war er oft, so wenig, wie er auf sich und seine Gesundheit achtete, so wenig, wie er sich bewegte. Immerhin rauchte er nicht. Für diese feine Wolke Schmerz in die Lungen hinein um das Herz herum war bei ihm kein Platz mehr.

Sigismund Dorfmeister hatte ihn lange nicht gesehen, nur von anderen gehört, dass Seuß sich ab und zu in der Bibliothek blicken lasse, aber nicht den gepflegtesten Eindruck mache. Damit Oliver sich nicht komplett in Büchern, Aufsätzen, Theorien verlor, sondern auch einmal sprach und den Fragen von Bachelor-Studenten gegenüberstand, drückte ihm der Professor ein Proseminar über die Grundlagen der Zahlentheorie auf.

So unvorbereitet wie mürrisch ging Oliver zu der ersten Veranstaltung Mitte Oktober in den Willers-Bau am Zelleschen Weg und sprach vor fünf Studierenden eine halbe Stunde über den Kleinen Satz von Fermat. Die nur wenige Jahre Jüngeren sahen Seuß an wie ein Ufo, so schnell hatte er gesprochen. Die einzige Frau unter den Teilnehmenden fragte ihn, ob er die Primfaktorzerlegung noch einmal erklären könne. Das tat Oliver und brachte sie dazu, selbst Beispiele zu finden. Danach traute sich ein Mann, nach anderen Faktorisierungsverfahren zu fragen. In dem Moment verstand Oliver, dass er gar nicht kleinschrittig genug vorgehen konnte. Von da an sprach er so behutsam mit ihnen, dass sich nach dem Seminar zwei Studenten bei ihm bedankten. Sie hätten in dieser Stunde mehr verstanden als in den ersten beiden Semestern ihres Studiums. Erstaunt verließ Oliver das Fünfziger-Jahre-Gebäude im Bauhaus-Stil und ging zu Fuß durch die Südvorstadt und die Altstadt nach Hause. Die Woche darauf kamen sieben Studenten, Anfang Oktober elf, Ende Oktober, als sie über den Satz von Wilson sprachen, waren sie achtzehn, sodass die Luft am Ende der Veranstaltung in dem Seminarraum verbraucht war.

Da sich die Mathematiker den Willers-Bau mit den Physikern teilten und einige ihrer Lehrveranstaltungen auch zum Pflichtprogramm der jungen Naturwissenschaftler gehörten, luden ihn die Physiker unter seinen Studenten im Dezember zu ihrer Weihnachtsfeier ein.

Oliver ging an dem Donnerstagabend tatsächlich hin. Zog sich ein Hemd und sein Montreal-Jackett an, obwohl ihm das eng geworden war. Der Studentenclub befand sich in der mittelalterlichen Befestigungsanlage der Stadt. Ein Labyrinth aus Gängen und Gewölben, das ihn an einen Kerker denken ließ, so dick und dumpf glänzten die speckigen Natursteinmauern. Von weiter weg dröhnte Musik. Getanzt wurde auch. Oliver wollte gleich wieder gehen, fand statt des Ausgangs aber einen Ausschank und ließ sich ein kleines Bier zapfen. Ein Student begrüßte ihn überschwänglich, bat ihn an seinen Tisch, wo Oliver sitzen blieb und zuhörte. Als er sagte, er wolle sich noch ein Bier holen, brachte sein Student ihm ein frisches, sodass Oliver nicht wegkam. Als später noch ein drittes Bier vor ihm stand, nahm er sich vor, den Abend maßvoll zu genießen und nicht anzugeben, wenn jemand ihn auf seine Mathematik ansprach.

Auf dem Weg zur Toilette steuerte er durch eine Gruppe, die über Superstringtheorien und die Konsequenzen diskutierte, welche minimale Erweiterungen für das teilchenphysikalische Standardmodell hatten. Vor ihm plötzlich die Kastanienfrau. Sie trug eine schwarze Stoffhose und eine rote Bluse. Er runzelte die Stirn. Ina lächelte ihn an und verteidigte die Supersymmetrie kosmologisch.

Oliver wusste gar nicht, dass er zu diesem Thema etwas zu sagen hatte, als er gegen ihre Theorie einen scharfen mengentheoretischen Einwand vorbrachte, wobei die Art, wie er von Supersymmetrie immer als SuSy sprach, nicht nur verächtlich, sondern schon frauenfeindlich klang. Die Studenten, die um ihn herumstanden, verstummten vor der Aggressivität seiner Worte. »Die Vorstellung, dass das Universum auf einer tief verborgenen geistigen Ebene harmonisch sei, ist entweder ein wissenschaftlicher Selbstbetrug oder religiöses Gequatsche. Nie und nimmer! Das Universum kommt aus einem schrecklichen Riss, aus einer unheilbaren Wunde, selbst wenn es oszillieren sollte.«

Ina war einen Kopf kleiner als er. »Hören Sie, Herr Seuß. Kaputt und vorbei geht alles von alleine und schneller, als man denkt. Dafür muss man sich nicht anstrengen. Mühe muss man sich in die andere Richtung geben.«

Er ging auf die Toilette und, als er endlich aus den Höhlengängen herausgefunden hatte, direkt nach Hause über die Carolabrücke. Die Feuchtigkeit von den Elbwiesen des

Königsufers legte sich auf seine Jacke. Kein Lüftchen wehte. Der Platz vor ihm mit den vielen Straßen und Tram-Schienen war leer und hässlich. Mit jedem Schritt in die Neustadt hinein wurde er nüchterner, wurde ihm klarer, dass er die Riemannsche Vermutung bislang ganz einseitig und voreingenommen gesehen hatte. Als einen Feind. Instinktiv. Er hatte gar nicht daran gedacht, diese Vermutung zu beweisen, sondern nur daran, sie zu widerlegen, indem er die Möglichkeit einer Nullstelle zeigte, die nicht auf der kritischen Geraden lag. Diese Negativität hatte ihn angetrieben, aber auch beschränkt und die wahre Größe der Sache verkennen lassen. Möglicherweise sagte die Riemannsche Vermutung etwas Wesentliches über den Aufbau des Universums aus. Denn wie nach dem Urknall alle Teilchen entstanden waren, wurde von den Gesetzen der Multiplikation abgebildet. Vielleicht gab es in diesen Universen der auseinander herausgeknallten Zahlen und Teilchen die gleichen Nullpunkte, die gleichen Löcher, lieferte ein Beweis der Riemannschen Vermutung den mathematischen Schlüssel für die Große Theorie, für die Weltformel, nach der Einstein, Heisenberg und andere gesucht hatten, fand sich hier die Verbindung zwischen Physik und Mathematik, Materie und Geist. Der Stein der Weisen, wie Dorfmeister es bei aller Ehrfurcht harry-spotterisch genannt hatte. Oliver erschauerte. Die Kälte drang ihm durch die Kleidung. Wie konnte er weiterkommen mit dem größten, dem tiefsten der Millenniumprobleme, wenn er gefangen war in seiner kleinen Welt? Er stand vor seinem Haus, blickte die dunkle Fassade entlang nach oben in den Himmel und schüttelte den Kopf.

Tags drauf suchte er in dem Biergarten an der Elbe, wo er Ina vor über einem Jahr kennengelernt hatte, nach einer liegengebliebenen Kastanie, schaute über die kahle Flusslandschaft auf den Park gegenüber und die Yenidze-Kuppel mit dem Minarettschornstein. Die Nuss in einen Briefumschlag zu stecken, dazu etwas zu schreiben und ihre Privatadresse herauszubekommen, war viel zu umständlich. Er sah einfach ins Vorlesungsverzeichnis, passte Ina nach einem Tutorium ab, hielt ihr die Hülsenfrucht hin und lud sie zu einem Kaffee ein.

Oliver hatte kein Auge für das Alter der Menschen. Aber da er einer der jüngsten Doktoranden und sie mit ihrer Dissertation fast fertig war, schätzte er den Altersunterschied auf drei, vier Jahre. Ihr halblanges dunkles Haar. Nicht braun, nicht schwarz. Helle Haut. Er bemerkte, wie schlank und elastisch sie war, als sie sich die Jacke auszog. Sie sagte, sie mache Pilates, Kickboxen, fahre mit dem Rad zur Uni, schwimme zweimal in der Woche im Hallenbad, gehe zum Yoga. Wie jemand so viel Sport machen und rauchen könne, sagte er, sei ihm schleierhaft. Das Rauchen störte ihn gar nicht. Er fand sie attraktiv. Schon dieser Gedanke verwirrte ihn. Erst recht sein Unvermögen, ihr so etwas zu sagen.

In den letzten zehn Tagen vor Weihnachten trafen sie sich dreimal, immer im selben Café. Sie trug stets Hosen, Stoff oder Jeans, fein oder derb, dunkle Blusen oder Pullover, eher weit als eng, manchmal auch leichte, farbige Jäckchen bis oben zugeknöpft. Keinen Schmuck. Und stets eine grüne Regenjacke.

»Wenn die mal kaputtgeht, kauf ich mir die Gleiche wieder, obwohl es ein Hinweisschild in der Jacke gibt, dass das Material in Kalifornien als krebserregend gilt, was bei meinem Zigarettenkonsum aber kaum ins Gewicht fallen dürfte.«

Sie betrachteten die Menschen, die um sie herumsaßen. Was die wohl für ein Leben hätten? Sie sprachen davon, wie unterschiedlich sie beide waren. Sie kam aus dem reichen Stuttgart, er aus einer sächsischen Kleinstadt – eigentlich vom Dorf. Sie rauchte. Er trank. Sie trug Kontaktlinsen, er eine schwarze Metallbrille. Er schwärmte von Grigori Perelman. Sie verehrte Maryam Mirzakhani. »Kennst du?«

Er nickte. »Sie hat etwas zu den Modulräumen Riemannscher Flächen geschrieben. Das ist sehr gut.«

»Zweimal Gold bei der IMO, 1995 mit voller Punktzahl, wie dein Perelman 1982.«

»Was interessiert dich an ihr wissenschaftlich?«

»Sie ist seit 2009 Professorin in Stanford.«

Er zuckte die Schultern. »Ja, aber …«

»Das ist total wichtig! Wie viele Mathematikprofessorinnen kennst du?«

Er schob die Unterlippe vor.

»Genau.« Sie blickte ihn kühl an. »Außerdem hat sie als junge Frau«, sie schluckte, »ein Busunglück überlebt.« Sie stand auf, entschuldigte sich, ging zur Toilette.

Oliver googelte, las von der Tragödie 1998 nahe Teheran, bei der nach einem Wettbewerb sieben Mathematiker der Scharif-Universität und zwei Busfahrer ums Leben gekommen waren.

Beim nächsten Treffen bestellte sie einen Grünen Tee, er ein kleines Pilsner. Sie lachten und suchten nach weiteren Unterschieden. Er konnte schon zum Frühstück Würste essen. Sie war aus geschmacklichen, nicht aus ethischen Gründen Vegetarierin. Sie kam aus einer Familie von Rechtsanwälten, Stadträten, Lokalpolitikerinnen – er von Arbeiterinnen, Ingenieuren, Angestellten. Sie katholisch, er ungetauft. Er liebte klassische Klaviermusik, sie Techno. Manchmal fuhr sie nach Berlin in einen Club. Sie erzählte von Intrigen,

Machenschaften, Abhängigkeiten im Institut – was genau sie mit Sexismus meinte, traute er sich nicht zu fragen –, er erzählte von den Feiern in der Verwandtschaft. Einmal kamen sie fast auf einen Nenner. Denn sie hasste Autos, er über die Maßen Dieselabgase. Allerdings – ihre Mutter hatte das abgestoßen – besaß sie ein Auto. Keinen Mercedes. Obwohl sie aus Stuttgart war. Einen Citroën. Mit dem sie selten fuhr. Nur wenn es ihr schlecht ging oder sie ihre Katze zu Freunden brachte. Oliver hatte nicht einmal ein Fahrrad, erst recht kein Haustier. Ein fundamentaler Unterschied auf dieser Welt, der sie beide betreffe, sagte sie, sei ihm offensichtlich aber gar nicht klar: Was es bedeute, Frau oder Mann zu sein. Da wunderte er sich tatsächlich.

Plaudern konnte man das, was sie beiden taten, nicht nennen. Es war weder direkt spannend noch entspannend, vielmehr knifflig, stockend, manchmal verquer und hier und da verklemmt, vor allem von seiner Seite. Sagen, was ihm alles oder was ihm gerade in den Sinn kam, konnte er nicht. Er redete stockend, manchmal hastig, manchmal schwerfällig. Aber es war auch nicht wenig, was er sagte. Er hätte nie geglaubt, dass er so lange sprechen konnte. Mit jemandem. Sie saßen ganze zwei Stunden zusammen, lachten, jeder für sich oder gemeinsam. Er ging mit ihr vor die Tür, wenn sie rauchen wollte. Er kam sich vor wie ein Magnet, der unter einer Tischplatte an einem anderen Magneten hing. Er lachte auch über sich, wurde aber bei jedem Treffen nervöser.

Was wollte er von ihr? Ach, so viel. Aber was konnte er ihr geben? Wie sollte er auf sie zugehen, sie berühren? Sie schien seine Nervosität nicht zu bemerken. Aber er vermutete, dass man sie riechen konnte. In ihm schnürte sich bei dem Gedanken, sie zu berühren, etwas zusammen – er hätte sich am liebsten geritzt, um dieses scheußliche Gefühl zu vertreiben. Er hatte Angst, diesen Klumpen in seiner Brust, in seinem Bauch aufzubrechen.

Als er Ina kurz vor Weihnachten wiedersah, sog er ihre Nähe ein wie die Ahnung einer anderen Welt. Sie holte aus ihrem Rucksack einen Packen Papier; ein Ausdruck ihrer so gut wie fertigen Dissertation: *Über spezielle positiv-operatorwertige Wahrscheinlichkeitsmaße quantenmechanischer Observablen.* Es gebe da ein, zwei mathematische Stellen, die ihr Bauchschmerzen bereiteten. Wenn er da einmal reinschauen könne. Vielleicht sehe er etwas, was sie nicht sah. In jedem Fall würde sie seine Meinung, sofern er überhaupt Zeit habe und damit etwas anfangen könne, sehr zu schätzen wissen.

Er war fassungslos. Das also wollte die Frau von ihm. Wahrscheinlich war sie deswegen schon vor einem Jahr zu ihm an den Tisch in die Mensa gekommen, um in Zukunft ihre mathematischen Probleme gelöst zu bekommen.

Ina ließ sich nicht anmerken, was sie von seiner Verwirrung hielt. Sie erzählte von ihren Eltern, zu denen sie am nächsten Tag fahren wollte. Aber dieses Thema machte Oliver noch verschlossener. Er sagte fast gar nichts mehr, half ihr aber, als er bezahlt hatte, in den Mantel. Da zog sie ihn nach einer schwungvollen Drehung an den Armen zu sich herunter und küsste ihn auf die Wange. »Danke! Schöne Weihnachten und einen guten Rutsch!« Sie lachte, wie er so steif gebeugt seinen roten Kopf gar nicht wieder hochbekam.

Er war total verwirrt. Vielleicht wollte sie ihm ja helfen, dass er sich, wenn er ihr half, sicherer fühlte? Er schlief schlecht. Was sehr selten vorkam.

Zum Glück fuhr er zwei Tage darauf, wie die Jahre zuvor, in die Berge. Nicht mehr nach Oberwiesenthal oder Klínovec im Erzgebirge, Zakopane im Riesengebirge, wie mit dem Spezi in den Winterferien, sondern Kitzbühel, Zermatt, Innsbruck, Les Trois Vallées – dieses Mal nach Lech, Österreich. Zehn Tage, bis der familiäre Spuk allerorten vorbei war. Was sollte er in Veras Haus bei seinem Vater sitzen? Diese Zusammenseinsverlogenheit konnten sie sich sparen.

Eigentlich verachtete er Sport. Entsprechend schlaff sah er aus, groß und blass. Außer nach einem Skiurlaub. Er blieb den ganzen Tag auf den Brettern, verausgabte sich. Hoch und runter. Hoch und runter. Süchtig. Mit einer Pause nach vier Stunden.

Der Pistenschnee war Olivers Element. Die schiefe Bahn, die er mit seinen gewachsten Brettern nicht zerkratzen, sondern festigen und verdichten wollte. Oberflächen hatten ihn immer fasziniert. Daher auch sein Interesse für Perelmans topologisch-differentialgeometrische Arbeiten zum Ricci-Fluss. Es ging nicht darum, die Elemente zu beherrschen, sondern sie durch leichte Berührungen zu übertölpeln. Anders als bei einem Auto das Abrollen der Räder auf dem Asphalt, anders als beim Gehen das punktuelle Auftreten, handelte es sich beim Skifahren nur um ein Streifen. Über den Schnee hinweg entkam man dem Ernst der Berührung, dem Zugriff, der Nachdrücklichkeit. Ein konsequentes Entgleiten. Eine Berührung, zu der man sich nicht bekennen, für die man sich weder verantworten noch entschuldigen musste, wenn man unten ankam. Und die eigene Spur auf der Piste war schwerlich auszumachen unter, neben, über all den anderen Spuren.

So, wie er über das große, weiße, also nackte Schneefeld glitt, das über den Stein der besser gar nicht überragenden

Berge gespannt war wie eine Haut, so leicht, wie er sich über die Oberfläche stahl, wünschte er sich die Begegnung mit einer Frau. So groß sollte sie sein, so kalt und ausgestreckt bleiben, dass er sie mit seiner dünnen Spur nicht zu sehr erregte. Kaum kitzelte. Nicht eindrang. Kalter Sex.

Doch in diesen Skiferien hatte Oliver nach zwei Tagen keine Lust mehr. Statt, wie sonst, mit der ersten Gondel hoch hinauf ins frische Weiß zu fahren, zog er im Hotel Inas Manuskript aus der Tasche. Eine, wie er fand, sehr anspruchsvolle, sehr gute Arbeit. In dem Kapitel über Wahrscheinlichkeitsamplituden stieß er auf kleine systematische Anomalien, die ihre Ergebnisse und Thesen als mindestens ergänzungsbedürftig erscheinen ließen. Er warf den Packen Blätter auf den schmalen Tisch seines Zimmers. Das hatte sie ja gesagt, dass etwas nicht stimmte bei ihren Berechnungen, mit ihrem Ansatz.

Wie ihn das Problem ansprang. Er spürte ein Kribbeln im Bauch, fast wie Ärger über die Unzugänglichkeit der Sache. Eine Zumutung, die ihn drängte, die Sache auseinanderzunehmen, den Aufsatz zu modifizieren, das Kapitel neu zu schreiben. Am liebsten hätte er sich gleich auf das Problem gestürzt. Aber seine Blindwütigkeit erboste ihn im nächsten Moment. Dass ihn dieser Reflex, dieser Trieb wie ein mathematisches Tier aussehen ließ. Dass diese Frau offensichtlich seine Besessenheit ausnutzen wollte. Wieder kam die Wut in ihm hoch. Er wollte für sie kein nützlicher Fachidiot sein.

Früher Nachmittag. Er sah aus dem Fenster seines Zimmers den Hang hinunter. Dichter Schneefall. Weit konnte er nicht sehen. Das Dorf im Tal ließ sich nur erahnen. Die Lifte waren früher geschlossen worden. Die Pistenbeleuchtung aus.

Oliver nahm die Blätter, klopfte sie zusammen auf dem Schreibtisch, legte sich aufs Bett, begann noch einmal, die fragwürdigen Abschnitte zu lesen. Nach einer Stunde knipste er das Nachttischlicht an. Wahrscheinlich ließen sich die Anomalien durch spezielle C*- und Banach-Algebren unter Kontrolle bringen. Das konnte man versuchen. Spezielle topologische Ansätze. Natürlich ging das nicht in zwei Stunden oder Tagen. Um die Möglichkeit zu prüfen, brauchte man zwei, drei Wochen. Um das Problem dann auch umfassend zu lösen, vielleicht zwei, drei Monate. Vielleicht hätte er dafür sogar Zeit gehabt, zumindest für wichtige Hinweise. Aber was kam dann? Was wollte er eigentlich von Ina? Was konnte er mit der Mathematik bei ihr erreichen?

Sein Nabel juckte. Er kratzte sich. Ja, natürlich war sie eine Frau und er ein Mann! Und ja, er wollte in ihre Nähe, in die Wärme, in die Umarmung dieser Frau. Aber er hatte so große Angst. Dachte er, durch die Mathematik Macht über Ina zu erlangen? Oder durch ihre Bewunderung endlich einmal den Mut zu finden, sich in eine emotionale Berührung, in eine Beziehung zu einem anderen Menschen hineinzuwagen? Aber als Mathematiker verwandelte er sich sogleich in ein Ungeheuer, vor dem sie davonlaufen musste. Sie konnte ihm, er konnte ihr nicht helfen.

Oliver schmiss die Blätter weg, wischte, strampelte das Geflatter vom Bett hinunter, stand auf, ging zum Fenster. Draußen war es dunkel. Es hatte aufgehört zu schneien. Weit weg im Tal die Lichter des Dorfs.

Am nächsten Tag öffneten die Lifte erst am Mittag, als die Hauptpisten so weit wieder geglättet und befahrbar waren. Die Sonne strahlte. Dieses Mal hielt er sich nicht in der Mitte, sondern fuhr am Rand. Jedes Mal versuchte er, weiter hinaus ins Unbefahrene zu kommen, was er früher stets vermieden hatte, obwohl er die dafür nötige Technik beherrschte. Er fuhr Kurven in den frisch überschneiten Tiefschnee hinein, drückte sich stärker ab, hinterließ eine einzelne deutliche Doppelspur. Seine Knie wurden immer weicher. Die Angst einzuknicken, einzusinken, unterzugehen wurde immer größer. Es ging nicht. Er dachte an Ina, den Kuss, diese Überwältigung, seine Lähmung. Ihm war übel. Er stoppte scharf, stand quer zur Piste. Sein Magen hob und senkte sich. Wären die Ski nicht gewesen, er hätte sich hingekniet und erbrochen. Er würgte an seiner Angst und rutschte geschlagen den Hang hinab.

Die restlichen Tage seines Urlaubs blieb er auf dem Zimmer. Besoffen, verkatert, wütend, trotzig, weitertrinkend. Das kannte er. Aber dieses Mal war es mehr. Diese Frau hatte in ihm eine nutzlose Hoffnung geweckt. Und wozu überhaupt Mathematik? Was brachte sie ihm? Nur Ausflucht und Vergessen.

Zurück in Dresden, ließ sich Oliver, um sein Seminar nicht halten zu müssen, krankschreiben. Der Arzt, den er – wo sonst? – in einer Kneipe kennengelernt hatte, attestierte ihm eine Schambeinentzündung. Zu einem Therapeuten wollte er genauso wenig gehen, wie sich ein Antidepressivum verschreiben lassen, obwohl ihm der Arzt dazu riet, der selbst sogleich bekannte, Psychopharmaka zu nehmen. Oliver aber wollte nichts brauchen. Drei Wochen ging er nicht zur Uni. Ina schickte er einige Anmerkungen, weigerte sich aber, sie zu treffen und über ihre Arbeit zu diskutieren. Er wollte niemanden sehen. Und nicht über seine Probleme sprechen. Sollte sich doch die verdammte Welt therapieren lassen. Nicht er.

Seinen Vater sah Oliver noch zwei Mal.

Im Januar im Dorf. Achim schaffte es nur noch zwischen Küche, Bad und Wohnzimmer hin und her. Im Wohnzimmer standen der Fernseher, das hergerichtete Krankenbett, darunter eine Ente für die Nacht oder wenn er zu schwach war, um aufzustehen, davor ein Tischchen voll mit Medikamentenpackungen.

Im Februar im Krankenhaus. Da wog Achim noch zweiundsechzig Kilo und war über einen Schlauch mit einer farblosen Nährstofflösung im Beutel an einem Gestänge neben dem Bett verbunden. Sein Magen, sein Gedärm hatten nichts mehr mit der Verdauung zu tun. Dort herrschte der Krebs.

»Es muss ja ...«, sagte Achim. »Die werden mich hier schon wieder hinkriegen.«

Da bewunderte Oliver seinen Vater, wenn er auch nicht wusste, was das war, das diesen so sprechen ließ, ob Stolz oder Angeberei – das letzte Aufgebot davon. Das Sterben war für diesen Mann wie ein finaler Kater. Unwürdig. Aber da es nicht anders ging, auch wieder nicht. Denn das hatte man, wie beim Saufen, irgendwann verstanden in seinem Leben, dass es mal zu Ende und dann auch nicht lustig war. Überhaupt nicht mehr. Und natürlich ohne christlichen Frühschoppen. Daran konnten andere glauben. Über das Ende durfte man mal fluchen, jawohl, verdammte Scheiße! Auch mal heulen. Klar! Oder jammern, wenns sein musste. Kurz. Aber beschweren durfte man sich nicht. Die Zeche musste immer bezahlt werden. Schulden machen war nicht. Diesen Geist hielt Achim hoch bis zum Schluss.

Die Dosis der Morphine wurde von Tag zu Tag erhöht, sodass der Mann in seinem Bett immer weniger mitbekam von seinen furchtbaren Schmerzen und den Menschen, die zu ihm ins Krankenhaus kamen.

An einem Samstag Ende Februar rief Vera abends Oliver an. »Die Ärzte geben Achim noch achtundvierzig Stunden. Kommst du?«

»Nein«, sagte Oliver. Er wollte seinen Vater alleine sterben lassen.

10

Am nächsten Morgen fuhr er zum Dresdner Provinzflughafen. Er wollte weg von dem Sterbenden, weg von den unnützen Gedanken an Ina. Ein Last-Minute-Schalter. Aber auch nicht zu weit weg. Also noch Europa. Istanbul war vielleicht genau richtig.

Ein Fensterplatz. Das Flugzeug rollte zur Startbahn. Die Maschine ruckelte, bremste und kurvte eine ganze Weile, bis Oliver schließlich in den Sitz gedrückt wurde und sich in seinem Hinterkopf eine einzelne Welle sanft überschlug. Erhabene Wolken. Stilvolle Stewardessen. Die mussten gar nicht klein sein. Wie Ina. Harte Landung.

Auf dem Flughafen folgte er den METRO-Schildern. In der Bahn Richtung Zentrum orientierte er sich an seiner Karten-App, stieg in eine Tram um, fuhr durch belebte Straßen, vorbei an großen Plätzen. Hinter einer breiten Brücke voller Angler und Passanten ragte ein dicker, alter Turm auf. Die App zeigte haufenweise Hotels. Er stieg aus, folgte den Menschen erst die Treppen den Hügel hinauf, dann schmale Straßen entlang bis zu einem belebten Boulevard. Leuchtende Geschäfte. Stattliche Wohnhäuser, Kulturinstitute, Konsulate. Kleinere Moscheen. Alle Läden offen: Mode, Feinkost, Fastfood. Döner Kebab. Oh, ja! Er musste nur den Koffer loswerden.

Zufrieden sah er sich um. Er hatte ja nie Urlaub gemacht, außer Skiurlaub. Warum war er damals nicht weggegangen aus

Deutschland? Nach Princeton. Warum wollte er immer alles aussitzen?

Am Ende einer Seitenstraße Leuchtbuchstaben auf einem Dach: Hotel. Er bog ein und kam auf einen halbrunden Platz am Rand eines Hügels mit noch zwei anderen Hotels, die das mittlere an Höhe, nicht jedoch an Schönheit übertrafen. *Pera Palace Hotel.* Ein distinguierter Herr an der Rezeption. Ein Zimmer für – erst mal – zwei Tage. Teuer. Doch hier stand er nun einmal. Reisepass. Kreditkarte. Unterschrift. Diese fast stumme Choreografie half Oliver über seine Unsicherheit hinweg. Sein Magen knurrte hörbar. Ob es möglich sei, dass der Koffer schon aufs Zimmer gebracht werde?

Zurück auf dem schicken Boulevard. Fünf Meter vor ihm fiel einem herumschlendernden Schuhputzer eine Bürste aus dem Holzkasten, und der merkte das nicht. Oliver hob sie auf, lief dem Mann hinterher, gab ihm das gute Stück. Wie der sich freute! Als Dank wollte er Oliver die Schuhe putzen. »For free.« Oliver hatte Hunger. »It's free. Please.« Oliver ging schnell weiter, in eine Seitenstraße, sah zwei große, nach unten dünner werdende Fleischspindeln sich drehen, betrat die offene Bude.

Vier Angestellte, ein wartender Gast. Vor der Theke mit Kasse und Zigarettenwand betrachtete Oliver die bunte Menütafel, hielt den Daumen hoch: »Chicken Döner.« Der dunkle Rindfleischspieß schien ihm zu deftig. Er wollte gleich bezahlen, aber er hatte noch gar nichts getauscht. Karte akzeptieren sie nicht, schließlich aber fünf Euro.

Auf einem hohen Hocker, an einem Essbrett an der Wand, nahm er die Mütze ab, fuhr sich mehrmals über den Kopf und durch die Haare. Heiße Luft von einer Klimaanlage strömte gerade über ihn hinweg.

»Çay«, rief einer der Angestellten auf der Straße aus.

Der Döner kam auf einem trüben Edelstahluntersatz. Oliver verdrückte ihn, fuhr sich mit der Serviette um den Mund, knüllte die Serviette auf den Teller, schob ihn weg. Eine Gruppe Frauen ging vorüber. Der Angestellte sogleich im Gespräch mit ihnen. Die Frauen blieben am Ladenrand an den aufgeschnittenen Granatäpfeln und Orangen stehen, bestellten etwas, bekamen nacheinander Getränke. Olivers Teller wurde abgeräumt. Die aufgeheizte Bude. So, wie er an der Seite saß, wie sich der Raum nach vorn öffnete, war sein Blickfeld rechteckig wie ein Fernsehbild. Ein dicker Angestellter mit Schürze stellte ein Glas vor Oliver. »No pay.«

»Äh, thank you.« Überraschenderweise kein Çay. Sondern eine gelbe Eis-Limonade. Dickes Zuckerwasser aus dem großen, durchsichtigen Plastebehälter auf der Theke, durch den sich eine fiese Schraube drehte. Was für eine schöne Geste wäre eine schlichte Tasse Tee gewesen. Stattdessen dieses reine Konservierungsmittel. Gleichwohl wusste Oliver, was sich gehörte, und schlürfte das Zeug. Es schmeckte. Natürlich. Wer würde den Mist sonst kaufen? Er sah auf den großen Behälter: VIAGRA. Stand da drauf. Äh ... Ja ... Und ein Preis für das große und das kleine Glas. So viel Spaß musste wohl sein. Um das Geschäft anzukurbeln. Viagra. Wie für ihn gemacht. Er nippte an der süßen Limonade, während die Schraube halluzinogen durch die Trinkmasse drehte.

Eine der Frauen hielt einen Schein brusthoch zwischen Mittel- und Zeigefinger, ohne den jüngeren Angestellten anzusehen. Der zupfte ihn ihr aus den Fingern, ging zur Kasse, bling bling, kam zurück mit dem Wechselgeld. Er bot noch einmal etwas an. Fragte. Die schöne Frau winkte sehr geschmeidig, völlig gleichgültig ab.

Die Prozession eines Augenblicks, genauso profan wie fantastisch. Eine Seifenblase, deren schillerndes Schweben alles, deren Platzen schon unerheblich war.

Der Angestellte steckte sich vor der Bude eine Zigarette an, sah vielleicht den Frauen nach, »Çay!«, warf die halbe Zigarette auf die Straße zwischen die Autos.

Oliver stand auf, schwer und benebelt.

Nicht weit weg entdeckte er einen Geldautomaten in einer Seitenstraße, zog die Handschuhe aus, schob die Karte in den Schlitz – da drängten sich zwei Gestalten an ihn heran, klemmte eine Gartenschere seinen kleinen linken Finger ein. Der Kerl rechts drückte finster auf den Bildschirm: *500.* Euro. Oliver schlu-uckte und gab vor den fremden Augen seine PIN ein. Totale Klarheit der Wahrnehmung: das Rattern des Scheinchenzählers im Inneren des Automaten, die beiden süßlichen Atem neben seinem Kopf, das Metall am Finger, entfernte Schritte vom Boulevard. Seine Karte kam heraus. Die nahm der Typ rechts. Dann die Scheine. Der wartete einen Moment, schob die Karte wieder ein: »Jeschoras!« Rollendes R. Der andere zwickte ihn am kleinen Finger. Oliver sah links, rechts: junge Kerle, kaum älter als er selbst, mit geröteten Augen. Der rechts tippte wieder *500* und stieß Oliver gegen den Arm für die Geheimzahl. Die Karte und das Geld kamen heraus. Olivers kleiner Finger sah weiß und ganz hilflos aus zwischen den Schneiden. Beim dritten Mal wurde eine Überschreitung des Limits angezeigt. Sie probierten *300.* Hastig *100.* Da traf Oliver ein Schlag an der Schläfe, flog seine Brille, waren die Gangster weg.

Gebückt, eine Hand am Kopf, suchte, tastete er nach der Brille – ganz geblieben, leicht verbogen –, schob sie sich zittitternd ins Gesicht, stolperte zurück zum Automaten, drückte verschiedene Bildschirmtasten und seinen dröhnenden Kopf. Die Karte kam heraus. Er stützte sich an der Wand ab. Sein Fingerchen war ja heil geblieben.

Zwei Stunden später saß er in einem Vierzig-Quadratmeter-Zimmer auf einem Doppelstockbett unten. Das Hostel neben dem dicken Turm hatte ihm der Rezeptionist des *Pera Palace Hotel* empfohlen, nachdem er ihm wegen einer Kreditkarten-Warnmeldung – wie schnell und überhaupt das zuging, verblüffte Oliver, wobei er mit brummendem Schädel weder denken noch sich beschweren, die Botschaft anrufen oder zur Polizei gehen konnte – das Zimmer abgenommen hatte, kulanterweise ohne Kosten. Über eine andere Kreditkarte, nein, verfüge er nicht. Der Rezeptionist holte ihm zwei Aspirin, ließ ihn seine Bank anrufen, aber da ging niemand ran. Man brachte ihm seinen Koffer. Sobald seine Karte wieder funktioniere, würde man ihn für alle Unannehmlichkeiten mit einem Doppelzimmer ohne Aufpreis entschädigen. Immerhin wirkten die Tabletten.

Das Hostel akzeptierte keine Euro, verwies ihn an eine Wechselstube in der Nähe. Lira. Womit er jetzt besser sparsam umging. Also das preiswerteste Zimmer, dritter Stock ohne Fahrstuhl, mit fünf Doppelstockbetten. In zweien lagen Menschen, auf vier anderen Sachen. Ein Tisch, zwei Stühle, ein hoher Metallschrank mit Schließfächern. Schmucklos war schon zu viel gesagt. Die Luft mies. Bad im Treppenhaus. Ein Schloss hatte er an der Rezeption gemietet, aber keine Lust auszupacken.

Im Bett gegenüber schlief ein Mann auf dem Bauch, der gebräunte Rücken frei. Das Laken hing halb von der Matratze gestrampelt hinab auf den Fußboden, wo von ausgehärtetem Fußschweiß ein Paar Socken mehr stand als lag. Oliver öffnete das Fenster. Nicht sein Problem, wenn der Typ sich eine Nierenentzündung holte.

Von dem Luftzug drehte sich jemand in einem Doppelstockbett oben um. Dunkelblonde Haare, großes Gesicht, weiße Kopfhörer im Ohr, Handy in der Hand. Vor dem Bett die braunen Stiefeletten, ach so, Frauenschuhe. Ärmelloses T-Shirt, ein Tattoo auf dem Oberarm. Sie zog die Bettdecke über die Schulter. Oliver fächelte sich entschuldigend frische Luft zu und schloss das Fenster. Sie lächelte, braune Augen, schob sich auf dem Kissen etwas höher. Oliver wies mit dem Kopf in Richtung des halbnackt schlafenden Mannes und verzog das Gesicht. Sie nickte. Er bewegte die Lippen, als ob er sprechen würde. Sie fasste mit der Linken nach dem Kabel unter ihrem Kinn, zog sich, rechts, blobb, links, blobb, die Stöpsel aus den Ohren. Oliver brachte drei Sätze auf Englisch heraus, bekam drei freundliche Sätze zurück.

»Héloïse.«

»Hä? Lo?« Er ging näher. Tatsächlich: ein sich streckender, in Unterhose posender Mann auf ihrer Schulter.

»It's French.« Sie sprach ihm jede Silbe vor. Das scharfe E. Das LO. Bei dem I als betontem Folgevokal drückte sie Oliver die gekrümmten Zeige- und Mittelfinger symbolisch auf die Augen. Sie lachte. Er auch, ansatzweise, denn sein Kopf schmerzte sofort.

Sie erzählte von einer Nonne, Héloïse, und einem verliebten Priester, der sich aus Verzweiflung selbst entmannt hatte.

»He what?«

»Unmanned himself. Yes.« Ein Philosoph, ein Mönch. Im Mittelalter.

Er kenne nur einen französischen Mönch, Marin Mersenne, nach dem eine berühmte Zahl benannt sei, Potenzen von 2 minus 1, worunter sich auch einige sehr große Primzahlen befänden. So, wie sie in dem Bett zu ihm gelehnt den rechten Arm aufstützte, stand ihr Schlüsselbein hervor. Als ihm klar wurde, dass er sie anglotzte, zog er den Blick zur Seite und fragte schnell, wer der Typ in dem Bett sei.

Am Mittag mit dem Fahrrad angekommen und gleich ins Bett gefallen.

Oliver stand im Zimmer. Ihm fiel nichts ein. Er räusperte sich, setzte sich an den Tisch. Sein Handy wollte er nicht aus der Tasche ziehen. Sie machte Anstalten, aus dem Bett zu steigen. Er drehte sich anstandshalber um. Hinter ihm knarrte das Bett, schepperte eine Spindtür.

»Maybe«, sie hielt ihm eine Weinflasche hin, »you could help me with this.«

»Äh, ja. But …«

»Yes, it's with a cork. Do you have something to open this?«

»You mean a …« Er schraubte die rechte Faust in die Luft. Oliver nahm die Flasche. »Or a spoon?«

Sie schüttelte wieder den Kopf.

Oliver rückte mit dem Stuhl vom Tisch ab, stellte die Flasche auf den Boden zwischen seine Füße, drückte Daumen auf Daumen auf den Korken, in den Korken, was ziemlich wehtat, drückte, drückte, bis sich das verdammt noch mal tatsächlich ein kleines Stück weit ächzend mehr hör- als spürbar bewegte. Oliver pustete.

»Go, go!«

Sie lachte, wenn es knarzte. Er rieb sich die Schläfe. Der Korken quietschte vergnügt. Ob sie einmal probieren wolle? Er hielt die Flasche am Boden fest, sie drückte ihren rechten Daumen hinein. Fast Wange an Wange. Er errötete noch mehr. Wie sie den Korken final den grünen Hals hinunter in die

Flüssigkeit stieß, spritzend, jubelnd, bekam Oliver einen Kuss, der ihn fast umgehauen hätte.

Sie stellte zwei Becher auf den Tisch, nahm ihm die Flasche ab. Aus der Flasche gluckerte kleckernd Wein. Lachen.

»What is he going through?«, sagte sie nach einer Weile, schenkte sich nach, kniff die Augen zusammen: Wie viele Berge müsse der schon hochgefahren sein, wie oft wird der einen Platten gehabt oder sein Fahrrad geschoben haben gegen den Wind? Der fahre doch nicht aus Neugierde, Vergnügen oder Langeweile herum. »He«, sie beugte sich zu Oliver, »is doing a hell of a work out.«

Sie sprach über die Stadt, ein paar Sehenswürdigkeiten, die Leute im Hostel. Zweimal schubste sie – »I like you« – Oliver.

Zwei Frauen kamen herein, Riley und Janet aus Chicago und Oregon, beide Au-pairs in Frankreich, wie Héloïse wusste. Und Hani, ein dicker Tunesier, der mit Waschtasche und Pyjama über dem Arm wegging und fünf Minuten später verkündete, dass es kein Wasser mehr gebe im Bad.

Die eine Amerikanerin regte sich auf, dass sie jetzt in Pisse pissen müssten. Oder noch schlimmer, erwiderte die andere. Sie nahmen ihre Sachen und eine große Wasserflasche. Zehn Minuten später waren sie lachend in Pyjamas wieder da. Nach ihnen ging Oliver. Als er zurückkehrte, lagen alle in den Betten. Héloïse mit Musik in den Ohren. Janet und Riley mit ihren iPhones beschäftigt. Oliver zog die Decke über die Brust, verschränkte die Arme hinter dem Kopf. Menschen im Bett mit ihren elektronischen Geräten. Fast alle wollten, dass die anderen sich für sie interessierten. Er dagegen war eine kommunikative Wüste. Er hatte so viel Platz. Für Zahlen, Gleichungen, die RV. Aber, außer von seinen zwei Gauß-Kumpanen, keine einzige Telefonnummer. Auch nicht von

Ina. Wie schön wäre es gewesen, jemandem zu schreiben, wo man war.

Eine unruhige Nacht. Tür auf und zu. Licht an, aus. Leute rein, raus. Irgendwann, ziemlich früh schon, zischelte es an der Tür. Ein Paar, er besänftigend, sie entrüstet. Er kriegte sie aber doch ins schmale Bett. Was sich darin dann abspielte, setzte Oliver nicht wenig in Erstaunen. Diese Spinnenwesen hoben, senkten, drückten, umschlangen sich nicht bloß, sondern mussten auch das Doppelstockbettgestell zusammenhalten, dass nichts quietschte, ächzte, knarzte, geschweige denn irgendwer stöhnte. Fast versöhnte solche Kunst Oliver mit dem Umstand, dass die beiden ihn um den Schlaf brachten. Vielleicht liebten sie sich auch gar nicht. Immer wieder Flüstern. Ein bisschen bedauerte Oliver die beiden sogar, wie leise zusammen sie sich quetschten.

Am Morgen keine Nachricht. Weder von der Bank noch, was Achim anging.

Die Gemeinschaftsbäder auf den Etagen geschlossen. Eine Schlange vor der einzigen funktionierenden Toilette im Erdgeschoss. Die Leute beschwerten sich an der Rezeption. Mittag, hieß es, sei alles wieder in Ordnung.

Das Frühstücksbüfett reichhaltiger als erwartet. Oliver wählte die Nummer seiner Bank. Eine Stunde Zeitverschiebung. Die mussten doch längst arbeiten.

Draußen das Viertel belebter als das Hostel. Montag. Die Straße hinunter. Cafés, Gemüseläden, Bäckereien, kleine Geschäfte. Männer, die schwerbepackte Sackkarren hoch oder runter schoben oder zogen. Eine graue Wolkenschicht. Am Wasser. Die breite, flache Betonbrücke mit den Tram-Schienen. Angler zahlreich am Geländer. Dass die nicht froren mit bloßen Händen an den Ruten, Schnüren, Haken. Eine angelnde Frau hier, und er würde in der nächsten Kirche eine Kerze anzünden für den Sterbenden im Norden. Und wenn die auch noch verschleiert angeln sollte, würde er auf der Trauerfeier kein böses Wort sagen. Natürlich Pustekuchen. Da war es leichter, Mirpzahlen zu finden.

Er lief in den ältesten Teil der Stadt. Vielleicht hätte er für die eine oder andere Sehenswürdigkeit sogar Geld ausgegeben, wenn ... Er rief die Bank an. Eine Zwanzig-Meter-Schlange mit hauptsächlich Koreanern, Japanern am Einlass zu einer antiken Zisterne. Aber so ... Hing Inas Arbeit über Wahrscheinlichkeitsamplituden, hingen ihre Anomalien mit der Riemannschen Zeta-Funktion zusammen? Sah sie etwas, was er nicht sah? Wollte sie den goldenen Schlüssel für eine neue Theorie – von ihm? Mal eben so? War sie so berechnend? Wie er mit der Fremden die Weinflasche geöffnet hatte, wie sie getrunken, wie sie sich unterhalten hatten, bevor die anderen ins Zimmer kamen. Er hoffte, Héloïse wiederzusehen. Aber was konnte er ihr bieten? Ohne Geld. Wenn er den ganzen Tag in der Warteschleife seiner Bank hängen blieb, würde das ein schönes Sümmchen ergeben: mobil aus dem Ausland. Dann kam er durch. Eine miserable Verbindung. Am anderen Ende ein Mann mit Akzent, aber unglaublich liebenswürdig und kompetent. Mit seiner Karte sei nun wieder alles in Ordnung. Ihm stünde der volle Tageskredit zur Verfügung. Oliver bedankte sich vielmals. Am Großen Basar fand er einen gut frequentierten Geldautomaten. Karte. PIN. Nichts passierte. »*Please contact your credit card provider.*« Oliver wählte die Servicenummer. Hing wieder in der Warteschleife. Verfluchte Scheiße, gottverdammte! Müsste er morgen, wenn sein Geld alle war, die Mischpoke anrufen. Wo er von denen gerade überhaupt nichts wissen wollte. Am besten Benedikt. Dass der ihm Geld schickte. Mit Western Union. Oder so ... Er rief wieder an. Nix. Unverschämtheit. Er hatte ja sonst nichts zu tun. Er wartete hier ja nur, dass er allein blieb auf der Welt mit der Mathematik.

Zurück im Hostel, die Treppen hoch. Im Zimmer Héloïse im Bett des Fahrradfahrers. Den Rücken gekrümmt – viel Platz war nicht in der Doppelstockbox unten –, saß sie, die Knie so spitz wie hoch unter ihrem gespannten grünen T-Shirt, in der Hocke, sah ihn blöde an, als es plötzlich stieß unter ihr. Wie in einen Maulwurfshügel. Sie hielt sich am Gitterrost über ihr fest. Da sah Oliver den Mann und taumelte zurück. Die Treppen runter, die Hand am Geländer, verfolgt vom Quietschen des Bettes, lief Oliver durch die Stadt. Suchte eine Kneipe. Fand keine Kneipe. In einem vorbeifahrenden Auto rauchten zwei Menschen bei geschlossenen Fenstern. Oliver dachte, dass die darin doch ersticken müssten, verrecken konnten, wie der Fahrradfahrer und die Schlampe. Er hetzte durch die Stadt. Nichts hasste er mehr in den Städten als Dieselabgase. Wenn ein alter Lkw, ein verbeultes Mercedes-Taxi, ein klappernder Kleintransporter vorbeidieselte, kriegte er das sofort in die Nase, aufs Gehirn. Dann sah er sich wütend um, hielt die Luft an, spuckte, schimpfte. Übel, übel, übel. Nicht, dass er gleich hätte kotzen müssen oder Atemnot bekam. Er verfluchte die Verbrecher, die die alten Kisten rumfuhren, rumfahren ließen, die deutschen Erfinder des Diesel-Einspritzmotors, die deutschen Vergasungsexperten, die betrügerischen deutschen Autoproduzenten und Feinstaubvertuscher, diese jahrzehntelang von ihrer Ingenieurskunst berauschten Dieselmotorentüftler, -verfechter, -lobbyisten. Zugrund gehen sollten ihre Unternehmen, die sich schon viel zu lange sträubten, Elektroautos zu bauen. Überrollt und gedemütigt sollten sie werden von chinesischen Herstellern, die den Innenstädten der Welt zumindest eine Plage vom Hals schaffen würden. Ersticken sollten sie an ihren Abgasen und sterbend noch lange strampeln wie auf dem Rücken liegende Käfer in ihren fetten Karossen.

»No«, entgegnete er barsch an einer großen Moschee und lief weiter, überrascht, dass eine schwarzgekleidete Frau mit Kopftuch hier überhaupt das Wort an ihn richtete. Was hatte sie gesagt? Gewollt? »Help! I am from Syria.« War da was gerade? Und was konnte er tun? Ohne Geld. Er rief die Bank an.

Ein altes zweistöckiges Haus. An der Hauswand an eine Holzleiste gepinnt: weiße DIN-A4-Blätter in Klarsichtfolien. Fett gedruckt: *»Arsenal : Hull«, »Stoke City : Chelsea«*. Dazu eine lokale Uhrzeit. Auch Bundesliga-Spielansetzungen, Primera División, nordamerikanischer Basketball – so viel sagten die Namen Oliver immerhin. Über der Tür eine große grüne Leuchttafel: *The Dubliner*. Er brauchte ein Mittagsbier. Nach dem ganzen Dreck. Vom letzten Geld. Halbe Treppe hoch. Ein gediegener Raum. Dunkles Holz. Fünfzehn Tische. Drei Leute über ihre Handys gebeugt, zwei Spätstücker über – so roch das hier – gebratenem Schweinespeck mit Ei; sicherlich nicht leicht zu finden in der Stadt. Er war der Erste, der ein Bier orderte und damit das höhere Vergnügen einläutete. Eine Kellnerin. Die gab es also. Eine Ausländerin. Unwirsch. Ein großes Dunkles. Zack! Ohne Blume. Mit einem für ihn ungewohnten süßlichen Geschmack. Er folgte dem ersten Schluck im Mund, durch die Kehle den Hals hinunter wie ein Forscher. Die Welt schloss sich um ihn herum. Seine Beine, Wangen, Augenbrauen wurden schwer. Ein Klang kam hinzu. Zärtlichkeit.

Die meisten Menschen tranken Alkohol nach Feierabend, müde, in der Dämmerung, wenn sie keine Kraft mehr hatten und die Schwermut ihnen ins Herz kroch. Kaum einer trank, um den Morgen, die Sonne, den Tag zu feiern. Oliver schnaubte. Achim konnte richtig trinken. Oft war er sonntags zum Mittagessen vom Frühschoppen aus der Kneipe gekommen, mit drei grinsenden Bierchen in der Fresse.

Ein Paar nahm Platz. Der Mann stellte einen Laptop auf den Tisch zwischen sich und die Frau. Die auch gleich am Handy.

»Another one?« Die Bedienung freundlicher, vielleicht weil jemand, der so früh am Tag anfing zu trinken und trotz Beule am Kopf ordentlich aussah, ähnlich große Probleme wie sie selbst hatte. Oliver schüttelte den Kopf.

Als der Geist restlos aus dem Bier diffundiert war, bezahlte er. Toilette. Draußen dichte Wolken. Ihn fror. Mehrere kinderreiche Großfamilien hintereinander. Schwarzverhangene Frauen. Keine Männer dabei.

Im Hostel die Bäder weiter gesperrt. Auf dem Zimmer niemand. Auch der Fahrradfahrer weg. Vielleicht mit ihr. Die verfluchte Bank unerreichbar. Über das Hostel-WLAN rief er die Website des Geldinstituts auf, schrieb ins Kontaktformular. Sein Magen knurrte. Er ging hinunter in den schmalen Aufenthaltsraum, wo nur wenige Leute saßen. Auf dem Flachbild an der Wand ein lokaler Nachrichtensender. Ton aus. Kiew, Maidan. Gruppen bärtiger Männer in Tarnfarben. Winter. Brennende Autoreifen. Immerzu Katastrophen, und man roch nix davon. Dafür wurden die Medien geliebt: dass man alles sah und hörte – und weiteressen konnte. Ein muskulöser Mann kam gemächlich den Gang entlang, hielt vor einem Tisch mit zwei Frauen, sprach sie an. Die waren aber mit ihren Handys sehr beschäftigt. Oder kannten ihn schon. Der breite

Mann mit den Lederlocken drehte ab, trat an Olivers Tisch, stellte sich vor: »Can.« Ob er sich zu ihm setzen könne? Jetzt erkannte Oliver den Spinnenmann. Am Morgen hatte der mit dem Rücken an einer Frau in schwarzen Leggins im Bett gelegen. Sie kamen ins Gespräch. So schnell ging das. Er sei einmal in Bremerhaven und erstaunt gewesen, wie viele seiner Landsleute dort lebten. Der Mann hatte ein rundes, munteres Gesicht. Oliver wusste nicht, ob dieser mächtige Oberkörper im Fitnesscenter herausgearbeitet oder gottgegeben war. Ein Schiffsmaschinist. Aus Nordzypern. Verheiratet mit einer russischstämmigen Ukrainerin. In Dnjepropetrowsk. Zwei Kinder. Seine Frau glaubte, dass die Ukraine geteilt werden könnte. Er habe keine Ahnung gehabt von irgendwelchen ethnischen Konflikten dort. Die Menschen, die für Russland, und die, die für eine Anbindung an Europa seien, fingen gerade erst an, sich zu hassen. Der Hass sei eine Pflanze, die wachsen, gedeihen, wieder eingehen könne. Etwas, was Nahrung bräuchte. Olivers Magen knurrte. Can hatte auf einem Schiff nach Odessa fahren und von da aus Frau und Kinder besuchen wollen. Aber jetzt, wo die sich um die Krim stritten und die ukrainische Flotte, was davon übrig blieb, nach Odessa umziehen musste, sei erst mal alles gesperrt. Seit elf Jahren fahre er zur See. Wenn die Seeleute nach einem Monat oder zwei an Land kämen, würden sie erst mal nur an eins denken. Diesbezüglich sei Westeuropa bei den Seeleuten unbeliebt. Weil die Frauen so teuer seien. Brasilien sei fantastisch. Er schicke ja sein Geld der Frau. Für die Kinder. Er sei zuletzt unter liberianischer Flagge geschifft. »Flags of Convenience.«

»Liberia?«

Nicht ganz so schlecht wie Tonga oder Togo, sagte Can, aber, ja, schlechter als Panama und natürlich Zypern. »This is a kind of slavery, man.« Außerdem sei in einigen afrikanischen Häfen, Abidjan beispielsweise, gar nicht daran zu denken, selbst für ihn nicht, ohne eine bezahlte und bewaffnete Leibwache das Schiff zu verlassen. Can beugte sich vor: In einige Gegenden sollte er hier besser auch nicht alleine gehen. »Good advice. If you want more advice, I can give you.«

Kopfschütteln.

»Why so sad?«

Oliver erzählte, was ihm am Vortag widerfahren war.

»The Russians.« Can presste die Lippen aufeinander, sah auf Olivers kleinen Finger. »That's why you had to come here. In the hostel. Are you hungry, my friend?« Can lud ihn ein. Nicht weit vom Hostel in ein gut besuchtes Lokal. Junge Männer, Frauen. Auf den Tischen die gleichen Teller und Schüsselchen: Kebabfleisch, dünne Fladenbrote, Petersilie, Zwiebeln. Alles ging flott. Sie ließen nichts übrig, tranken noch einen Tee, lehnten sich zurück. Auf der Straße verabschiedete sich Can freundlich. Warm ums Herz, ging Oliver zurück.

Niemand auf dem Zimmer. Er zog die Schuhe aus, legte sich hin, wackelte versuchsweise mit dem Kopf, doch das Bett quietschte zu sehr. Wie hatte Can das nur gemacht in der Nacht?

Als er aufwachte, war es im Zimmer so dunkel wie draußen. Er rieb sich das Gesicht. Brille. Handy: eine Nachricht seiner Bank, dass sie die Komplikationen bedauerte, das Problem nunmehr gelöst sei. Schuhe, Jacke, die Straße hoch zum nächsten Geldautomaten auf dem – er sah sich misstrauisch um – Boulevard, Karte rein, PIN: die kleinste vierstellige Primzahl. Er probierte hundert Euro in der Landeswährung. Und es kamen Scheine raus. Schöne glatte Scheine. Gleich noch mal. Das Doppelte. Anstandslos! Beschwingt ging er zurück.

Der Aufenthaltsschlauch gut gefüllt. Drei Leute vor der Toilette. Eine Art Gemeinschaftsküche geöffnet. Eine Koreanerin briet etwas. Oliver holte sich Tee. Das Fernsehen wütend tonlos. Die Koreanerin setzte sich mit dem Gebratenen an den Tisch neben Oliver zu ihrer Landsmännin. Sie tranken Wodka mit Pfirsichsaft. Zwei blonde Frauen kamen lachend den Flur entlang, blieben vor den Koreanerinnen stehen, erkundigten sich nach dem Wodka, wurden eingeladen. Der Nachbartisch erschien Oliver so weit weg wie Asien.

»Do you mind?«

Héloïse. Oliver machte ein genauso verdattertes Gesicht wie mittags auf dem Zimmer. Sie setzte sich zu ihm, legte ihre Jacke ab. Einige umständliche Sätze. Sie fragte, ob er einen Witz erzählen könne.

Kopfschütteln. Er habe Witze nie behalten. Geschweige denn erzählen können. Genauer gesagt habe er die Possenreißer stets verachtet.

Das Leben, sagte sie, sei viel einfacher, wenn man einen Witz parat habe. Eigentlich mache es auch keine große Mühe, sich ein paar davon einzuprägen. Drei, vier passende Witze, und man würde sozusagen ein anderes Leben führen. Stattdessen lernten und wüssten die Menschen so viel Schweres, bestiegen Berge, durchquerten Wüsten, häuften riesige Besitztümer an zu ihrem Schutz und brachten oft nicht das kleine bisschen Mut auf, aus ihren Burgen herauszukommen, um mit anderen etwas Spaß zu haben.

Oliver schob sich gequält die Brille hoch. Ba-Rock-Musik war ja nur ein komischer Versprecher gewesen mit Ina. Das konnte er nicht als Witz präsentieren.

Zu was, Héloïse schubste ihn, wäre die Menschheit fähig, wenn Kinder in der Schule lernten, wie man andere zum Lachen bringt. Wo stünde unsere Zivilisation heute? Die meisten Kriege hätte man vermeiden können. Die Welt wäre ein anderer Ort.

Er kam sich so nutzlos vor. So klein und arm. Héloïse erschlug ihn mit ihrer Energie. Allein die Spannung ihrer Haare. Wahrscheinlich hatte dieser Schnitt einen Namen, diese glatten, rundherum gleich schulterlangen Haare, die sich an den Spitzen nach innen bogen und das Gesicht elliptisch wie ein Lampenschirm umschlossen. Er bat sie unwirsch um eine Kostprobe.

Sie sah ihn spöttisch an: »A snake is riding a bicycle along the road. But snake, shouts a snail at the roadside, how can you even ride a bike without legs. The snake doesn't give a damn and rides on.«

Oliver wunderte sich. War das ein Witz?

»Speaking of bicycles ...« Sie lächelte. Sebastian Turners letzte Station sei Izmit gewesen.

Er sah sie verständnislos an.

Eben! Izmit. Sie hätte auch keine Ahnung gehabt, wo das liege. Und der Typ! Meine Güte! İzmit. Zwischen hier und Ankara. Im Osten. Ankara, wo er vorher gewesen wäre. Und ein paar Wochen davor in Armenien. Der fahre nicht weg, sondern komme gerade zurück. Der habe seine Runde so gut wie gedreht. Sebastian Turner aus Norfolk, East England. Seit zwei Tagen wieder in Europa. Was der aus sich alles herausgestrampelt haben müsse. Das hätte alles in seinen Augen geleuchtet. Denn das, was in uns hineingekommen, hineingetrieben worden sei, das müssten wir wieder hinaustreiben und neu auf die Welt bringen, worauf sich Frauen natürlich am besten verstünden. Alles andere wäre nicht gut.

Er sah, wie die Haarspitzen die Schulter kitzelten. Und wo sei Turner jetzt?

Sie zuckte die Achseln und schlug vor, etwas trinken zu gehen.

Sie tranken, ein paar Straßen weiter, Bier in einer Bar. Héloïse kannte sich aus. Auf dem Weg in eine andere Bar kiffte sie hinter einem Parkplatz mit Blick auf die leuchtende Altstadt. Er stand neben ihr und dadadachte, dass diese Frau ihn zum Mann machen musste. Später in einem Club griff er ihr an den Arsch.

11

Er hatte ohne Héloïse noch weitergetrunken. Immerhin zurückgefunden. In sein Bett. Da lag er. Auf dem schlingernden Bauch, mit pochendem Schädel, das Maul aufgekratzt. Wie kam er hier raus? Aus dem Zimmer, Hostel, Elend? Er wusste, dass auch morgendliches Kotzen half. Aber dafür hätte er sich unten neben der Küche anstellen müssen.

Erst mittags, als es ruhig geworden war auf dem Zehn-Bett-Zimmer, kam er hoch. Frühstücken wäre sowieso nicht gegangen. Mehrmals nahm er die Brille ab, rieb sich die kleinen, roten Augen.

Die kalte, lebendige Stadt.

Ein Geldautomat. Er schaute sich um. 1009. Wenn alles nur so einfach wäre wie Zahlen. Mit den Scheinchen fühlte er sich etwas besser. Frisches Geld in der Tasche half also auch gegen Kater.

Er lief los, weg von den touristischen Vierteln. Ein Straßenmarkt. Wie sich das streckte. So viele Stände. Und Frauen – junge, ältere, alte – mit klapprigen Gitterwagen. Die Gnade eines Katerkaffees! Dankbarkeit auch für die vielen Leute mit ihrem Dienstag, ihren Einkäufen und dass die Welt sich drehte. Ein frischgepresster Orangensaft.

Am Nachmittag ließen seine Kräfte nach. Er irrte herum wie ein Jäger ohne Ortungsgerät, machte kehrt, wollte ein eigenes Zimmer, duschen, baden, fernsehen, wollte ins *Pera Palace Hotel.* Bei Héloïse hatte er natürlich komplett verschissen.

Was sollte das Ganze? Ein Witz. Von ihr. Über den er auch nicht hatte lachen können: Dem Wolf ist langweilig. Er geht zum Fuchs und sagt: Komm, lass uns den Hasen verprügeln. Weswegen?, fragt der Fuchs. Falls er eine Mütze trägt, deswegen. Falls er keine trägt, dann deswegen. Also gehen sie und verprügeln den Hasen. Nach einiger Zeit ist dem Wolf wieder langweilig. Er geht zum Fuchs: Komm, lass uns den Hasen verprügeln. Weswegen diesmal?, fragt der Fuchs. Wir bitten ihn um eine Zigarette. Falls er uns eine ohne Filter gibt, deswegen. Falls mit, dann deswegen. Also gehen sie zum Hasen und fragen nach einer Zigarette. Eine mit Filter oder ohne?, fragt der Hase zurück. Sagt der Wolf zum Fuchs: Schau mal, das Arschloch trägt schon wieder keine Mütze.

Armer Jäger. Die IMO in Montreal. So lange her, dass er den Hasen geortet hatte.

Endlich kam er ans Wasser, an eine hohe Brücke, sah weiter weg die breite, flache Brücke, den dicken Turm. Auf der anderen Seite fand er das ehrwürdige Hotel, strich sich Jacke und Haare glatt, plötzlich unsicher, ob mit seiner Kreditkarte und seinem Aussehen alles in Ordnung war. Er hatte Glück: der Angestellte vom ersten Tag an der Rezeption. Freundlich. »Your room. As promised.« Entweder herrschte gerade Touristenflaute saisonal oder politisch – oder das Hotel war schlechter, als es aussah. In einer Stunde sei das Zimmer bereit. Oliver schlurfte die Straßen zum Hostel hinunter.

Im Aufenthaltsschlauch Can. Erschöpft ließ sich Oliver auf den angebotenen Stuhl fallen. Nach drei Minuten hatte Can ihn so weit, dass Oliver vom letzten Abend erzählte. Can nickte. Oliver lud ihn zum Essen ein. Can schlug ein schlichtes Grillrestaurant gleich gegenüber vor. Ein Duft! Sie bestellten Köfte und sprachen beim Essen nur wenig. Über die Leute auf dem Zimmer. Wer noch da war. Oliver wischte sich den Mund mit einer Serviette und suchte die Toilette auf. Eines der beiden Pissoirs war eigenartigerweise voll Eiswürfel. Pinkeln on the rocks. Schöne Farbe. Als ob der Harn gesäubert würde. Sein Handy vibrierte kurz in der Hosentasche. Er schloss den Hosenstall. Eine SMS: »Wenn du deinem Vater noch etwas sagen möchtest, würde ich das Telefon an sein Ohr halten. Sprechen kann er nicht mehr. Vera.« »Nein«, schrieb Oliver. Finster, die Stirn tief, ging er zurück, saß stumm am Tisch.

Der Kellner brachte zwei metallgefasste Teetassen und stellte vom Nachbartisch eine Zuckerdose aus verschnörkeltem Aluminium dazu. Can rührte davon zwei Löffelchen in den schwarzen Tee. Dingelingeling. Wie viel Zucker er selbst nahm, merkte Oliver gar nicht. Sie hatten beide die Unterarme auf dem Tisch, die Köpfe vorgebeugt und die Augen fast geschlossen. Der Lärm der Taverne, der Menschen, Kellner prallte an ihnen ab. Nur das Metall an ihren Gläsern klingelingelte. Ihre Geister schwebten in eine höhere Sphäre – und trafen sich.

»This is cruel«, flüsterte Can. »You went away.«

»He was cruel with me.« Oliver atmete schwer, mit über die Augen gewölbter Stirn.

»Your father.« Can hob langsam den Kopf. »Is he ill?«

»He is dying.« Oliver riss die Augen auf, starrte Can an.

»What, what was that?«, stammelte Can.

Oliver stand der Mund offen.

»Was I, was I just reading your mind?« Can schüttelte ruckhaft den Kopf. »Man!« Can schlug sich mit der Faust gegen die Stirn. »Did this ever happen to you before?«

Oliver wackelte blöde mit dem Kopf.

»Are you playing me?« Can griff die Tischkante links und rechts und sah zornig sein Gegenüber an.

»You just hit me with your spirit.« Er kniff die Augen zusammen. »I can read thoughts. I am a Sufi. Man! My friend. You opened the door.« Sein Gesicht wurde breit. Seine Augen leuchteten. Er griff nach Olivers Hand. »I love you! Thank you, but«, sein Gesicht wurde ernst, »you should make peace. With him.«

Oliver sagte nichts.

»And with yourself.«

Oliver trank den süßen Tee aus und gab dem Kellner das Zeichen mit Daumen und Zeigefinger. Bezahlte. »Teşekkür«, brachte er mit Mühe heraus. Er fühlte sich so schwach. Am liebsten hätte er sich sofort im nächstbesten Lokal betrunken. Allein.

Draußen nieselte es.

»Let me show you something.« Can griff Oliver fest um die Schulter, ging los und erzählte ihm von den Geistern in dieser alten Stadt. Lange vor der osmanischen Eroberung Konstantinopels habe es Muslime in der Stadt gegeben, schon in der Goldenen Zeit, als der Prophet selbst noch lebte. Vor eintausendvierhundert Jahren. Nicht irgendwelche Mohammedaner. Sondern tatsächlich Weggefährten. Zu denen Mohammed gesprochen hatte, die selbst zu ihm gesprochen und von ihm Antworten bekommen hatten auf all ihre Fragen. Auf sein Geheiß waren sie gekommen, um die Stadt für den rechten Glauben einzunehmen. Die Gräber von einigen dieser Männer und Frauen gebe es noch. Das Mausoleum von … – den Namen verstand Oliver nicht – drüben in … Can zeigte in eine Richtung. Mit der Moschee daneben. Wohin es bis heute zahlreiche Gläubige ziehe. Die Sufis hätten diese Energien gebündelt, Männer, Frauen, die mit dem Geist nicht die Welt erobern, sondern tief hinein ins Innere und weit hinaus ins Äußere davon dringen wollten. Deswegen seien sie zuzeiten bekämpft und verfolgt worden, hätten sie ihre Zugänge zum Göttlichen verborgen und hinter verschlossenen Türen meditiert, gesungen, getanzt. In den Tekken. Hunderte habe es in Istanbul davon gegeben. Dutzende gebe es immer noch, große und kleine, fast unbekannte Tekken, *dargah,* wie sie auch genannt würden, was »zwischen zwei Orten« oder »Türschwelle« bedeute im Persischen.

Sie gingen durch einen winterkahlen, verdreckten Park eine lange Treppe hinunter. Ein Hügel, von Häusern verbaut, gar nicht mehr zu sehen als Erhebung. Im Gestein da und dort tiefe Eingänge: schwarz, verrußt, wohl von Feuern, die vielleicht immer noch von Schutzsuchenden gemacht wurden. Sie gelangten auf eine Straße mit dunklen Häusern hinter hohen Zäunen, gingen an Mülltonnen vorbei, um eine Ecke mit stinkendem, auf dem Boden verstreutem Katzenfutter. Vor einem grünen, alten Bretterzaun blieb Can stehen, nickte, öffnete ein wackliges Tor. Ein Garten mit kleinen Obstbäumen. Das Haus aus Holz. Auf der überdachten Veranda standen drei Männer. Zwei unterhielten sich. Einer rauchte. Sie sahen gleichgültig herüber, als Can sie grüßte. Oliver war sich nicht sicher, ob er noch den Geruch von dem aufgeweichten Katzenfutter in der Nase hatte oder diese Männer wie Penner rochen.

Sie betraten einen kahlen Vorraum, zogen die Schuhe aus. Can führte Oliver auf den knarrenden Dielen durchs Haus. In dem größten und schönsten Raum hätten früher die Derwische getanzt. *Darwisch* sei ebenfalls Persisch und bedeute »Tür« oder »Wanderer zwischen den Welten«.

Die Tekke war größer, als Oliver gedacht hatte. Beziehungsweise tiefer. Offenbar hatte man den ältesten Teil des Hauses in den Berg gehauen.

Im hinteren Teil gingen die Mauern, die Decken, der Boden des Hauses über in den Fels. Kerzen erleuchteten einen Raum, der nach Räucherwerk duftete. An den Wänden goldene Schriftzeichen, die sich an einer Stelle verdichteten, rechts, wo in dem ansonsten leeren Raum ein schmaler roter Teppich lag. Can trat näher heran. Hinter ihm Oliver. Der schräg im Raum liegende Teppich stieß an die Wand. Dort am Boden sah Oliver eine Einbuchtung von der Größe eines Fußballs. Genau dort hätte der berühmte Sufi – Oliver verstand den Namen nicht – seinen Kopf hineingesteckt und Visionen gehabt. Oliver erschauerte: ein Helm aus Stein, sodass sich ein ganzer Berg, die ganze massive Erde um einen Kopf, um einen Geist schloss. Die Schädeldecke im Höhlenfels. Schädel-Fels-Diffusion.

»This is between one world and another. The upper- and the underworld. You can lay down and put your head in the hole.«

Oliver schüttelte den Kopf.

»I can leave you alone.«

Plötzlich wusste Oliver, dass heute sein Vater sterben würde, und trat einen Schritt zurück.

»I tried once. Years ago. But I saw nothing. I was no seer before. Until today. You made me rich. I will never forget that I can reach there. Are you sure you don't want to put your skull inside?«

Oliver fürchtete, der entfliehende Geist seines Vaters könnte in ihn kriechen, drehte sich um und ging weg.

Draußen vor dem Gartentor verabschiedete sich Can von Oliver, indem er ihm seine mächtige Faust auf die Stirn drückte. »There is something big streaming in you, my friend«, sagte er leise. »You should connect yourself.«

Es dämmerte. Die Straßenbeleuchtung ging an.

Die Hostelrezeption unbesetzt. Im Allzweckgang zur Küche traf Oliver eine Angestellte. Er sagte, dass er auschecken und nur noch seine Sachen von oben holen wolle. Die Frau nickte.

Das Zimmer oben leer. Oliver räumte das Spindfach aus. Die Tür ging auf. Der Fahrradfahrer. In Flip-Flops, mit einem grünen Handtuch um die Hüfte und definierter Bauchmuskulatur.

Gab es also wieder Wasser!

Der Brite beachtete den anderen nicht, hockte sich vor sein Doppelstockbett, zog ein paar Sachen aus den Fahrradtaschen. Oliver versuchte, hinter ihm zum Schrank durchzukommen. Turner wollte etwas Platz machen. Dabei löste sich das grüne Handtuch. Fiel Oliver auf den Schuh. Ob der das nur etwas zu heftig von seinem linken Fuß abschüttelte oder tatsächlich wütend war? Jedenfalls trat er den Frischgeduschten ins Gesäß. Der kippte von dem Tritt vornüber in sein Bett und stieß, als er sich sogleich aufrappelte, bamm!, mit dem Hinterkopf gegen die Vorderplanke. Im nächsten Moment standen sich die beiden Männer gegenüber – der Brite nackt und sehnig, der Deutsche zwischen Trotz und Entschuldigung –, die Lungen vollgepumpt, die Brustkörbe vorgestreckt mit scharfen Augen.

»D-d-don't show me your ass again.«

»Wanna suck the other side?«

Oliver wollte den Fahrradfahrer wegschubsen, den ganzen Schwachsinn beiseitewischen. Weswegen er ein bisschen ausholte, wie zu einem Schwinger.

Sebastian duckte sich und knallte Oliver zwei Schläge unter die Rippen. Piff! Paff!

»Bastian! Oliver!« Héloïse sprang zwischen die beiden. »Stop it!«

Den Hals, den Mund nach oben streckend, ging Oliver in die Knie. Sebastian hob die Hände, spreizte die Finger. Oliver versuchte, auf die Beine zu kommen, rieb sich die Seite, atmete flach. Héloïse stützte ihn, hielt ihn am Arm, an der Schulter. Ach! Ja. Besorgt blickte sie ihn an! Ihre Zuwendung rührte ihn so sehr, dass er noch einmal schwach wurde und sie nachfassen musste. Wie schön. Zum ersten Mal in seinem Leben wurde er so gehalten. Zum ersten Mal in seinem Leben schauspielerte er.

Can grinste hinter Héloïse, die Oliver einen Klaps gab, losließ, dem britischen Playboy das nasse Handtuch zuwarf. »I thought I could finally have a shower. But let's have a drink outside.«

Sebastian ballte noch zweimal die Fäuste, als ob die ihn juckten, und scheuchte Oliver von seinem Bett weg.

»Fighting makes thirsty. That's for granted«, sagte Sebastian.

»Who actually started it?«, fragte Can.

Sebastian zeigte auf Oliver. »And who won?« Er hob die Arme, spannte die Muskeln an.

»I know a good bar and I am sure«, Héloïse sah reihum die Männer an, »we can have some fun tonight.«

Sebastian Turner zog sich ungeniert an. Can empfahl ihm, demnächst einmal seine Sachen zu waschen. Sebastian fragte ihn, wie genau er es als Muslim mit dem Alkohol nehme. Can lobte Héloïse, wie resolut sie zwischen die Streithähne gegangen sei. Oliver steckte das Schloss seines Spindfachs ein, schaute noch einmal unters Bett, nahm seinen Rollkoffer.

»You're leaving?«, fragte Héloïse.

»Yes.«

»When is your flight?«

»Not today.«

Vor dem Gemeinschaftsbad im Treppenhaus warteten drei Leute. »When will I ever shave my legs again?«, schimpfte Héloïse und fragte Oliver, wo er denn die Nacht bleibe. Als er ihr das Hotel nannte, weiteten sich ihre Nasenflügel.

»They gave me a doublebed room.«

Als sie das Hostel verließen, hakte sich Héloïse bei Oliver ein. Er solle ihr doch einmal erzählen, welche Städte er schon gesehen und was er dort gemacht habe. Damit tat er sich schwer. Und womit verdiene er in Deutschland sein Geld?

Das, was er machte, hatte er noch nie als eine Weise gesehen, Geld zu verdienen. »Two, three, five, seven, eleven, thirteen, seventeen, nineteen, twenty-three, twenty-nine, thirty-one, thirty-seven and more and more.«

Sie wusste, was Primzahlen waren.

»Of course.« Die Bausteine der Zahlenwelt. Solitär und einsam. Was ihnen recht geschehe.

Héloïse führte ihn durch die Straßen. Die beiden anderen missmutig hinterdrein.

Am Schönsten, sagte Oliver, sei wahrscheinlich das Teilbare. Was für eine Freude: eins und ein Vielfaches zu sein! Aber bei diesem Club radikaler Autisten sei das ausgeschlossen. Keine Partner, keine Freunde, keine Liebe. Manchmal allerdings gebe es Zwillinge. 11 und 13, 59 und 61 beispielsweise oder 18.409.199 und 18.409.201. Euklid habe zwar demonstriert, dass unendlich viele Primzahlen existierten, schon dreihundert Jahre vor Christus. Aber ob es auch unendlich viele Primzahlenzwillinge gebe, sei immer noch unbewiesen. Ach, hätte er doch den Arm um sie legen können.

Héloïse blieb vor einer Bar stehen: *Beer Time,* Hochparterre, fünf Stufen. Can schüttelte den Kopf. Ein säuerlicher Geruch von Erbrochenem wehte von der Straßenecke herüber.

»This place is not for me«, sagte Can und ging auf Oliver zu. »I hope to see you again. Maybe in my mind.« Er umarmte Oliver. Wie ein dünnes Brett verschwand der in den Armen des Seemanns. Nur sein Kopf und der Rollkoffer waren noch zu sehen.

Zu dritt betraten sie das gut besuchte Lokal. Auf Barhockern neben der Tür sangen zwei Männer zur Gitarre dröhnend laut verstärkt in der Landessprache. Sie fanden einen Tisch, hängten ihre Jacken über die Stuhllehnen, sahen sich um. Héloïse zeigte an der Wand auf ein farbiges Schild.

5+1
Vodka
Tequila
Sex on the Beach
30 Tl.

Sei das hier wirklich so billig, fragte Oliver? Oder nur Deko? So hoch und allein wie das da hing. An den anderen Tischen tranken die Leute ja nur Bier.

»No, no«, schrie Héloïse, »it is as it says. What do we drink?«

Das Lied war zu Ende. Die Leute, Héloïse, Sebastian klatschten. Héloïse johlte! Oliver kniff die Augen zusammen und überlegte, wie Johlen ging, was das war, ein Yeah oder Juh, wie dafür die Luft durch die Kehle strömen musste. Er forschte dem Laut so angestrengt bis in seine Brust hinein nach, dass ihm urplötzlich etwas aus dem Hals herauskullerte, er es gleich noch einmal versuchte und tatsächlich johlte, als die anderen damit schon aufgehört hatten. »Vodka«, sagte er eilig und winkte dem Kellner.

Es herrschte gute Stimmung. Junge Männer, Frauen, Studierende. Die zwei Musiker legte sich ins Zeug, bekam nach jedem Lied mehr Applaus. Sebastian bestellte die nächste Runde. Schließlich war das Konzert zu Ende. Danach lief leise, traditionellere Musik.

Oliver sah Héloïse an. Ihr Gesicht glänzte. Wie wurde er nur den Fahrradfahrer los? »Are you afraid of coming home?«, wandte er sich mit dem vierten Glas an Sebastian.

Der sah ihn abschätzig an. »You Germans. How can you ask so directly?« Er schob sein leeres Glas beiseite. »Afraid to leave. Afraid to return. I sometimes imagined, when I left a place, left people, how it would be to see them again.«

»Something is the same, something has changed«, sagte Oliver.

Sebastian beugte sich vor. »And something will be different as you thought it is. But there will always be things you wouldn't see at all. It's the same with homecoming.«

Oliver sah ihn an, trank aus.

»Boys!«

»We are all looking for a place, where we are not afraid to go back«, sagte Turner.

»Boys! Who orders next?«

Verstimmt sah Sebastian sie an. »Shouldn't it be your turn?«

Sie schüttelte kühl den Kopf. »It's you or him.«

»Him on the floor and you on top of me. I don't want to be greedy.« Sebastian stand auf, kramte in seiner Hosentasche, ließ zwei Scheine auf den Tisch segeln und legte, als er seine

Jacke übergezogen hatte, Oliver eine Hand auf die Schulter. »Find home. Good night!«

»Let's go«, sagte sie zwei Minuten später, bevor Oliver es irgendwie vermasselte.

Auf der Straße wurde seine Angst immer größer. Als sie endlich – sie bestand darauf – eine Apotheke fanden, wo ihnen eine Frau mit Kopftuch eine Packung Einwegrasierer verkaufte, und Kondome. Als er im Hotel an der Rezeption stand, im Fahrstuhl, wo sie sich nicht berührten, vor dem Zimmer. Als er im dritten Versuch mit der Karte die Tür aufbekam, war ihm schlechter als am Morgen.

»This makes quite a difference«, staunte sie.

Er hatte keine Ahnung. Sämtliches Blut war aus seinem Gesicht gewichen.

»Why don't you take a hot shower. It will warm you up. I'll watch TV.«

Er verbrannte sich fast die Haut unter der Dusche und zog danach alle seine Sachen wieder an, außer den Socken.

Sie ging nach ihm ins Bad.

Er setzte sich aufs Bett, schob die Kopfkissen hoch, lehnte sich an, wusste nicht, wie er sich platzieren, ob er etwas trinken, ausziehen, den Fernseher ausmachen sollte. Sie duschte zum Verrücktwerden lange, kam aus dem dampfenden Bad in T-Shirt und Slip, setzte sich neben ihn aufs Bett, legte ihre Hände auf seinen Arm, seine Schulter, streichelte seinen Nacken. »You like it?« Er nickte. Sie sah ihn ruhig an. »A policeman stops a car with a dog behind the wheel and a man in the passenger seat. Are you crazy?, shouts the cop, letting a dog drive the damn car. What?, answered the man anxiously. Me? I was only hitch-hiking.«

Oliver brauchte einen Moment, bis er lachte.

Ihr Gesicht kam seinem näher. Sie küsste ihn. Er hielt still. Danach sagte sie ihm, was er mit seinen Händen, Lippen, seinem Körper tun und was er lassen sollte.

Ihm wurde warm. Der Fernseher lief.

Sie waren nackt, hielten, drehten sich, griffen nacheinander. Doch in seiner Hüfte regte sich nichts. Gar nichts. Das hing nur an ihm dran. Nutzlos wie die Kondome in seiner Jackentasche. Eine Schlange, die nicht Fahrrad fahren konnte.

Sie versuchte dies und das; er ließ sie machen. Nach einer Weile legte sie sich quer über das Bett, nahm seinen Kopf zwischen ihre Beine. Er wusste nicht, wie ihm geschah – machte, leckte, hörte, wie sie sagte, dass es ihr gefalle, so gut er es verstand mit heißen Ohren. Seine Zunge wurde schwer, müde; er lallte an ihrer Scham herum. Machte weiter. Ihr Stöhnen spornte ihn an. Sie presste seinen Kopf an sich, krampfte sich zusammen. Er wollte sich nicht befreien und diese Besiegelung aufheben. Sein Kopf schwoll zwischen ihren Schenkeln. So fest hielt sie ihn. Er konnte, wenn er sonst zu nichts nutze war, auch ersticken. Dann doch Panik! Mit den Armen zappelnde, mit den Beinen strampelnde Panik, sodass sie ihn losließ, er nach Luft schnappte und sie beide noch eine Weile heftig atmeten.

Sein Unterkiefer tat weh, die Zunge hing ihm im Maul. Sie ging ins Bad. Er las seine Sachen auf. Slip. Unterhemd. Wischte über sein Handy. Eine Nachricht von Vera: »Die Ärzte sagen, er hat nur noch ein paar Stunden.«

Warum tat sie das? Warum sollte er noch einmal ins Ohr des morphiumentrückten Sterbenden sprechen? Warum starb der nicht einfach und ließ ihn in Ruhe? Wenn überhaupt, dann hätte er ihnen Vorwürfe machen sollen! Wann hörte das endlich auf? In ein paar Stunden? Wenn dieser Mann tot war?

War es dann vorbei? Oder würden die ihn weiter verfolgen, ihn immer weiter unterdrücken. Er musste ihn töten!

Tsi! Ein kleiner elektrischer Impuls durch die Spitze seines Glieds. Er horchte. Er musste ihn töten! Tsig! Wieder! Weggehen reichte nicht. Er musste sich anders befreien. Tsing! Ja! Er musste diesem Fluch, diesem Unrecht ganz anders begegnen und sich damit verdammt beeilen, denn der starb, und Oliver hatte ihm nichts gesagt. Er wählte die Nummer seines Vaters. Kein Ton. Er wählte Veras Nummer.

»Oliver?«

»Stirb!« Tsing! »Stirb, Achim! Halt ihm das ans Ohr.« Ja! Tsing! Mit seiner Wut verstärkte sich der Impuls. Er spürte, wie er stärker wurde. Viel zu lange war er das Ungewollte gewesen, der Verlassene, das Bündel auf dem Balkon. Damit war Schluss! Das Blut kam in seine Hüfte. »Du stirbst, ich lebe!«, schrie er. Er hatte so lange nichts gesagt. Sie hatten ihn lange vor Achim zugenäht überall. Er hätte sich einmal richtig prügeln sollen mit Achim. Als der noch gesund war. Tsing! Wie gut sich das anfühlte, wie das strömte. »Verschwinde!« Er musste mit Achim fertigwerden, dass der ihn nicht als Geist verfolgte. »Geh!« Er musste ihn richtig loswerden. »Stirb!«, sagte er und beendete den Anruf.

Im Bad rauschte die Toilettenspülung. Héloïse kam aus der Tür. »Are you ok? I heard some shouting?« Sie ging staunend auf ihn zu. »You don't have to blame yourself. Look at you.« Bevor er erigiert errötete, griff sie nach ihm, er nach ihr. Sie zerrten aneinander, wälzten sich auf dem Bett. Er wollte in sie dringen. Sie stieß ihn weg. Er wollte ein Kondom aus der Jackentasche holen. Da kam er schon. In seine vorgehaltene Hand. Er kniff die Augen zusammen, stöhnte. Aus der Brust heraus. Noch ein Laut, den er nicht kannte. Tiefer als das Johlen.

Als er aus dem Bad kam, lag sie zugedeckt im Bett. Er wollte sich an sie schmiegen.

»I am very tired.« Sie schob die Knie vor. »Good night.«

Am Morgen, sie zog sich schon die Schuhe an, fragte er sie, ob sie mit ihm frühstücken wolle.

»Thank you.« Sie schüttelte ruhig den Kopf, nahm ihre Jacke, öffnete die Tür.

»Maybe ... one more joke?«

Sie drehte sich um. »Two circus lions are eating a clown. One of them says: That tastes funny to me.«

Sie sahen sich an, warteten beide. Er wollte schon fragen, da zuckten seine Nasenflügel, breitete sich sein Mund zu einem Lächeln aus. »Thank you, El.«

Im Frühstückssaal bekam er eine Nachricht von Vera. »Achim ist um 22 Uhr 10 entschlafen. Die Trauerfeier findet am Samstag um 14 Uhr auf dem Friedhof in Krauthain statt.«

Wie schnell das weiter geht, dachte er, buchte einen Rückflug für den Nachmittag, setzte sich auf die Kofferbank und band sich den rechten Schuh. Als er die graue Socke hochzog, stieg ein Gefühl straffer Frische von der Ferse über den Knöchel auf. »Hm«, stieß Oliver Luft aus der Nase. Ein Glück der Beiläufigkeit, das aufblinkend verging. Nichts, was einen von unten bis oben durchströmte oder regelrecht begeisterte. Das Gefühlchen schaffte es kaum über die Wade hinaus, kam gerade noch so in seinem Gehirn an. Beim linken Schuh, mit der linken Socke funktionierte es schon nicht mehr. Die Erwartung war zu schwer für diese Unerheblichkeit.

Er hatte gehofft, an der Rezeption den Angestellten zu treffen, den er kannte, um ihm zu danken. Aber gut. Er gab das

Zimmerkärtchen ab, erklärte, warum er sofort abreisen musste, traf auf bestürztes Verständnis, bezahlte nur für eine Übernachtung, dankte, gab Trinkgeld. Er hatte noch vier Stunden, bis er am Flughafen sein musste, und diese eine Sache im Sinn: Asien betreten.

Draußen vor dem Hotel nahm er ein Taxi, das ihn über eine unglaubliche Brücke brachte. Den Taxifahrer störte es genauso wenig wie seinen Passagier, hoch in der Luft zwischen den Kontinenten festzustecken. Vielleicht der schönste Stau der Welt. Unter ihnen verband die breite Wasserstraße die ältesten Meere des Abendlandes. Ein paar große Schiffe. Weiter weg, vor der alten Stadt hin und her die Fähren und Boote sahen konkurrenzlos märchenhaft aus in der aufgepflügten See. Der Bosporus!

Der Taxifahrer brachte ihn von der hohen Brückenbastion bis ans Meer vor die neue S-Bahn-Station von Üsküdar. Oliver drehte, den Rollkoffer hinter sich herziehend, eine Runde.

Eine Fähre legte an. Er kaufte eine Fahrkarte. Hundert Menschen gingen von Bord. Dann nahm ein Uniformierter das Absperrseil am Kai vor den Wartenden herunter. Oliver stieg die Treppe hoch, setzte sich ans Fenster auf eine lederbezogene Bank mit Rückenlehne und Tisch davor. Männer und Frauen in winterlicher Kleidung. Einige Männer mit Ledertaschen auf den schlichten Anzughosen schlugen gekonnt die Zeitung auf. Die meisten aber über ihren Handys.

Drei Meter von seinem Platz entfernt eine Bar.

Ein Gläschen Tee. Zwei Lira.

Die Fähre zog hart durch die winterliche See von Asien nach Europa. Zuerst die Sonne. Auf einmal ein Glitzern auf dem Wasser, ein Schillern und Leuchten. Die erste Sonne seit Tagen. Dann die Möwen. Hingen in der Luft genau neben seinem Fenster. Drei. Fünf. Vögel. Meter Entfernung. Flogen mit. Als Begleitung. Oder mehr noch als Geleit. Wollten gar nichts, suchten gar nichts. Es gefiel ihnen einfach so in der Luft am Schiff. Nicht, wie er anfangs dachte, im Windschatten, geschützt. Sondern schützend.

Dafür alles Geld. Ein Wunder. Nicht umwerfend, kolossal, sondern eine Versöhnung. Pures Gold. Gnade. Bosporus.

Wie sich das kräuselte. Wie es den höheren Sinn hervorkitzelte, auf einmal ALLES zu sehen. Es musste einen Bauplan des Universums geben. In diesem Moment wusste Oliver, dass der mit der Zeta-Funktion zu tun hatte. Er musste seinen Vater ordentlich unter die Erde bringen, Ina wiedersehen, den Beweis der Riemannschen Vermutung finden.

Erst die Sonne, dann die Möwen. Bosporus. Diese Schönheit ließ sich nicht sehen, spüren, aufnehmen, ohne den Gedanken, dass man sterben würde. Und im selben Moment umfasste sie diesen Schmerz, so wie das übermächtige Magnetfeld eines Kernfusionsreaktors das irre Plasma hielt.

Dazu der Verkehr der Boote, Fähren. Hin und her. Er wiegte den Kopf. Hin und Her. Das blieb Berufsverkehr; manche der Kontinentalplattenpendler hatten das wohl täglich mit mehr oder weniger Sonne und erblickten gar nicht mehr das Licht auf dem Wasser, das Flirren der Luft, den Anfang, das Ende, das Eine, die einem alle Angst nahmen. Er hatte das neue Land betreten. Er war kein anderer, sondern da auf der Welt. Welch herzzerreißendes Glück, am Leben zu sein. Diesen überwältigenden Reichtum zu teilen. Das einzelne Leben ging vorbei. Das Leben insgesamt ging unüberschaubar weiter. Das Leben des Lebens.

Es drückte in seinem Hals, das Wasser stieg ihm in die Augen, seine Nase verengte sich. Alles hatte mit allem zu tun:

mit Achim, Lisbeth, Héloïse, Ina. Eine große Träne, die sich im linken Auge erst sammelte, dann warm über seine Wange rann. Eine zweite, kleinere, auf dem schon gebahnten Weg. Eine dritte, nach der er sich mit dem Ärmel über sein gleich etwas aufgedunsenes Gesicht fuhr. Er konnte weinen. Was zwar ein bisschen Konzentration erforderte. Aber nun lief es.

Er trank einen Schluck Tee. Das gegenüberliegende Ufer kam näher. Der Blick über das Wasser auf eine wunderbare Moschee. Die Kuppeln waren Frauenbrüste für den himmlischen Übermann. Die dünn darum herum postierten Minarette beachtete Oliver nicht weiter. Nur die dem Himmel zugewandte Quelle aller Milch.

Die Möwen drehten ab. Hatten getan, wofür sie geschaffen waren. Der Tee lau. Die Sonne verzog sich. Das Wasser zerfahren. Auf einmal schmutzig.

In Europa empfing ihn deftiger Dampf von etlichen Grillständen am Ufer, wo fettige Makrelenfilets im Brötchen mit Zwiebel verkauft wurden. Eilig zog Oliver seinen Koffer aus den Schiffsdieselabgasen.

12

Zwei Tage später kam er mit dem Zug an. Abgeholt zu werden, hatte er nicht gewollt.

Er war nie abgeholt worden.

Ein Streifen Rot am Abendhimmel. Was für Vögel waren das am Feldrand jetzt im Winter?

Zwei Autos fuhren an ihm vorbei; ein Fahrer, ganz langsam, drehte den Kopf um nach Oliver.

Das Dorf, die Lichter, das Haus, der große Garten mit dem Bungalow. Vera mit eisigem Blick. Alexandra mit Baby und Benedikt auch da. Achim habe sie, sagte Alexandra, gar nicht mehr erkannt, als sie ihn zuletzt noch einmal besuchten. Zwei Jahre Krankheit zu Ende. Zwei Jahre Leiden. Und, seufzte sie, Bekümmerung für die Nächsten. Krankenhaustod. Wie ihn sich, natürlich, niemand wünschte. Von Erlösung wollte sie dennoch nicht sprechen. Kein langes Leben, kam ihr Benedikt zu Hilfe, aber auch kein ganz kurzes. Vera und Oliver sagten nichts.

Vera hatte die meisten Dinge bereits in die Wege geleitet: Sterbeurkunde, Bestattungsunternehmen, Todesanzeige, Trauerfeier, Einladungen, Sarg, Aufbahrung, Bestattungsart, zukünftige Grabstätte. So viele Dinge. Wegen einer Trauerrede, das habe Achim zwar einmal erwähnt, aber er müsse wirklich nicht, wenn er nicht wolle. Das machten ja in der Regel andere.

»Ich habe ihm das versprochen.«

»Hast du denn eine Rede?«

»Ja.«

»Auf Papier?«

Oliver reagierte nicht.

»Morgen ist die Trauerfeier.«

Niemand hatte Oliver je eine Rede halten hören. Niemand traute ihm. Am wenigsten Vera.

Am frühen Samstagnachmittag gingen sie zu viert mit dem Baby im Kinderwagen – was Oliver befremdlich fand – aus dem Haus die Straße hinunter. Oliver fragte sich, wer Achim am besten gekannt hatte? Vera? Bernd? Seine Geschwister?

Plusgrade. Während sie die Straße entlangliefen, fuhren gerade mal zwei Autos an ihnen vorüber. Auf dem Friedhof hinter der Kirche standen fünfzig Leute. Eine dünne Frau kam aus der Menge auf sie zu, wechselte einige Worte mit Vera, führte sie und Oliver – Alexandra blieb mit dem Baby und Benedikt zurück – durch die Menschen hindurch zum kürzlich sanierten Leichenschauhaus. Das bestand aus zwei geweißten, kahlen Räumen, voneinander getrennt durch eine Mauer mit einer großen Glasscheibe. Den linken Raum mit einem Kandelaber und sieben neuen Holzklappstühlen betraten die Menschen, um von dem Aufgebahrten im geschlossenen rechten Raum Abschied zu nehmen.

In einer halben Stunde musste Oliver sprechen.

Er blieb die ganze Zeit und bis zuletzt in dem Raum, obwohl es darin kühler war als draußen. Die Vorbehalte seiner sich diesbezüglich unwohl fühlenden Stiefschwester, ob man den Toten im offenen Sarg wirklich noch einmal sehen sollte, schienen ihm jetzt dumm. Als ob schon Würmer aus dem Mann herauskriechen würden. Wer nicht wollte, konnte ja draußen bei seinen Erinnerungen bleiben.

Hatte sein Vater die Schmerzen und die Krankheit nicht, so gut es ging, auf sich genommen? Oder schien das Oliver nur so, weil er nicht oft da gewesen war? Hatte Achim es nicht bis zuletzt im Krankenhaus allen leicht gemacht mit seiner Selbstbeherrschung? Oder Todesverachtung? Keiner weinte. Ging sein Tod niemandem nahe? War das bezeichnend für die Leute oder für den stolzen, selbstgefälligen Mann, der niemanden an sich herangelassen hatte?

Hinter der Glasscheibe stand der dunkelbraune Holzsarg. Der Tote trug ein weißes, knopfloses Hemd mit großem, spitzem Kragen. Der Stoff so dick wie eine Jacke. Wohl aus der Winterkollektion. Kopf und Schulter hob ein festes Kissen aus wahrscheinlich Styropor an. Die Füße hingegen zeichneten sich unter der gesteppten Decke mit Spitzenrand, die vom Bauch an über den Toten und den Sarg gleichermaßen gezogen war, überhaupt nicht ab, so tief lagen die im unteren Teil der Kiste. Auf der Decke die Linke über der Rechten nicht auf dem verkrebsten Bauch, sondern dem Schoß. So lange Arme. In all dem Weiß hob sich das ruhige, ausgezehrte Gesicht eigenartig gebräunt ab. Glatt. Rasiert. Mit einer Caesarennase, die Oliver zum ersten Mal so sah. Das schwarze Haar gekämmt. Zwei kleine harzige Punkte auf Achims Lippen brachten Oliver auf den schrecklichen Gedanken, dass man den Mund zugeleimt haben musste. Uhu! Dass man dafür wohl den Mund hatte zudrücken müssen, bis der Sekundenkleber wirklich zusammenhielt. Verdammt! Erst den homophoben Arsch, ganz zuletzt noch das große Maul.

Hatte sein Vater ihn geliebt?

Oliver stand an dem Glas, betrachtete den Toten, trat zurück in den Raum, um für andere Platz zu machen, trat wieder an die Scheibe.

Wenn man stirbt, wird man nicht mehr älter. Aber was passiert dann? Viele Menschen dachten, die Toten wären ewig tot. Für immer. Oder bis zum Jüngsten Tag. Aber das stimmte nicht. Man war nur eine Weile tot. Ein paar Jahre. Tot war man für die, die mit einem gelebt hatten. Und blieb es, solange die anderen, die Mitmenschen, noch lebten und sich erinnerten. Das Totsein war an geteiltes Leben gebunden. Spätestens nach ein paar Jahrzehnten war man nicht mehr tot, sondern hatte, wenn jemand noch von dem oder der berühmten Toten sprach, vor so und so vielen Jahren gelebt. In einer vergangenen Zeit. Niemand sagte: Gauß ist jetzt fast einhundertsechzig Jahre tot. Man sagte: Riemann hat vor über einhundertfünfzig Jahren gelebt. Nur Gott blieb länger tot. Mit dem toten Gott lebten die Menschen schon lange hier. Als ob sie dabei gewesen wären, als er noch nicht tot war. Oder weil sie sahen, dass er für einige Menschen noch zu leben schien.

Die dürre Frau vom Bestattungsunternehmen sagte leise, dass sie die Türen und den Sarg nun schließen würden.

»Noch eine Minute.« Oliver blieb allein. Draußen froren die Leute.

Hatte er seinen Vater, trotz allem, geliebt? Schmerzte ihn dieser Tod?

Achim hatte ihn davor bewahrt, adoptiert zu werden, was immer das bedeutet hätte. Achim hatte sein Vater sein wollen. Wie dankbar sollte er ihm dafür sein? Oliver schüttelte ruckartig den Kopf. Er musste in Kürze nicht über sich, sondern über seinen Vater sprechen. Hatte er ihn damit in der Hand? Einen Toten? Die Frau vom Bestattungsunternehmen erschien wieder. »Etwas Geduld, bitte«, sagte Oliver scharf.

Die Leute auf dem Friedhof wurden unruhig. Ihrer Meinung nach war der Junge ja immer komisch gewesen. Seine

Geschichte kannten mehr oder weniger alle. Warum also wollte er den Toten jetzt nicht gehen lassen?

Vera kam in die Leichenhalle, sprach zu Oliver. Da wandte der sich ab von dem Aufgebahrten hinter der Glasscheibe, stellte sich zur Familie. Links die Tür wurde geschlossen. Vier Männer des Bestattungsunternehmens gingen rechts in den Raum. Immer noch brauchte Oliver keine Hände zu schütteln. Sie warteten wie ein stummer Chor, die Gesichter auf das rechte Tor gerichtet. Vera weinte still. Achims drei Schwestern weinten nasser. Olivers Stiefschwester hatte ein verquollenes Gesicht. Dem einen oder anderen Mann blies der Wind vielleicht ein bisschen hart in die Augen, sodass die tränten wie bei Gegenwind auf dem Moped. Einige rote Männernasen. Von der Kälte oder gewohnheitsmäßigem Alkohol. Diese feinen roten Äderchen von den Nasenflügeln ins Wangendelta links und rechts. Am Vortag hatten sie in der *Roten Acht* zünftig angestoßen auf den dahingegangenen Saufbruder. Tot war tot. Schnaps Schnaps. Oliver tat die Luft gut. Das Gesicht frisch. Kein Kloß im Hals.

Der Großteil der Wartenden schien das Prozedere zu kennen. Das Tor ging auf. Die vier Männer in schwarzen Anzügen trugen den glatten Holzsarg an Griffen hüfthoch über den Dorffriedhof. Die Trauergesellschaft gemessenen Schrittes hinterher in familiär-gesellschaftlicher Ordnung. Der Großteil der Anwesenden hatte hier Verwandtschaft liegen.

Hinter dem neuen, jetzt geöffneten Friedhofstor aus rostfreiem Stahl ein schwarzer Mercedes. Der Sarg wurde auf einer ausgefahrenen Ladezunge des Autos abgestellt, arretiert, langsam in den verglasten Innenraum eingezogen. Vera, Alexandra und fünf andere Leute legten eine rote Rose darauf. Die Heckklappe senkte sich automatisch, die Reifen knirschten auf dem kurzen Kiesweg zur asphaltierten Dorfstraße.

Verdammter Diesel, dachte Oliver, wo doch Leichenwagen ideal für Elektroantrieb waren. Lange Stand-, also Aufladezeiten. Kurze, regionale Wege: keine Reichweitenangst. Niemand wünschte sich ein leiseres Auto, das einfach wegrollte, mit einem Sarg drin.

Aus einem parkenden Auto stieg eine Frau auf der Beifahrerseite aus. In dem hellen Mantel konnte sie nichts mit der Trauergesellschaft zu tun haben. Die Leute drehten sich auf dem breiten Friedhofsweg um und gingen in die Kirche.

Getauft war der Tote gewesen, ausgetreten aus der Kirche, mit der er weiter nix zu tun gehabt hatte, aber erst und offiziell, als er nach der Wende auf einmal Steuern für sie bezahlen sollte. Da war Schluss damit. Wie zu der Zeit bei vielen anderen. Deswegen auch kein Stoff für Diskussionen, dass die ganze Veranstaltung an dem früher Christen vorbehaltenen Ort stattfand. Das religiöse Dekor störte niemanden. Es gab den Glauben in seiner einstmals verbreiteten Konfession immer noch als natürlichen Bodensatz, der an den Häusern, Bauwerken, Sitten so gut wie an den Menschen zu erkennen war. Über die alte Religion zerbrach sich niemand weiter den Kopf, damit wollte hier keiner jemandem zu nahe treten.

Oliver, der mittlerweile etliche Hände gedrückt und Beileidsbekundungen empfangen hatte, setzte sich in die erste Bankreihe links neben Vera, Alexandra mit Baby – fehlte nur, dass sie stillte –, Benedikt und Harald. Als die Trauergesellschaft Platz genommen hatte, kam die hagere Bestatterin nach vorn. Oliver dachte, sie würde ihn nur ankündigen und die Feier weiter nicht stören. Aber diese nicht einmal wichtigtuerische, sondern einfach nur angestellte Frau fing an, ihre

Allerweltstotenrede zu halten von Lebensleistung, Erinnerung, schwerer Krankheit. Diese ausgezehrte Gevatterin mit zu viel Make-up wäre von jeder Priesterin mühelos in den Schatten gestellt worden mit dem viel größeren Text im Rücken. Oliver überlegte kurz, ob diese Person so dreist war, sich über den vereinbarten Ablauf hinwegzusetzen, um neue Kundschaft zu gewinnen, die gerade so eine Trauerrede hören wollte, oder ob Vera dahintersteckte.

Im nächsten Moment stand er auf und räusperte sich laut. Wie Oliver vier Schritte zum Mittelgang hin machte und dann nicht etwa, wie die Rednerin oder einige Anwesende vielleicht glauben mochten, rechtsherum aus was für einem Grund auch immer – auf einer Trauerfeier passierten ja die überraschendsten Sachen, wenn die Hinterbliebenen von ihren Gefühlen übermannt wurden – die Kirche verließ, sondern gerade und fest auf die Frau zuschritt, verstummte diese. Er hielt die Hand auf, dass sie ihm das Mikrofon aushändigte.

»Danke.« Er zog einige Zettel aus der Jackentasche, blickte über die Bankreihen. »Mein Vater hat nicht gewollt, dass jemand Fremdes die Trauerrede hält. Er hat gewollt, dass ich rede, wenn er tot ist. Warum?« Oliver sprach stockend, das Mikro in der einen, die Zettel in der anderen Hand. »Das habe ich mich gefragt, als er sich vor einem halben Jahr bei Veras Geburtstagsfeier zu mir setzte ans Lagerfeuer und mich genau darum bat. Weil ich sein Sohn bin, sein einziges Kind? Achim und ich hatten nie viel, noch jemals gut miteinander gesprochen. Was soll ich denn da sagen über dich?, hab ich ihn gefragt. Sag den Leuten, was sie nicht wissen. Viel Kraft hatte er da schon nicht mehr.« Oliver sah auf das Blatt. »In dieser Nacht hat er zu mir mit leiser, brüchiger Stimme gesprochen. Dass Harald die Hebamme mit einem Motorrad ins Haus gebracht habe, obwohl die sich anfangs dagegen sträubte, bei ihm in den Seitenwagen zu klettern. Dass sie hier erst im Unterdorf, dann im Oberdorf wohnten. Von den nahen Wäldern hat mir Achim erzählt, wo sie Buden bauten, Pilze sammelten und Beeren. Vom Mühlteich in Otterwisch. Wie er in der Gösel Fische fangen lernte. Wie sie als Kinder im früheren Rittergut herumstrolchten. Großgezogen hatte die Geschwister seine Oma, der beim Ziegenmelken dann das Herz stehen blieb. Ziegenmilch hatte ihn stark gemacht. Ziegenmilch-Brockei. Davon bekamen die Kinder immer einen Milchbart. Nach dem Essen muss das Guschel abgewischt werden, sagte die Oma. Und ehe man sichs versah, fuhr sie einem mit dem widerlichen Abwaschlappen drüber. Ansonsten eine Seele von Mensch. Achim hat später nicht mehr viel Milch getrunken.« Ein, zwei Lacher. »Schule, Sport, Fachhochschule, Armee und Tanzmusik, das, sagte ich, wissen die Leute, und ich wills nich noch mal hören.« Oliver sah in den Kirchenraum. Weit hinten, an den Türsäulen aus rotem Sandstein, stand die Fremde im hellen Mantel.

»Ich war ein schlechter Vater, sagte Achim. Un das tue ihm leid. Aber deswegen werde er jetz nich anfangen zu heulen. Sagte mein Vater. Im Regen. Da legte ich Holz nach.« Oliver atmete durch. »Achim war nicht nur ein bunter und ein sturer Hund, sondern hatte einige schlechte Seiten. Er fing früh an mit Alkohol und kam davon nie wieder los. Wenn er trank, konnte er Geschichten erzählen, aber auch großspurig werden und aggressiv.« Die Leute staunten über Olivers Stimme. »Achim hat Frauen nicht nur, wie in seinem Umkreis üblich, für geringer geachtet als Männer, also verachtet, sondern auch geschlagen. Manchmal. Betrunken. Meine Mutter, sagte er am Feuer, habe er dieses eine Mal ziemlich hart angefasst. Sodass die dann nichts mehr von ihm wissen wollte. Bei Vera lief es anders. Die wusste sich zu wehren, wenn er herumbrüllte, gegen Türen trat. Achim musste dann manchmal eine Woche im Bungalow schlafen. Außerdem verlangte sie zur Wiedergutmachung Dinge, die sie schon lange haben wollte: ein Gäste-WC, Reisen, einen Wintergarten. Achim hatte starke Vorurteile gegenüber denen, die er nicht kannte. Er hat viel Blödes und Schlechtes über Schwule und Ausländer gesagt. Aber er war kein Despot oder Idiot. Sondern ein hilfsbereiter Mann, der mit den Jahren geduldiger wurde, verlässlicher, geachtet im Dorf. Ein geselliger Mann mit geschickten Händen für alles Mechanische, der seine Probleme herunterspülte. Achim fluchte oft, gerade in den letzten Jahren, als die Krankheit ihm zusetzte. Aber er beschwerte sich nie und mochte keine Leute, die das taten, so wenig wie Kranke, die jammerten.« Oliver steckte die Zettel ein, holte Luft. Einige Verwandte sahen eine Ähnlichkeit zwischen ihm und Achim, was sie vorher nie bemerkt hatten – zumindest nicht im Guten. »Mein Vater wollte, dass kein Fremder die Trauerrede hält. Dass ich über ihn spreche, war für ihn wichtig. Wichtiger als was ich sage. Warum? Die Frage hat mich bis zuletzt beschäftigt. Ich glaube, Achim wollte mir am Ende seines Lebens vertrauen. Dafür bin ich ihm dankbar. Denn das zeigt mir seine Liebe. Mein Vater wollte, dass ich kein Fremder mehr bin.«

Oliver blieb noch kurz stehen vor den Leuten. In seine Haltung kam die Unsicherheit zurück. Aber das war in Ordnung. Es ging nicht mehr um den Toten. Sondern um ihn selbst. Es gab keinen Grund mehr für das eigene Unglück. Er stand für sich. Die Familie, das Dorf und alle Leute ließen Oliver im selben Moment, wo sie ihn einschlossen, frei. Er war aus dem Keller seines Lebens getreten. Sie sahen in ihm nicht mehr den unglücklichen Jungen. Ihr Mitleid verschwand. Die Menschen sahen ihn an mit offenen Augen: erschrocken, schockiert, berührt einige.

Er legte das Mikrofon auf einen Tisch an der Seite, ging zurück an seinen Platz, setzte sich auf die Kirchenbank.

Bernd spielte Musik von einer CD. *You'll Never Walk Alone.* Johnny Cash mit Orgel. Oliver kannte das Lied nicht. Die Leute verließen die Kirche. Der schmalen Frau vom Bestattungsunternehmen war es gar nicht recht gewesen, dass Bernd auch noch seine eigene Musikanlage ganz ohne Hilfe aufgebaut hatte und sie überhaupt nichts von diesem Posten auf die Rechnung setzen konnte. Die anschließende Arie *Mache dich, mein Herze, rein* aus Bachs *Matthäuspassion* kannte Oliver. Dadurch wurde die Veranstaltung tatsächlich noch ein bisschen christlich, was draußen für die Leute aber kaum zu hören war.

Es sollte noch Kaffee und Kuchen geben für alle. Aber vor der Kirche fragten sich einige, die nicht zur Verwandtschaft gehörten, ob man diese Familie nicht besser allein zum Dorfsaal ziehen ließ. Was sie gerade gehört hatten, diese Rede, verwirrte die Leute zusätzlich. Was sollten sie davon halten? Man sah ja, wie beleidigt die Witwe dastand, was ihr Stiefsohn sich da erlaubt hatte. Vielleicht hatte das Achim aber auch gerade so gewollt?

Die Menschen hatten ihre Fühler und Antennen ausgestreckt, um zu erspüren, wo es langging, und um in sich selbst hineinzuhören, ob sie bleiben oder sich verabschieden sollten.

Da weder Vera noch Oliver sich rührten, mussten andere die Zügel in die Hand nehmen, die wussten, was jetzt zählte: dass die Leute mitkamen und das bestellte Essen alle wurde.

Achims Geschwister gingen herum, redeten, überredeten, grüßten, dankten, machten hier und da auch einen flotten Spruch. Sie kannten ja alle.

Oliver stand da. Dazwischen. Alexandra, ein paar Meter entfernt, versuchte, ihre Mutter zu beschwichtigen. Die Frau vom Bestattungsunternehmen lief stracks zwischen der Gesellschaft durch und packte ihr Zeug zusammen. Zweimal warf sie Oliver einen bösen Blick zu. Vielleicht wollte sie eine Entschuldigung. Aber mit Entschuldigungen konnte die Welt Oliver den Buckel runterrutschen.

Da kam die Frau im hellen Mantel. Von der Straße. Zurück. Warf einen Zigarettenstummel weg, schaute sich um. Sah Oliver. Trat – die Leute machten Platz, sperrten Augen und Ohren auf – an ihn heran, sagte etwas. Oliver erwiderte etwas. Am Ende aber hörten die, die in der Nähe standen, von ihm nur ein Zischen, woraufhin sich die Frau umdrehte und durch die Menschen davonging. Vorn am Friedhofstor sahen die Leute, wie sie zu einem Mann ins Auto stieg. Wegfuhr.

Sie blieben eine große Gesellschaft. Im Saal hatten früher Tanzveranstaltungen stattgefunden, zu welchen die Leute aus einem Umkreis von fünfundzwanzig Kilometern kamen. Achim und Bernd hatten damals mit Familienfeiern genug zu tun und hier, in diesem Dorf, nur ein-, zweimal gespielt. Die Dorfdiskos waren dann innerhalb weniger Jahre nach dem Systemwechsel verschwunden durch die allgemeine Motorisierung, die die zwei, drei großen Diskotheken mit Musik-, Licht- und Nebelanlagen erreichbarer machte. Jetzt wurde der Saal nur noch vom Karnevalsverein zwei Wochen zum Winterende gefüllt oder für geschlossene Veranstaltungen, insbesondere höhere runde Geburtstage, gemietet. Für Hochzeiten war er nicht mehr repräsentativ genug. Für Trauerfeiern in der

Regel zu groß. In Achims Fall nicht, wie Oliver mit ihn selbst erstaunender Genugtuung feststellte.

Die Tische waren zu einem breiten U zusammengestellt, mit Tischdecken versehen und eingedeckt. Die Leute setzten sich, zu wem sie mochten oder wie es sich traf.

Außer Kuchen gab es Wurst- und Käsebrötchen, aber nichts Warmes. Zu trinken Kaffee, Bier, Sprudelwasser und nach einer Anstandsweile auch Schnaps: Braunen, Klaren, Grünen, Kirsch in kleinen Gläsern, die eine Frau aus dem Dorf, die bei solchen Anlässen bediente, auf einem großen Tablett herumtrug.

Oliver blieb nicht lange sitzen. Er fühlte sich frei und ging um die Tafel, unterhielt sich mit Leuten, die ihn besser kannten als er sie, insbesondere seinen Vater länger und besser gekannt hatten als er. Zum ersten Mal in seinem Leben gefiel es Oliver, mit alten Leuten zu sprechen. Als ob er der Gastgeber der Feier wäre. Die Leute staunten. Vera schüttelte mehrmals den Kopf.

Oliver trank kein Bier, aber einen Schnaps mit den Geschwistern seines Vaters und einen mit den Dorftrinkern aus der *Roten Acht,* die sich ganz und gar respektabel fühlten und so zurückhaltend nippten wie lange nicht. Niemals hatte ihm ein Schnaps besser geschmeckt. Niemals trank er mit solchem Ernst. Warm und tief glühte im Schnaps das Schicksal.

Der Großvater, der Einzige, der drinnen rauchte, stellte sich zu Oliver. »Wer war diese Frau auf dem Friedhof?«

»Meine Mutter.«

»Das hat sie gesagt?«

»Nein. Das hab ich in dem Moment gewusst.«

»Und was hat sie gesagt?«

»Kathrin, hat sie gesagt. Sie heiße Kathrin.«

Der Großvater fragte nicht weiter. Nachdem er gegangen war, nahm sich Oliver von dem vorüberziehenden Tablett noch einen Schnaps und schüttete ihn hinunter.

Der Alkohol hatte die Gesellschaft lauter gemacht. So ernst wie noch vor anderthalb Stunden angesichts der Leiche waren nur noch einige Alte oder die, die nach Hause wollten. Weit hatten es die wenigsten. Sodass man ruhig noch einen trinken konnte, samstags, zumal es nix kostete. Einige Leute gähnten, andere wussten schon die Bundesliga-Pausenstände, die Ersten verabschiedeten sich. Sie drückten Oliver die Hand. Einige umarmten ihn. Einige konnten gar nichts sagen, nickten nur. Niemand dankte ihm.

Als nur noch wenige Leute übrig und mit Abräumen, Einpacken, Herumrennen beschäftigt waren, schnappte sich Bernd mit zwei Schnäpsen in der Hand Oliver und zog ihn weiter hinten an ein hohes Fenster des Dorfsaals. »Ich kannte die Frau in dem hellen Mantel. Is lange her. So lange, wie du alt bist.« Er nickte, hielt das Glas hoch. Sie stießen an.

»Was wollte sie? Von dir?«

»Sie wollte«, der Schnaps wühlte in Oliver, »sie sagte, sie wollte ... Aber ich wollte gar nichts von ihr.«

»Wie?«

»Hören.«

»Was«, Bernd schluckte, »hast du ihr gesagt?«

»Verschwinde.«

13

Oliver wollte in den Wochen und Monaten nach Achims Tod nichts anderes als Ruhe, um sich endlich wieder ganz seiner Aufgabe zu widmen. Ruhe, wie er sie seit frühester Kindheit gehabt hatte. Keine Ablenkung. Keine Kontakte, außer den wenigen formellen Sätzen in der Mensa, in der Bibliothek, im Supermarkt.

Die Besuche in Krauthain alle vier Wochen waren nunmehr gegenstandslos. Bestimmt wollte ihn Vera auch nicht mehr sehen.

Dass jene Frau auf dem Friedhof sich seine Mutter nannte, war ein böser Witz gewesen. Dem hatte er eine entschiedene Abfuhr erteilt. Weiter wollte er nicht an diese Sache denken. Sie sollte nicht in seinem Kopf sein. Dieses plötzliche Auftreten war eine Frechheit gewesen. Dagegen verwahrte er sich. Und das konnte er: einerseits störende Gedanken ausschalten, sich andererseits hartnäckig und strebsam auf die Mathematik konzentrieren.

Er brauchte keine weiteren Störungen. Die Mathematik war kompliziert genug. Dafür benötigte er all seine Kraft. Wenn er Ina einmal über den Weg lief, würde er sehen, wie sie auf ihn zu sprechen war, nachdem er sie mit ihrer Dissertation so hatte stehen lassen. Sie hatte wahrscheinlich auch genug zu tun. Darum konnte er sich nicht kümmern. Er musste endlich mit seiner Aufgabe weiterkommen.

Unter dem Schlagwort Riemannsche Vermutung waren in der Staats- und Universitätsbibliothek Dresden dreißig mehrheitlich englischsprachige Titel aufgelistet, die Oliver durchsah und teilweise intensiv studierte. Dazu drei Dutzend ausgewählte Artikel in den vorhandenen Fachzeitschriften. Außerdem ließ er sich einige Bücher und Zeitschriftenbände über die Fernleihe aus anderen Bibliotheken zukommen. Die meisten Aufsätze, von unterschiedlicher Qualität, gab es im Internet. Jeden Monat kamen neue hinzu.

Die Literatur über die RV und die Zeta-Funktion war gewaltig und von einem Einzelnen kaum mehr zu bewältigen, was die Grundlagen, die zahlentheoretischen und analytischen Implikationen, Ableitungen und Konsequenzen von Riemanns Gedanken anging, die stellenweise mehr Visionen glichen als einem strengen Beweis. Die besten Zahlenanalysten, gewieftesten Gleichungsverwandler, geschicktesten Theorienmischer, die abstraktesten genauso wie die praktischsten Mathematiker und darüber hinaus einige der allerersten und originellsten Programmierer hatten sich mit dieser berühmten Vermutung auseinandergesetzt. Niemand wusste, ob eine Lösung nah oder fern lag. Die Mehrzahl der Experten glaubte, dass es eine Lösung geben musste.

Daran, ein schnelles Wunder zu vollbringen, war überhaupt nicht zu denken.

Auch ein Jahr nach Achims Tod hatte Oliver noch keine heiße Spur, geschweige denn einen archimedischen Punkt, an dem er den Hebel ansetzen konnte. Wenn er gar nicht weiterkam oder ihm der Schädel brummte nach zähen Horizonterweiterungen, betrank er sich in einer der letzten Altherrenkneipen der Neustadt. Wenn er wieder nüchtern war, sagte er sich, dass Andrew Wiles für den Beweis der Taniyama-Shimura-Weil-Vermutung und dadurch der dreihundertfünfzig Jahre alten Fermatschen Vermutung fünfzehn und dass Grigori Perelman für seinen Beweis zehn Jahre gebraucht hatten. Beide Mathematiker bauten auf den Vorarbeiten anderer Mathematiker auf. Perelman hatte immer betont, dass Hamiltons Beitrag kein bisschen geringer als sein eigener gewesen sei, weshalb er es als ungerecht empfand, dass nur er die Lorbeeren erntete dafür, den letzten fehlenden Stein in das Bauwerk mehrerer Generationen gesetzt zu haben. Offensichtlich grub er selbst bei der Riemannschen Vermutung noch nicht tief genug.

In diesem Jahr sah er Ina einmal an der Uni, von Weitem und woandershin unterwegs, da konnte er nicht so schnell die Richtung ändern und ihr nachlaufen, obwohl sie ihm zuwinkte. Einige Zeit darauf bekam er eine Einladung von ihr zur Verteidigung ihrer Doktorarbeit. Da wollte er hingehen. Aber er wusste nicht, ob sie diese Anomalien ausgeräumt hatte ohne ihn und ob er dazu etwas würde anmerken müssen. Am Vorabend der Veranstaltung versackte er in einer Kneipe.

Von der Frau, die sich seine Mutter genannt hatte, bekam er einmal eine Postkarte mit dem Völkerschlachtdenkmal drauf. Wahrscheinlich hatte Vera der aus Bosheit seine Adresse gegeben. Es konnte gar nicht anders sein. Auf der Karte mit herzlichen Grüßen standen auch eine Leipziger Adresse und der Wunsch, dass Oliver sie einmal besuchen komme. Die Postkarte war ihm aber so was von egal, dass er an dem Tag und an den folgenden nicht einmal in die Kneipe gehen musste. Das war gleich wieder weg aus seinem Kopf.

Einen Traum hatte er von einem Ding, einem länglichen Ellipsoid mit abgeflachten Enden. Das lag so da auf dem Boden und bewegte sich nicht. Ein wiederkehrender Traum.

Da Oliver wusste, dass er nicht nur ein sehr guter Mathematiker war, sondern auch ein systematischer deutscher Hund, fing er noch einmal von vorn an. Nunmehr mit schärferen Augen, mit ungleich mehr Wissen und Gespür einerseits für die kleinen Schwachstellen, die großen Baustellen, die seltsamen Auswüchse, die Vagheiten und Bedenklichkeiten der Riemannschen Theorie, andererseits für die merkwürdigen Beziehungen, die verblüffenden Verbindungen zwischen dem einen und dem anderen. Oliver wollte noch einmal jeden Stein in die Hand nehmen und umdrehen, auch das längst Bekannte, wie Eratosthenes' Primzahlensieb und seine modernen Varianten und Fortführungen: Fermats Faktorisierungsmethoden, Pomerances Quadratisches Sieb, Pollards erstes Siebverfahren und das daraus hervorgegangene spezielle und allgemeine Zahlkörpersieb für Zahlen mit über einhundert Dezimalstellen. Zur Abwechslung und um eine ganz andere Perspektive einzunehmen, las er manchmal auch Artikel über mittelalterliche Zahlenmystik und die Kabbala.

Er schaute sich erneut Dirichlet an mit seinen Reihen, Gauß' Logarithmus, Legendres Verbesserung: $\frac{N}{\log(N)-1{,}08366}$, von der Riemann die Mathematiker 1859 befreite mit seinem berühmten Aufsatz *Über die Anzahl der Primzahlen unter einer gegebenen Größe* und die darin mehr versteckt als klar herausgestellte Vermutung über die nichttrivialen Nullstellen der Zeta-Funktion.

Er berechnete Nullstellen, so wie Riemann es getan hatte, ließ die mathematischen Synapsen feuern für kleine Einsichten und heftige Geistesblitze. Dabei durfte er sich einerseits, wie ein knochiger Detektiv, nichts, was mit seinem Fall zu tun haben konnte, entgehen, andererseits aber auch nicht ablenken lassen von irgendwelchen Gedanken, an wen auch immer.

Er schrieb Gleichungen und mathematische Gedanken auf Blätter und befestigte sie an den Wänden seiner ersten eigenen Wohnung in der Neustadt, nicht weit von der alten WG. Wenn sich manchmal nach Tagen immer wieder aufgenommenen und weitergetriebenen Rechnens vor ihm eine mathematische Landschaft abzeichnete mit Punkten und Linien, Tälern und Bergen, Streifen und Flächen, dann war das seine Heimat, etwas, was ihm nie jemand gegeben hatte, was er, damit es ihm ganz gehörte, beweisen musste. Denn so, wie ihm das manchmal am Ende seiner Kräfte aufschien, konnte er nicht sicher sein, ob er sich das alles nur einbildete oder ob – schlimmer noch – das, was sich vor seinem Geist ausbreitete, nicht vielmehr gerade und eben durch ihn zerfiel wie Moder eines gespinstigen Pilzes.

Monatelang ging das so. Eine Tortur. Eine Geistesmarterung. Unangenehm und zum Davonlaufen. Manchmal dachte er an Héloïse, die Begegnung mit, die Berührung einer Frau, Ina. Aber das war anders kompliziert und hätte vieler Erklärungen, Verständigungen, Veränderungen bedurft. Hätte wahrscheinlich sogar unbedingt noch mehr Mut und Überwindung gebraucht als die Mathematik nach so viel Zeit, und ihn natürlich auch ohne jeden Zweifel davon abgehalten, tiefer zu dringen, höher zu steigen.

Wieder nahm er sich die Schriften der Großen vor, die vor ihm mit der Riemannschen Vermutung gekämpft, die dieses wilde Land erkennbar, teilweise begehbar, wenn auch nicht bewohnbar gemacht hatten: Stieltjes, Hilbert, Tschebyschow, Minkowski, Hardy, Littlewood, Landau, Ramanujan, Hadamard, de La Vallée Poussin, Siegel, Selberg, Erdős, Robinson, Matijassewitsch, Sarnak, Montgomery, Dyson, Odlyzko, Berry, Connes, Weil, Grothendieck, Bombieri und Tao.

Die neunundvierzigste Mersenne-Primzahl wurde entdeckt. Achims Todestag jährte sich zum zweiten Mal. An den Wänden von Olivers Wohnung hingen immer mehr Zettel.

Ein paar Tage arbeitete Oliver in der Bibliothek, ein paar Tage zu Hause. Das war sein Rhythmus. An dem er, wenn es ihm schlechter ging, festhielt, um den Kontakt zur Außenwelt nicht zu verlieren. Nur noch selten hörte er ein klassisches Konzert. Aber nicht mehr Bach. Er suchte nach anderer Musik, schwerererer Musik, nach einer Konzertierung des Bodenlosen – und stieß auf Schostakowitschs zehnte Sinfonie, die er aber nicht durchhören konnte. Zu wissen, dass es diese Musik gab, half ihm.

Obwohl ihn Dorfmeister mehrmals davon hatte überzeugen wollen, gab er kein weiteres Proseminar. Seine Gründe erklärte er dem Professor nicht. Er wusste aber, dass ihm jenes erste und dann das zweite Seminar über die Grundlagen der Arithmetik zu gut gefallen hatten, dass er sich schließlich gern auf die einfachen, kuriosen, verwickelten, eigentlich aber immer richtigen Fragen der Studierenden einließ, dass er dabei angefangen hatte, sich wohl zu fühlen. Wenn es ihm aber zu gut ging, war er nicht mehr kreativ. Die Wärme und die Freundlichkeit schadeten dem Genie. Wenn er mit der Riemannschen Vermutung weiterkommen wollte, brauchte er die Kälte.

Dorfmeister fragte gelegentlich Kollegen oder Studenten beiläufig, ob sie Seuß gesehen hätten, ohne dabei zu viel Interesse zu zeigen, denn er wollte die dunklen Kräfte nicht auf seinen Schützling lenken. Manchmal träumte er von einem Harry Potter der Mathematik. Mit dem ζ auf der Stirn. Der bewegte sich durchs Gewitter der Zahlen, an den Rändern des Denkbaren auf den Marmorklippen mit oder ohne Tarnumhang.

Wenn der Prinz fiel oder stürzte, wachte Dorfmeister auf und fragte sich die nächsten Tage, wie er ihm beistehen könnte, wo er selbst doch kein Dumbledore war. Drei Jahre studierte Oliver schon dieses Geheimnis mit einer unbekannten Zahl verborgener Horkruxe. Das Eremitentum war gefährlich. Oli brauchte Bodenhaftung und lebendigen wissenschaftlichen Austausch. Wenn Dorfmeister ihm das geben konnte, würde er ihn auch öfter sehen. Bei den allermeisten jungen Mathematikern wäre es angesichts der Aufgabe sicherlich richtig gewesen, keine großen Töne zu spucken. Bei Oliver hingegen war es ein Fehler, dieses Projekt unter den Scheffel zu stellen, wo der sowieso die Manier hatte, sich unsichtbar zu machen.

Der Professor schickte also einige Eulen los, um Oliver zu einem Brennnesseltee in sein Büro zu bewegen. Was seine Zeit dauerte. Dort eröffnete er ihm, dass er zum kommenden Wintersemester sein Forschungskolloquium auf die Zeta-Funktion auszurichten und das groß aufzuziehen gedenke – mit ihm zusammen und mit seiner Unterstützung. Genug Geld für ein solches Projekte stünde ihm, Oli, ja zur Verfügung. Diese Mittel müssten endlich abgerufen werden, sodass man sehe, wo die Forschung stehe.

Mit dem Leibniz-Förderpreisgeld, einem Zuschuss der Fakultät sowie einem Förderpreis der TU, die nach wie vor große Hoffnungen in Oliver setzte und wusste, wie lange es dauern konnte, bis in der Grundlagenforschung ein Durchbruch gelang, war das Budget des von Dorfmeister und Seuß veranstalteten Kolloquiums so üppig, dass sie es auf zwei Semester anlegten. Da sie nicht nur die Reise- und Übernachtungskosten übernahmen, sondern auch ein Vortragshonorar zahlten, gab es zahlreiche Anmeldungen von mehreren Dutzend Wissenschaftlern sowohl aus Deutschland und der EU als auch aus Russland, China und den USA. Eine genauso geschickte wie unermüdliche wissenschaftliche Hilfskraft mit einer befristeten Viertelstelle organisierte das alles.

Bei einem Abstract, das auf den *call for papers* bei ihm einging, erschrak Oliver. Nicht wegen des Themas: *Übereinstimmungen im Verhalten von Quantensystemen und Primzahlen.* Sondern der Autorin: Dr. Ina Kampe. Sein Kopf wurde heiß. Er hatte einige Male an sie gedacht, sogar nach ihr Ausschau gehalten, die Gedanken an Ina dann aber stets weggeschoben. Er schämte sich. Nicht nur wegen seiner Feigheit und seines Unvermögens, auf einen Menschen zuzugehen. Sondern mehr noch, dass er Ina immer wieder so gut vergessen hatte. Dass ihm jetzt das Blut zu Kopf stieg, dass er rot wurde, dass da noch Blut war und in seiner Brust rauschte, ganz anders rauschte als die Mathematik, freute Oliver. Sie setzten Ina auf den zweiten Vortragstermin.

Ina beschrieb in ihrem Vortrag, wie Ende der sechziger Jahre des zwanzigsten Jahrhunderts Mathematiker, die angesichts der rätselhaften Nullstellenabstände der Riemannschen Zeta-Funktion über den Tellerrand ihrer Wissenschaft hinausschauten, auf verblüffende Ähnlichkeiten zu den Energieniveaus in schweren Atomkernen gestoßen waren. Das chaotische Bild, das die Quanten in der Perspektive der traditionellen Physik abgaben, formte sich in einer subtileren Physik zu einer Landschaft, wie sie die Zeta-Funktion für die Primzahlen hervorbrachte. Die große Frage war, ob eine rein quantenmechanische Beschreibung des Quantenchaos und damit die Herleitung der Energieniveaus jedes atomaren Systems sowohl die Riemannsche Vermutung beweisen, als auch immer weitere, größere Zustände des Kosmos berechenbar machen würden. Nach so einer Weltformel suchten die

Stringtheoretiker schon ziemlich lange, räumte Ina ein. Wie sie hier und da ins Detail ging, wie genau sie einzelne Fragestellungen auseinandernehmen konnte, fand Oliver bemerkenswert, gerade im Vergleich zu dem, woran er sich in ihrer Doktorarbeit erinnerte.

Sie war schön. In einer grünen Bluse stand sie vor den fünfzehn Wissenschaftlern und sprach über Supersymmetrie. Einmal lächelte sie, er war sich nicht sicher, ihm zu. Sein Herz pochte. Er dachte an die Auseinandersetzung mit ihr auf jener Weihnachtsfeier. Schon einen Menschen zu finden, dem man sich öffnen und anvertrauen konnte, schien Oliver schwierig, denn dafür hätte man erst einmal wissen müssen, was sich öffnen und anvertrauen hieß. Wie viel schwieriger musste es erst sein, einen Menschen zu finden, mit dem man auch seine geistigen Höhenflüge zu teilen vermochte. Dass sie keine Zeit haben könne, so gut, wie sie sich präsentierte, war ja nur ein ängstlicher Vorwand. Und dass er keine zusätzliche Verwirrung vertrage, auch. Viel weiter war er durch Askese nicht gekommen.

Ina ließ es sich abschließend nicht nehmen, einige kosmologische Fragen in den Raum zu stellen: Was es bedeuten könnte, wenn Primzahlen und Quanten, also sowohl die Bausteine der idealen Welt der Arithmetik als auch die der konkreten Welt der Physik, nach den gleichen Gesetzen auftreten würden. Sei nicht von eben einer solchen Verbindung der Zahlen und der kleinsten Dinge im Matthäus-Evangelium, 10,30, die Rede? *»Nun aber sind auch eure Haare auf dem Haupte alle gezählt.«* Prophetischer als Jesu zu seinen Jüngern – Matthäus 10,26 – könne auch keine Physik- oder Mathematikprofessorin zu ihren Studierenden sprechen, was die Vollendung der Quantentheorie oder den ausstehenden

Beweis der Riemannschen Vermutung angehe: »*Es ist nichts verborgen, was nicht offenbar wird, und nichts geheim, was man nicht wissen wird.*«

Dieses religiöse Geraune befremdete Oliver. Traurig blickte er Ina an. Wie eine krallenlose Eule kam sie ihm nun vor. Dass sie beide einmal wieder wie vor Jahren in einem Café miteinander plauderten, konnte er sich nicht vorstellen.

Nach dem Vortrag und einer lebhaften Diskussion, an der sich auch Oliver beteiligte, fuhren sie mit zwei Taxis – etwas mussten sie den Kolloquiumsgästen schon bieten, schließlich war Dresden kein Mathematiker-Mekka wie einst Göttingen – in die Bach-Stuben, das berühmte Lokal am Altmarkt, wo Johann Sebastian Bach 1741 seinem Förderer Graf von Keyserlingk die *Goldberg-Variationen* überreicht haben sollte, kurz bevor sie in Nürnberg gedruckt wurden. In dem noblen Restaurant gegenüber der wiederaufgebauten Frauenkirche saßen sich Ina und Oliver gegenüber. Er war nervös. Über ihren Vortrag hatten sie schon gesprochen. Seine Forschungen waren momentan zu verworren, als dass er darüber sprechen wollte. Ihm fiel nichts Besseres ein, als Ina zu gratulieren, dass ihre Heldin, Maryam Mirzakhani, als erste Frau die Fields-Medaille bekommen hatte.

»Das ist über zwei Jahre her«, sagte Ina ernst. »Jetzt ist sie an Brustkrebs erkrankt.«

Er trank in der Hoffnung, unterhaltsamer zu werden. Obwohl er nicht viel sagte, empfand er es als Trost, diese Frau zu sehen, sie nur anzusehen. Er war kurz davor, Dorfmeister zu bitten, sie zur nächsten Veranstaltung einzuladen. Aber das wäre natürlich erbärmlich gewesen. Ihm war schon etwas übel, als sie sich verabschiedeten. Er wusste nicht, ob vom Alkohol oder von der Anstrengung, die es ihn kostete, seinen

Mut zusammenzunehmen und sie zu fragen, ob sie demnächst nicht wieder zum Kolloquium kommen wolle.

»Was ist denn das Thema?«

Das, das, das wusste er in dem Moment nicht. Hier sprang ihm aber sein Professor bei.

»Ja, das könnte mich interessieren.«

So gefreut wie in dem Moment hatte sich Oliver lange nicht. Ein solches Glück, dachte er, könnte ihm Kraft geben für seine schwere Aufgabe.

Was Oliver in den folgenden Monaten von den eingeladenen Forschenden hörte in ihren Vorträgen vor dem manchmal beschämend kleinen Kreis interessierter Dresdner Studenten und Dozenten, wusste er meistens schon und oft sogar besser, sodass ihrerseits die Gäste von ihm wertvolle Hinweise bekamen. Sie erörterten die jüngsten Arbeiten von Zhang und Maynard über Primzahlpaare, insbesondere Primzahlzwillinge, besprachen neue, unscharfe Sieb- beziehungsweise Scoringmethoden für Fast-Primzahlen, diskutierten über k-Tupel von Primzahlen und Primzahlen-Cluster. Ein Franzose präsentierte eine erste Durchsicht des von Mochizuki vorgelegten, aber noch nicht anerkannten Beweises der berühmten abc-Vermutung und die Bezüge dieses Ansatzes und der teilweise völlig neuartigen mathematischen Sprache zur Riemannschen Vermutung – ohne dass diese Ausführungen recht verständlich wurden. Eine Schweizerin stellte das von Terence Tao administrierte Polymath8-Projekt vor, bei dem eine offene Online-Gruppe von Mathematikern das Problem der Grenzen von Primzahllücken gelöst hatte. All diese Analysen und Gespräche zeigten Oliver deutlich, wie weit der Weg zu einem Beweis der Riemannschen Vermutung noch war.

Ina nahm jedes Mal teil, auch an den Diskussionen, was Oliver nicht nur erstaunte, sondern ab und zu wirklich beeindruckte. Trotzdem sprachen sie nie über seine Arbeit, denn er fand, dass er noch so gut wie nichts erreicht und vorzuweisen hatte.

In dieser Zeit erlebte er immer wieder ekelhaft staubige Implosionen des Geistes, sah er sich am Ende seiner Möglichkeiten, an den Grenzen seines Faches grauschwarzen Abgründen gegenüber. Erschöpft und mutlos kam er oft zu den Kolloquien. Aber er freute sich, Ina zu sehen und anschließend in den Bach-Stuben neben ihr zu sitzen. Dabei staunte er jedes Mal über ihre mondäne Art, den Luxus in dem Restaurant und das spärliche Essen.

Es sprachen auf dem Kolloquium nicht nur junge Wissenschaftler und Dozentinnen, die Oliver wie Bienen erschienen, so, wie sie naheliegende oder kuriose Aspekte der Sache zusammentrugen und um einige Fragen und Antworten bereicherten, fleißige Postdoktoranden, die sich nicht scheuten, ihre Erkenntnisse mitzuteilen, selbst wenn ihnen eine Rechnung, Analyse, Schlussfolgerung, Idee geklaut werden oder um die Ohren fliegen konnte. Es hielten auch zwei Schwergewichte der Wissenschaft Vorträge. Sie hatten einige große Eier gelegt, weswegen Oliver sie mit Straußen verglich, so stolz wie sie in Dresden auftraten.

Zuerst sprach Professor Urs Donati-Krenn über eine Gegend der Riemannschen Zeta-Landschaft, wohin ihm von den Zuhörern einzig Seuß zu folgen vermochte. Dorfmeister gestand später seinem Tischnachbarn, dass er keinen Schimmer davon habe, worum es in der Diskussion zwischen dem lieben Kollegen aus Zürich und seinem Doktoranden gegangen sei.

Bei diesem Abendessen wurde viel über den dramatischen Mathematikerschwund in Deutschland genauso wie in der Schweiz gesprochen, den Lehrermangel an den Schulen, die Nachwuchsprobleme an den Universitäten. Dazu gab es einige kulturpessimistische Thesen: dass die jungen Menschen sich einfach nicht mehr anstrengen wollten und kaum noch tiefer denken könnten, dass die digitale Verflachung der Welt vor der Mathematik nicht haltmache, woran leider auch ein neuer Perelman, ein wirklicher Star, der ein weiteres Millenniumproblem gelöst habe, wenig ändern würde.

»Frauen schreiben sich immer mehr ein«, hielt Ina dagegen, »prozentual und absolut.«

»Die Ausbildung solider Fachkräfte in genügender Zahl«, sagte Donati-Krenn, »einerseits für das Bildungswesen, andererseits und vor allem aber als Standortfaktor für die Wirtschaft ist das Eine. Daraus kommt sicherlich ein Teil des Wohlstands einer Gesellschaft bei ansonsten guten Bedingungen: dass es genügend ordentliche Forscher in der Wissenschaft –«

»– Forscherinnen«, murmelte Ina ihm schräg gegenüber.

»– Ingenieure in der Wirtschaft –«

»– Ingenieurinnen«, knurrte sie.

»– und Lehrerinnen«, sagte der Schweizer betont, »gibt in den MINT-Fächern, die die Bildungspolitiker jetzt so fleißig fördern. Der Auftrag der Hochschulen hierbei ist klar: Fachkräfte ausbilden. Das andere aber sind Spitzenkräfte. Die werden genauso dringend gebraucht: Hochleistungswissenschaftler, wagemutige Spinner und Querdenker.«

»– rinnen.«

»Ja, ja«, rief der beleibte Professor über den Tisch. »Dafür braucht es sicherlich Vorbilder, die die Jugend erreichen. Und Risikokapital, wie es in den USA so reichlich fließt. Oder eine

Forschungsplanung, die über gigantische Ressourcen verfügt wie in China. Oder exzellente wissenschaftliche Einrichtungen wie in Deutschland das Fraunhofer-, das Max-Planck-Institut. Wir müssen aber auch die faszinierenden, die atemberaubenden Probleme unseres Fachs besser präsentieren. Wie wir das sehr erfolgreich mit den Gipfeln der Alpen machen. Als die Mammutaufgaben der Mathematik, die allen Mut, alle Kräfte herausfordern. Was wir brauchen für die Wissenschaft, ist eine Diffikultur.«

»Mei lieber Scholli, Urs«, rief Dorfmeister, der auch abends nur Kräutertee trank und neben seinem Freund noch asketischer aussah. »Was soll das denn sein?«

»Ist doch klar! Eine Gesellschaft, die das Widersetzliche, das Andere, das Unerforschte schätzt. Die Probleme als Chancen begreift, gerade hierin ihre Aufgabe sieht: dem nachzugehen. Das aufzuklären. Eben eine Diffikultur.«

»Ginge bei den Frauen los«, sagte Ina.

Traurig, müde hörte Oliver zu.

14

Die Revue des Scheiterns. Über Monate zogen sie vor ihm hin im Pomp und im Plunder, die großen und die kleinen Paviane mit ihren allesamt falschen, fehlerhaften, gar betrügerischen Beweisen oder Widerlegungen der Riemannschen Vermutung. Aufgeschossene Geister, zertrümmerte Ideen, dreiste Scharlatane. Die ganze Litanei der Täuschung.

Als Erster der Niederländer Thomas Stieltjes um 1890, bis zu seinem frühen Tod überzeugt, einen Beweis zu haben, ohne ihn jemals zu zeigen. Ihm glaubten angesehene Professoren.

Hans Adolph Rademacher aus Hamburg-Wandsbek, John Forbes Nash aus Bluefield, West Virginia, und der Berliner Alexander Grothendieck, schon hundert Jahre nach der verheißungsvollen Vermutung. Gewaltige im Reich der Mathematik. Nobel- und abelpreisgekrönt, Fields-medailliert. Blendende Geistesblitze schleudernd, verschleudernd. Bis hinein in den Wahnsinn kämpfend mit dem Mut vielwagender Hoffnung.

Alan Turing, der enigmazertrümmernde Held aus London. Rutilio Herrera, Professor der Universität Costa Ricas. Chengyan Liu aus Brocton Court, Virginia. Carles F. Pradas aus Barcelona mit drei Seiten Vorbemerkungen zu seinem Beweis – wobei es blieb.

Seit dem Millennium, irregeleitet durch böser Männer Rat und das Versprechen großen Reichtums, Scharen von Mathematikern.

Von Oxfords glorreicher Universität altem Gemäuer der Mathematikstudent Jon Perry. Henri Berliocchi, Absolvent der École normale supérieure de Saint-Cloud. Kaida Shi von der Zhejiang Ocean University am Ostchinesischen Meer, wohinein sprang einmal im Jahr des Quiantangs Silberner Drache. Louis de Branges de Bourcia aus Paris, Professor der Purdue Universität in West Lafayette, Indiana, USA, berühmt durch den Beweis der Bieberbachschen Vermutung. Chun-xuan Jiang, ignoriert, verunglimpft in China, später kontrovers diskutiert im Ausland. José Javier García Moreta, Absolvent der Universität des Baskenlands. Mutstrotzend der junge, kaum noch ernstgenommen der alte George Spencer-Brown aus Grimsby, Lincolnshire, England. Jinzhu Han von der Peking University. Carlos Castro, vom Zentrum für Theoretische Studien physikalischer Systeme der Clark Atlanta Universität, Georgia, mit seiner fraktal-supersymmetrischen Quantenmechanik und seinen Gefährten. Andrzej Madreckis *One page proof.* Das Dreigespann Emilio Elizalde vom MIT, Valter Moretti und Sergio Zerbini, beide Universität Trient, bescheiden mit strategischen Vorschlägen. Lev Aizenberg von der Bar-Ilan Universität in Ramat Gan bei Tel Aviv mit einem alsbald zurückgezogenen Beweis. Arne Bergströms Exponentialtransformation der Zeta-Funktion Riemanns. Yuanyou Furui Cheng, Absolvent der chinesischen Wuhan Universität und der Universität von Georgia, USA, zusammen mit Sergio Albeverio vom Institut für Angewandte Mathematik der Universität Bonn und dem Hausdorff-Zentrum für Mathematik. Michael M. Anthony aus Coral Springs, Florida, mit einem *Simple Proof* von sechzehn Seiten.

Trügerischer Gottheit, wer entkommt ihr von den Menschen? Wer entrinnt ihr schnellen Fußes durch einen glücklichen

Sprung? Süß lockt sie anfangs ins blendende Garn, daraus ein Sterblicher nimmermehr entflieht.

Ilgar Shikar Jabbarov, Professor der Universität von Ganja, Aserbaidschan. Lazhar Fekih-Ahmed, Professor der École nationale d'ingénieurs de Tunis. Ein ansonsten unbekannter Xian-Shun Luo mit einer Mellin-Transformation. Michael Vershima Atovigba, graduierter Student der Benue Staatsuniversität aus Makurdi, Nigeria, mit einem dreiseitigen Beweis. Noch kürzer fasste sich auf einer einzigen Seite Tony Gomis mit seiner *Quadratic Theory*. Hisanobu Shinya, Dmitry Posdnyakov, Jannis Bredakis, Zeraoulia Elhadj. Jeffrey N. Cook, Angel Garcés Doz, Agostino Prástaro.

Verhasster Dämon, wie täuschtest du die Sinne den Persern!

Yessenbek Ushtenov, Fausto Galetto, Pier Franz Roggero, JeonWon Kim, Peter Braun, Enoch Opeyemi. Und all die Namenlosen, zu denen er selbst gehörte.

Weh! Die teuren Leichen, treiben in brandender See, tot, durchfeuchtet, ein Spiel der Wellen, tot von Ufer zu Ufer. Widerlegt, beleidigt, verhöhnt, liegen gelassen, vergessen. O Riemanns schnöder, allverhasster Name mir! Laut jammer ich, wenn ich dein gedenk!

So sang Oliver sein Lied und Leid, eine Tragödie der Wissenschaft – bis zum Totenlied.

Trostlos laut weinen will ich um die Leiden in der See, um die Leichen in der See. O weh, o weh! Otototoi! Gram und Jammer, oh! Io! Io! Riemanns Land, dein Weg ist schwer! Io! Io! Niemandsland, dein Weg ist schwer!

So soff Oliver das Mitleid.

Der Ellipsoid verwandelte sich in seinen Träumen in ein mongolisch eingewickeltes Baby, einen liegengebliebenen Döner-Kegel, einen seltsam in Form gebrachten Toten.

Ausgeschlachtet, aber doch massig, geschlossen, kompakt. Keine Gliedmaßen, Arme, Beine. Auch nicht ansatzweise. Nur ein Rumpf. Bräunlich. Gebraten. Aber alles andere als schmackhaft. Trocken. Nicht saftig.

15

Den letzten Kolloquiumsvortrag hielt am Ende des Sommersemesters 2017 der berühmte polnische Mathematiker, Statistiker und langjährige Direktor des Banach-Zentrums in Warschau, Zbigniew Jakowski, der in den achtziger Jahren zu den akademisch-intellektuellen Mitstreitern der freien Gewerkschaftsbewegung in Polen und ab 1990 zwei Jahre lang auch zum Beraterstab des neugewählten Staatspräsidenten Lech Wałęsa gehört hatte.

Jakowski, klein und dick wie seine Brille, aber mopsfidel mit einem weißen Bärtchen, sprach über einige Charakteristiken der Modulräume Riemannscher Flächen. In seinen jüngeren Jahren hatte er einen wichtigen Aufsatz über die sonderbaren Bereiche geschrieben, wo sich die Primzahlen verdichteten. Obwohl Jakowski nie in Deutschland studiert oder gelebt hatte, sprach er gut Deutsch und machte sich in seinem Vortrag über mehrere namhafte Kollegen auf recht anzügliche Weise lustig, was bei einem über achtzigjährigen Katholiken natürlich verwunderte.

»Ich glaube nicht mehr an Beweis von Vermutung in meine Lebenszeit, so groß Fortschritte auch sind gerade durch Computer. Ich bin kein Pessimist. Ich bin nur alt. Leider machen Optimisten heute kaum Mund auf. Das ist schade, denn wissenschaftliche Arbeit wird durch Austausch schneller und produktiver. Durch Internet. Bei Riemannsche Vermutung gibt es heute Stau. Einige von beste und einige von verrückteste Mathematiker auf ganze Welt arbeiten still an Beweis. Vielleicht sind sie Lösung schon näher, als sie wissen. Aber sie haben Angst, einzelne Erkenntnisse zu zeigen, weil so vielleicht anderer auf große Lösung kommt. Vielleicht ist schon alles da, alle Teile – nur in verstreute Köpfe. Ich bin nach Dresden gekommen, um junge Generation zu erinnern an fruchtbare Konferenz von John Fry und Brian Conrey in Seattle vor zwanzig Jahre, wo wir saßen alle an runde Tisch und sprachen über neue Ideen und hatten keine Geheimnisse. Denn Forschung wie bei Faust *in einem hochgewölbten, engen gotischen Zimmer* produziert viele Torturen und böse Geist. Bernhard Riemann hat geglaubt, dass Zeta-Funktion öffnet alle Türen im Primzahlenreich. Wie Mephisto öffnet alle Türen für Faust. Man muss aber auch fragen, welche Preis Mathematiker bezahlt, um Zeta-Funktion zu beherrschen?«

Nach dem Vortrag Jakowskis gab es in dem Seminarraum des Willers-Baus einen Aperitif: Portwein aus richtigen Gläsern, dazu Salzstangen, was die wissenschaftliche Hilfskraft mit der Viertelstelle organisiert hatte zu Olivers Erstaunen.

»Von den Maulwürfen«, sagte Oliver mit einem Glas in der Hand, »hattest du mir gleich zu Beginn erzählt.«

Dorfmeister hielt einen tropfenden Teebeutel über einer weißen Tasse mit dem blauen Logo der Leibniz Universität Hannover und sah sich nach einem Papierkorb um.

»Als ich mit meinem Vorhaben ankam. Und du meintest, ich müsste mich beeilen.«

Dorfmeister nickte.

»Die fanatischen Gralsgräber«, erklärte Oliver lauter. »Die bleiben in ihren Höhlengängen, graben nach dem Schatz, graben sich in Richtung des sagenhaften Hortes oder lauern darauf, dass ein Lichtstrahl von woandersher ihre Dunkelheit durchbricht, dass ihnen der Schlüssel zufällt für das schwere Schloss, das sie erfühlen. Von denen war keiner auf unserem Kolloquium.«

»Du hast auch keinen Vortrag gehalten, gehörst also selbst dazu.« Dorfmeister schaute zu ihrem polnischen Gast, der allein an einem Fenster stand.

Oliver ärgerte sich über die Bemerkung, obwohl Dorfmeister recht hatte. Ja, er war auch ein Maulwurf. Wie sein Vater. Ganz anders, aber doch ein Maulwurf. Er trank sein Glas aus und holte sich so schnell ein zweites, dass der Professor keine drei Schritte Richtung Jakowski gekommen war, als Oliver schon wieder vor ihm stand: »Es gibt in der Forschung fünf Tierarten: Bienen, Eulen, Strauße, Maulwürfe und Löwen.«

Wie Oliver ihn daraufhin mit seiner Tier-Typologie in Beschlag nahm, ohne dem Gast Beachtung zu schenken, fand Dorfmeister nicht nur unhöflich, sondern respektlos. Ina schien das genauso zu sehen; sie tauschte mit Dorfmeister besorgte Blicke und stellte sich zu Jakowski, dem nichts willkommener war als ein Gespräch mit einer attraktiven Wissenschaftlerin.

»Jeder Maulwurf will ein Löwe werden, sich die Erdklumpen aus der Mähne schütteln und brüllen, was er vollbracht hat.«

Dorfmeister trank seinen Tee aus und gab das Zeichen zum Aufbruch.

Jakowski, der etwas die Orientierung verloren hatte, hängte sich bei Ina ein, die seine Größe hatte. Verhindern, dass Oliver noch ein Glas trank, konnte Dorfmeister trotz des flotten Abgangs nicht.

Auf der Fahrt zum Abschlussessen saß Oliver im ersten von zwei Taxis vorn auf dem Beifahrersitz, Dorfmeister, Ina und Jakowski auf der Rückbank. Ein heller, warmer Sommerabend. Ab und zu blendete die tiefe Sonne Oliver und den Fahrer. Dorfmeister erschrak, wie blass und knochig sein Doktorand aussah – und über seine wilden Augen. Er hatte kein gutes Gefühl, was diesen Abend anging, und überlegte, ob er Oliver kurz beiseitenehmen sollte, bevor sie das Restaurant betraten, um ihm von weiterem Alkoholgenuss abzuraten.

Oliver lachte und drehte sich um, wobei ihn der Sicherheitsgurt behinderte, an dem er so verächtlich ruckte, dass ihm der Fahrer einen strengen Blick zuwarf. »Essen zwei Zirkuslöwen einen Clown. Sagt der eine: Schmeckt komisch.«

Ina lachte gleich. Jakowski kicherte hinterher. Zufrieden drehte sich Oliver wieder um, während Dorfmeister sich fragte, welcher Zusammenhang zum vorher Gesagten bestand. Wohlweislich platzierte er später Jakowski an der Tafel weiter weg von Oliver, mit dem Dekan, Professor Wenzelbrunn, der zum Abschluss der Vortragsreihe auch erschienen war, und sich dazwischen.

»Bislang«, sagte Oliver, kaum, dass er sein Bier halb leer wieder abgestellt hatte, zu Dorfmeister, »gab es nur Maulhelden, die behaupteten, die Riemannsche Vermutung bewiesen zu haben. Das wurde bestenfalls geprüft – und ausnahmslos zerpflückt. Oder belächelt und ignoriert. Ich hab mir das alles näher angeschaut.«

»Wie alles?«

»Alles und von allen.« Oliver schnaubte verächtlich. »Ich untersuche seit vier Jahren die härteste Nuss der Mathematik.«

Dorfmeister wusste nicht, ob Olivers Herablassung den vermeintlichen Beweisen oder seiner Frage galt. »Hm.« Er nickte mit gespitztem Mund.

»Die Kammer des Schreckens, wie du gesagt hast. Dafür interessieren sich nicht nur die Guten und Edlen. Natürlich muss ich mir auch die andere Seite anschauen.«

»Du meinst«, fragte Dorfmeister vorsichtig, »die dunklen Mächte und ihre Gehilfen?«

»Angesichts des epochalen Scheiterns von mittlerweile sieben Mathematikergenerationen ist das meine wissenschaftliche Pflicht. Oder nicht? Denn vielleicht wurde bislang immer etwas übersehen. Wobei diese Möchtegernlöwen natürlich nicht das Format eines Lord Voldemort haben.«

»Du hast …« Dorfmeister richtete sich freudig auf.

»Kein Einziger. Es gibt keine böse Seite der Mathematik. Nur eine dunkle, wo der Irrsinn auf das Denken wartet. Das sind Malfoys, Slytherins, Death Eaters, Betrüger und Kretins.«

»… Harry Potter gelesen?«

»Ich hab mir die DVDs angeschaut. Sind die Bücher denn besser?«

»Ob die Bücher …?« Der Professor brachte die Worte nur langsam heraus.

Oliver zuckte die Schultern. »Das war, weißt du«, er beugte sich vor und sah Dorfmeister konspirativ in die Augen, »kein Zeitvertreib. All diese ausgefallenen, genialischen, verblüffenden, simplistischen, abwegigen, stümperhaften, unmöglichen, unsinnigen, obskuren, dummen, idiotischen, hanebüchenen Beweise und Argumentationen auseinanderzunehmen. Das war manchmal so seltsam, befremdlich, krude, so debil, dass es schon wieder interessant wurde. Eine Übung in Unlogik und Fake Science. Verrückte Gedankengymnastik.«

Die Unterarme auf dem Tisch, die Fäuste geballt, glühte Olivers Gesicht. Und obwohl es Dorfmeister in diesem Moment viel zu nah war, zog er seinen Oberkörper nicht zurück.

»Was weiß ich, was mir auf dieser Reise noch bevorsteht. Für den großen Schritt muss ich weiter denken als alle anderen vor mir. Wahrscheinlich ist es unvermeidlich, dabei am Wahnsinn entlangzuschrammen.« Für einen Moment fixierte er Dorfmeister noch, dann kippte Olivers Blick nach innen. Er richtete sich auf, trank sein Bier aus und schaute sich nach der Bedienung um.

Das Essen verschaffte Dorfmeister eine Atempause und die Gelegenheit, in die andere Richtung zu plaudern mit dem Dekan und Jakowski, der sich nach der Geschichte des Lokals erkundigte.

»Als 1726 die Bauarbeiten an der Frauenkirche begannen, stand hier am Altmarkt die russische Gesandtschaft, ein fürstliches Palais. Nachweislich kam Bach 1741, ein Jahr bevor Georg Bähr seinen erstaunlichen Kuppelbau vollenden konnte, nach Dresden mit den wunderbaren Noten im Gepäck.«

»Die aber«, mischte sich Wenzelbrunn ein, »gar nicht *Goldberg-Variationen* hießen.«

Dorfmeister nickte ihm anerkennend zu. »Ja, wie es zu diesem Namen kam, darüber streiten die Musikhistoriker. Die Gesandtschaft mit ihrem großen Garten an der Nordostseite des Platzes wurde damals im Zug der Modernisierung des ganzen Viertels umgebaut und in das barocke Ensemble integriert – im Endeffekt also zusammengedrückt.«

»Davon stand allerdings kaum noch was nach den Bombenangriffen am Ende des Krieges, 1944, vor allem dann Februar 1945«, sagte der Dekan.

Dorfmeister wunderte sich, dass sein Kollege, der viel später als er nach Dresden gekommen war, sich so mit der Stadtgeschichte auskannte. »Ein Teil des Altmarkts wurde in der DDR wieder aufgebaut, mehr oder weniger historisch. Das Gebäude hier aber wegen der russischen Vergangenheit und wegen Johann Sebastian Bach am getreuesten und aufwändigsten. Da wurde das ein Restaurant, in den Fünfzigern, und bekam auch seinen Namen.«

»Wenn man sieht in Nähe«, sagte Jakowski, »löst sich alles auf und ist ganz anders, als man dachte. Aber so man kann erst verstehen, wie ist gemacht alles.«

Das Essen à la carte. Vorzüglich, wie man sich versicherte. Vor allem der wilde Zander. Dazu trockener Saale-Unstrut-Wein. Ja. Vom Feinsten. Elbflorenz. August der Starke. Kennerletto-Blick. Sachsens Glanz.

»Die Maulwürfe, klar, die kommen nicht so leicht hervor«, sagte Oliver zurückgelehnt von hinten zu Dorfmeister, als abgeräumt war. »Aber dass du gar keine Großschnauze eingeladen hast, ist bedauerlich.«

»Wieso ich?«, entgegnete Dorfmeister über seine Schulter. »War das denn nur mein Kolloquium?«

»Die gibt es ja reichlich. Ich meine nicht Mochizuki. Sondern die, die auch dann noch das Maul aufreißen, wenn es ihnen längst gestopft worden ist. So einen Luftlöwen hätte ich gern mal live gehört und gesehen: George Spencer-Brown, Andrzej Madrecki, Enoch Opeyemi.«

Dorfmeister drehte sich um. Dass Oliver seine Gegenfrage ignorierte, ärgerte ihn zusätzlich. »Dafür hättsde n bisschen mehr Geld ranschaffen müssen.« Die Leute an der Zehner-Tafel sahen betreten auf den Professor und seinen Doktoranden.

»Geld?« Oliver zuckte ungerührt die Schultern. »Leibniz, TU-Nachwuchspreis, Fakultätszuschuss.« Für Letzteren nickte er gefällig dem Dekan zu, der mit kalter Miene hinter Dorfmeister saß. »Ich möchte meinen«, er zeigte mit großer Geste über die Tafel, »darin schwimmen wir. Wie in einer Exzellenzblase.«

»Unser Geld, deine Mittel«, Dorfmeister hielt die rechte Faust vors Gesicht und blies hinein, »Phhh!« Die Faust ging auf. »Alle. Verbraten.« Dass sich dieses eingebildete Mathegenie so lapidar über die ihm hinterhergetragene Förderung äußerte, beschämte Dorfmeister, der am Anfang seiner wissenschaftlichen Karriere noch mit dem Rechenschieber gearbeitet hatte. »Für das hier«, Dorfmeister wies über den Tisch, »für unsern krönenden Kolloquiumsabschluss, hab ich noch …« Er schüttelte nur den Kopf.

»Ich hab kein Luxus-Kolloquium gebraucht. Das war deine Idee. Damit sich die Fakultät einmal groß fühlt. Durch mich.«

Wenzelbrunn warf Seuß einen entrüsteten Blick zu und gab Dorfmeister einen Schubs mit dem Ellenbogen.

»Ja, durch dich. Endlich sagst du mal, wer du sein könntest. Mein Gott, Oli! Du hättst schon viel mehr Geld ranschaffen können. Den Heinz-Hopf-Preis von Zürich. Dafür warst du nominiert.« Die Leute von den anderen Tischen drehten sich um.

»Ja? Von deim Kumpel Donati-Krenn?«

»Du hättest nur eine Vorlesung über den topologischen Teil deiner Forschung halten müssen.«

»Läuft so die Wissenschaft, Siggi? Mit Freundschaften und Gefälligkeiten?«

»Dein Beitrag wäre ziemlich neu gewesen, im Gegensatz zum Großteil der Forschungsaufgüsse.« Zornig schob er seine leere Teetasse weg. »Kannst dir aber ooch die Nägel un die Haare wachsen lassen un barfuß Perelmeni fressen bei deiner Mutter.«

Oliver zuckte zusammen und erbleichte.

»Bist ja noch jung un frei, kannst forschen. Als Professor muss man heutzutage aber auch Geld beschaffen können.«

Als Professorin auch, dachte Ina gequält. Monatelang hatte sie beobachtet, wie Oliver schwankte auf seinem Schiff, auf seiner Scholle im Eismeer. Ein Polarforscher im kalten Nebel, ein Eisbär, dem die Lebensgrundlage wegschmolz. Zottelig und zäh. Sie hatte sich oft mit Dorfmeister gefragt, wie er die Angst zu scheitern im Zaum hielt, bis sie sah, wie Oliver trank, wie er das regelmäßig wegspülte, wie er sich zu hassen schien. Später glaubte sie, dass es keine Angst bei ihm war, sondern die Hoffnung, unterzugehen. Er suchte keinen Halt, sondern ein Reich zum Verschwinden, einen Zeta-Dschungel voll schlingender Nullstellen. Ihre Wut über seine Arroganz, seine Blind- und Schroffheit ihr gegenüber hatte sich nach und nach in Mitleid verwandelt, sodass sie auch mit Siggi nicht mehr über ihn sprach. Und doch ging ein schwarzes Licht von ihm aus, erreichte sie etwas, das ihr Kraft gab und sich ihm nahe fühlen ließ.

»Drittmittel einwerben, Stipendien, Forschungsplätze. Du bist Oliver Seuß! Ein Goldesel. Wann geht das endlich in dein Schädel rein. Stattdessen rümpfst du die Nase über die Tierarten der Wissenschaft. Ich sag dir eins: Der Maulwurf ist ein Faulwurm. Un deine Löwen sollten alle mal ihr W ölen, ihr Würstchen.«

Oliver griff nach seinem Glas, trank es aus, stand umständlich auf. »Ich«, er wankte, fasste ins Leere, »ich«, kippte nach hinten, »bitte …«

Ina sprang hinter ihn und drückte seinen Oberkörper nach vorn.

»… mich und meine, äh«, er schwankte, »Gehässigkeit zu entschuldigen.« Damit drehte sich Oliver langsam um und ging strauchelnd davon.

»Apropos Wurst und Löwen, Oliver!«, rief Ina. Er trottete weiter. »Oli Seuß!«

»Also bitte, junge Frau«, versuchte ein herbeigeeilter Kellner, die Gemüter zu beruhigen.

»Oilsuße, Oilsuße«, rief Dorfmeister ihm hinterher.

Oliver drehte sich um. Ina stand fünf Schritte vor ihm. Das ganze Restaurant sah zu den beiden.

Dass sie ihn Oli gerufen hatte? Nur Dorfmeister nannte ihn so. Wahrscheinlich unterhielten sich die beiden ab und zu über ihn.

»Könntest du dich um meine Katze kümmern?«

»Ja!« Jakowski lachte. »Mit deine ölige Wurst.«

Ina stand da, aufgewühlt – und errötete.

Ihr kurzes dunkles Haar, ihre seidene olivgrüne Bluse, die Spannung des Stoffs über ihrer Brust. Er kniff die Augen zusammen. Eine Frau – weit weg von ihm. Doch er spürte, wie sie ihm nah sein wollte. Das berührte ihn noch mehr, als dass es ihn erstaunte. Er war so ein Idiot. Ihm war schlecht.

»Ich habe ein Stipendium. Ich geh in die USA. Für ein Jahr.«

»Vielleicht«, sagte Dorfmeister, »könntest du ihn nach Hause bringen?«

»Ja, schon eine Mal Katze zeigen«, rief Jakowski. Die Leute lachten.

Oliver drehte sich weg, setzte sich in Bewegung.

»Ich bezahl das Taxi«, sagte Dorfmeister.

Ina zeigte Dorfmeister einen Vogel, riss ihre grüne Regenjacke von einem Kleiderständer und marschierte an Oliver vorbei aus dem Lokal. Als der schließlich durch die Tür gefunden hatte, atmeten sie am Mathematikertisch erst einmal alle durch.

»Dessert?«, fragte Dorfmeister in die Runde.

»Was hat den denn geritten?«, fragte der Dekan Dorfmeister.

»Eigentlich wollte ich dem heute das Versprechen abnehmen, dass wir einmal im Monat den Stand der Arbeit besprechen. Damit der nach dem Kolloquium nich wieder in der Versenkung verschwindet. Als der mich mit Harry Potter so ärgerte, dachte ich, der will genau das nicht, sondern im Streit hier rausgehen, um seine Ruhe zu haben.«

»Das glaubst du jetzt nicht mehr?«

»Nein, ich glaub, dem schwinden die Kräfte. Der is wahrscheinlich dort, wo mit der Riemannschen Vermutung alle gelandet sind.«

Jakowski nickte schwer. »In Wut, Verzweiflung und Chaos.«

Wenzelbrunn sah ernst zwischen Jakowski und Dorfmeister hin und her, nahm seinen Birnenschnaps und prostete denen zu, die ebenfalls einen Verdauungsschnaps bestellt hatten. »Auf Oliver Seuß, dass er darüber hinwegkommt.«

Sie zogen ein trauriges Gesicht.

Der Schnaps belebte den Dekan. »Deinen Spleen mit Harry Potter kannte ich bereits. Aber dass du es auch so mit Anagrammen hast ...«

Dorfmeister lächelte. »In der Wissenschaft und mehr noch in der Zauberei kommt es auf jeden Buchstaben an. Wir sitzen ja nich umsonst in den Bach-Stuben.«

»Von Herr Seuß' Situation ich kenne gut«, sagte Jakowski. »Ist normal. Vor Revolution wo kann Mensch sein als in schwarze Sack?«

»In Tsahlgewittern«, sagte Dorfmeister erfreut und gleich darauf betrübt.

16

Ende Juli. Sein achtundzwanzigster Geburtstag. Ein teures Restaurant. Eine ganze Flasche Wein. Danach in einer Kneipe noch ein Bier. Schlagseite. Achim war dreieinhalb Jahre tot. Seitdem kein Wort mehr von Vera. Aber die besten Wünsche von Benedikt und Familie. Rebekka Wolf, die schrieb, dass sie nach einem Sabbatical in Südspanien nicht ans Spezi zurückgekehrt sei, sondern jetzt als Beraterin im Wissenschaftsministerium arbeite. Auch von Siggi, versöhnlich. Und von Ina aus Kalifornien. Diese Leute dachten an ihn. Bei ihm an dem Tag war jedoch nur die Katze.

Er hatte sie nicht gewollt und Ina – als sie ihm ein paar Tage nach dem Kolloquiumsabschluss wohl eher unzufällig begegnete und nachfragte – entsprechend angeblickt. So was fehlte ihm noch. Die Krönung war, als Ina ihm sagte, eine Katze wäre gut für ihn. Wie bitte?! War er denn ein armes kleines Kind ohne Geschwisterchen? Oder ein alter, vereinsamter Gelehrter, der sich einen Pudel anschaffte, um täglich vor die Tür zu kommen? So ein Tier, muffelte er, würde ihm die Möbel zerkratzen, die er gar nicht hatte in seiner neuen Bude. »Katzenklo, Krankheiten, Flöhe. Und wie soll ich dann in den Wintersport fahren? Hä?« Hätte er gewusst, dass es so etwas wie eine Katzenallergie gab, wäre er ihr damit gekommen. Dagegen hätte sie nichts machen können. So aber schüttelte Ina fast belustigt den Kopf, als ob die Sache beschlossen wäre. Als kurz darauf Maryam Mirzakhani starb, vierzigjährig, wie ihm Ina schockiert in einer SMS schrieb, hatte er eingewilligt, sich um die Katze zu kümmern.

Valenteraschkowina. Ein Name, den sie ihm dreimal und noch einmal hatte vorsagen müssen, bis er das selbst hinbekam, was natürlich lustig war. Von der ersten Kosmonautin. Der sowjetischen Frau. Haustiere hatten Inas Meinung nach meist viel zu kurze Namen. Valenteraschkowina.

Ina brachte ihm die Katze, ein Körbchen, das Katzenklo und reichlich Futter mit ihrem Auto. Es war ihm nicht recht gewesen, dass sie zu ihm kam. Seine Wohnung war mehr als bescheiden. Aber sie achtete gar nicht darauf, wie es bei ihm aussah. Sie fand die hohen Decken und das Licht toll. Sie saßen in der Küche, er machte einen Kaffee, und sie erklärte ihm alles mit der Katze. Er machte sich Notizen. Ein schöner Sommertag.

Zwei Tage später, früh an dem Tag, als sie flog, brachte sie ihm auch alle ihre Lebensmittel. Das fand er komisch. So ein halbes Glas Honig, Olivenöl. Aber er wusste, dass er alles aufessen würde nach und nach.

»Pass auf dich auf, hier. Ja?«

»Klar, wir werden schon nicht verhungern.«

Sie hatte nicht viel Zeit. Sie stand schon an der Tür. Sie sahen sich an, und dieses Mal kam sein Kopf ihrem entgegen. Ihre Wangen berührten sich.

Eine schwarze Katze. Ein paar weiße Haare auf der Brust konnte man kaum ein Lätzchen nennen. Also eigentlich ganz schwarz. Und natürlich schön, was sie zu wissen schien, so majestätisch wie sie oft dasaß, auf dem Schuhschrank, einem Fensterbrett, seinem Schreibtisch, Ohren gespitzt, die Vorderbeine durchgestreckt und sich betrachten ließ. Eine ägyptische

Gottheit. Die Ina von russischen Spätaussiedlern über eBay erworben hatte für achtzig Euro.

Wie Oliver bald feststellte, liebte diese Katze Nähe, ließ sich aber nicht streicheln. Sie war immer dort, wo er war, legte sich auf den Schreibtisch, auf das Bett. Streckte er aber die Hand aus nach ihr, fuhr sie die Krallen aus. Streichelte er sie trotzdem, kratzte oder biss sie ihn. Das Gegenteil von einer Schmusekatze. Nur wenn er nichts von ihr wollte, kam sie näher. Manchmal lachte Oliver auch über ihre Schreckhaftigkeit, wenn einmal etwas geräuschvoll zu Boden fiel oder er spaßeshalber mit großen Augen der Katze entgegenstampfte, wie sich da ihr Fell sträubte und von ihrem zu Berge stehendem Schwanz breit die Haare absprossen.

Es wurde Herbst. Die Katze erinnerte ihn daran, dass Ina nicht in der Stadt war. Ohne die Katze hätte er wohl kaum so oft an Ina gedacht, sagte er sich.

Viereinhalb Jahre beschäftigte sich Oliver schon mit der Riemannschen Vermutung. Selbst die vermutlich erste Aufzeichnung einer Reihe von Primzahlen, die ein belgischer Archäologe in den Einkerbungen eines zwanzigtausend Jahre alten Pavian-Knochens im Kongo entdeckt haben wollte, sah er sich im Internet an; diesen merkwürdigen Fund aus der Steinzeit, den ein Museum in Brüssel mit wissenschaftlich-musealer Würde als seinen Besitz präsentierte.

Im Oktober schrieb ihn Dorfmeister an wegen eines Beitrags zu der Publikation, die sie zu dem Kolloquium herausbringen wollten, und fragte, wie Oliver sich das vorstelle, wenn in einem halben Jahr seine Doktorandenstelle auslaufe. Ob er etwas vorzeigen, irgendetwas abgeben könne, sodass seine Forschung weitergehen könne in den finanzierten Bahnen des Betriebs?

Ein Schlag in die Magengrube. Große Übelkeit. Die sich allerdings vertreiben ließ in einer Kneipe. Zwei Tage nach der kleinen Übelkeit antwortete Oliver, dass er noch ein Jahr brauche. Dabei verzichtete er auf Versprechungen. Dorfmeister verzichtete auf Ironie und doktorväterliche Ermahnungen und auf alles andere, was er hätte ansprechen können, als er ihm versprach, sich bei Wenzelbrunn für eine einjährige Verlängerung der Promotionsstelle einzusetzen.

Mit der Zeit rief Oliver die Katze Valentina oder Teraschkowa oder Teraschkowina. Und weil das viel leichter über die Zunge ging, machte ihm bald auch der eigentliche Name kaum noch Probleme: Valenteraschkowina. Eine vorsichtige, ängstliche Katze, die hinter der verschlossenen Wohnungstür beunruhigt knurrte, wenn Leute die Treppe hochkamen und vorübergingen. Oliver bekam nie Besuch, der ihn oder die Katze hätte stören können.

Als die Nachmittage dunkel wurden und die Temperaturen auch tagsüber unter den Gefrierpunkt fielen, fing es an. So flüchtig, dass er die ersten Male – so schnell, wie das kam, ging – gar nicht wusste, was ihn da anfuhr, beim dritten und vierten Mal ein paar Tage, eine Woche später, was da in ihn hineinfuhr. Ein Grauen. Eine Erstarrung. Kein Weg, überhaupt kein Ort mehr.

Der Frost packte die Stadt, als ob der Treibhauseffekt ein Scherz gewesen wäre. Von den Ufern wuchs das Eis Nacht für Nacht dicker und weiter hinein in den Strom. In der Mitte trieben die Schollen, die weiter flussauf die letzten noch verkehrenden Kähne und Fähren gebrochen hatten. Tatsächlich wünschten sich die Dresdner, dass die Elbe nach über fünfzig Jahren wieder einmal zufrieren würde. Zwei Betrunkene, die sich auf das Eis begaben, brachen ein, ertranken, dort, vor der Kurve bei Pieschen, wo die Elbe auch ohne Eis gefährlich war, wie er von Ina einmal gehört hatte. Warum war er ihr gerade in der Nähe jener Stromschnellen begegnet? Und was sollte das heißen, dass sie manchmal nicht übel Lust habe, in die Elbe zu gehen? Ihn schauderte. Der Gedanke, wie einem innerhalb von Sekunden die Eiseskälte bis ins Mark drang, das Bewusstsein lähmte, das Leben in einer einzigen Minute beendete.

Er kannte die Mathematik als ein Boot, das ihn trug, ein Schiff, das er selbst auf dem Wasser zusammenzimmern konnte in Windeseile, um den Ozean messerscharf unter seinem Kiel zu teilen. Nun aber waren schon viele harte Wellen über sein Deck gegangen, hatte ihn die jahrelange Fahrt ausgezehrt, trieb das Eis umher, zermürbte ihn der Sirenengesang der Riemannschen Zeta-Funktion, die im Unterschied zur Linearität der Eulerschen Zeta-Funktion das imaginäre Inselreich der komplexen Zahlen heraufbeschwor. Der Gesang führte in das unendliche Reich der Obertöne, in die Sphärenmusik der Mathematik, die Oliver früher mit einer Dosis Bier hatte aufklingen lassen können für eine erträgliche Weile. Vielleicht aber war mittlerweile auch alles böse gespiegelt, ohne dass er den genauen Zeitpunkt davon mitbekommen hatte, handelte es sich bei den Obertönen um Untertöne, bei seinem Schiff um ein U-Boot, irrte er längst unter einer immer dickeren Eisschicht umher, so trüb, wie es um ihn geworden war? Die Musik ließ ihn nicht mehr los. Er hörte ihr verführerisches Säuseln. Woran sollte er sich binden? Was sollte ihn auf Abstand halten? Er trieb auf etwas zu, das ihn zerstören würde – und vereinen mit allen Zahlen und Elementen.

In seinem Traum der Ellipsoid, der Döner-Torso, das Baby, dieser gestutzte Totenkörper lag auf einer Sezierbank aus rostfreiem Stahl, hüfthoch, sodass sich der Pathologe nicht bücken musste bei seiner Arbeit in dem Gewölbe, das nichts Medizinisches, sondern etwas Mittelalterliches ausstrahlte. Oliver stand an dem seltsamen Leichnam vor dem giftigen Mann, der ärgerlich mit den Armen herumfuchtelte. Als er begriff, dass er zusammen mit einer anderen Person in den hohen Keller gekommen war, wachte er auf.

Die Katze war da, war neben ihm. Er hatte nur die Katze. Sie sah ihn an, aufgeschreckt von seinem unruhigen Schlaf. Valentina, rief er ihr zärtlich zu, Valina, Ina. Er stutzte, schluckte, rieb sich die Nase mit dem Unterarm. Wenn Ina zurückkam aus den USA und ihre Katze wieder zu sich nahm, würde er sich eine aus dem Tierheim holen. Falls er zurückkehrte von der Sireneninsel, vom Meeresgrund. Jetzt erst verstand Oliver, dass er Katzen liebte. Eine Katze war immer da. Wie die Zahlen. Er verließ sie nur noch kurz, um in den Supermarkt zu gehen.

Er segelte, er schwamm auf das Zeta-Land zu, hielt sich an die Punkte auf Meereshöhe, diese fantastischen Quellpunkte für jeweils einen Ton, der umso lauter war, je weiter östlich er von der y-Achse, und umso höher, je weiter nördlich er von der x-Achse lag. Die Wellen dieser Töne überlagerten sich unendlich und löschten sich an einigen Stellen aus. Die Sirenen sirrten. Ihre ätherischen Fühler tentakelten nach allem Lebendigen, hinaus in alle Richtungen, ins Ozon, ins Rhizom, in den Orkus, umschlangen, verschlangen alles Treibende. Sein Bauchnabel juckte.

Oliver deckte sich mit Vorräten ein: Dosen, Büchsen, H-Milch, Butter, Schwarzbrot, Kartoffeln, Nudeln, Tomatensaft, Zwiebeln, Pfeffer, Salz, Schinken, Hartkäse, Tee, Kaffee, Alkohol. Mit Toilettenpapier, Seife, Kerzen, Waschmittel,

Müllbeuteln. Und Katzenfutter, Katzenstreu. Die Wohnung sah aus wie ein Bunker. Es war aber keine Katastrophe irgendwo draußen, auf die er vorbereitet sein wollte. Sondern eine Belagerung, zu der er sich anschickte.

Er ließ seine Gedanken Sturm laufen, ließ sie anrennen gegen die Festung. Oooohhh! Das eulerte den ganzen November, Dezember, dirichlierte und gaußte, das fermatschte hin und wieder, riemannschte sich auseinander und zusammen, ach, und tschebyschowte, mangoldtschte, vallée-poussinierte, posierte, poussierte, landauerte, ramanujanisierte gelegentlich – was das Schönste war, wenn es ramanujajajanisierte –, aber ach, ach, dann hadamarterte, versiegelte, verselbergte sich das wieder an verschiedenen Ecken, erdőste und sarnakte ganz sackrättig. Er – Oliver Seuß – wusste ja selbst nicht, wusste gar nichts, ließ nur diesen höllischen Motor laufen, hasste, dysonte, connesierte auch, weilte, bombierte, bombardierte, ach, ja, nein, und taotierte, chaotierte – schrecklich fantastisch. Zum Schreien komisch. Zum Kotzen. Ein Gauß, Gaudi, Graus, dem er den Garaus machen wollte. Gedankenmikado: Medusen, die alles erstarren, Sirenen, die alles zergehen ließen, auflösten, fraßen, verschlangen. Medusen und Sirenen abwechselnd in teuflischer Absprache.

Er unterschied nicht mehr zwischen Tag und Nacht, schlief irgendwann, träumte, stand vor dem Angestellten des seltsamen Krankenhauses oder Bestattungsunternehmens. Er ahnte, dass das vor ihm der Teufel war, obwohl er nicht danach aussah. Er war es aber. Zumindest ein kleiner Beelzebub. Ein niederrangiges Teufelchen. Das sich wie wild gebärdete. Die Hände in milchigen Gummihandschuhen, rollte das Kerlchen die Masse, das verpuppte Ding, den stumpfen Körper hin und her mit einer brutalen Respektlosigkeit, um ihm die erbärmliche Qualität des einstmals Lebendigen zu demonstrieren. Die Schwäche des Fleischs. Hieß es nicht so? War es nicht so? Irgendetwas aber begriff Oliver nicht. Das brachte den Zwerg fast zur Weißglut. Er wollte ihn mit den Augen auf ebendiese Tatsache stoßen. Er solle sich, verdammt noch mal, nichts vormachen: Das sei verseuchtes Gewebe. Das habe er jeden Tag. Entsprechend ansteckend. Oliver wollte zurücktreten, um keine Spritzer abzubekommen oder vielleicht sogar Fetzen von demjenigen, was, so wie der cholerische Kobold den Klumpen bearbeitete, davon durch die Luft flog. Aber es ging nicht. Jemand stand hinter ihm, hielt ihn fest, drückte ihn vor. Er schüttelte sich, bis er aufwachte, mit aufgekratztem Nabel.

Manchmal, im Wachen, blankes Entsetzen an mathematischen Nullpunkten. Gefrorenes Blut. Erschütterungen, Schocks. Darauf Stunden der Zerrüttung. Des gar nicht mehr Auftauchen-, Auftauenkönnens. Verzweiflungen, von denen er sich kaum noch richtig erholte.

Ina schrieb, dass sie zwischen Weihnachten und Neujahr zu Besuch komme und ihn und Valenteraschkowina sehen wolle. Er antwortete, dass er mitten im Zahlengewirre stecke, gerade gar keine Zeit habe, in der entscheidenden Phase sei, momentan keinerlei Ablenkung vertrage, wirklich nicht. Sie bestand aber darauf, ihre Katze zu sehen. Mit dem Viech vor die Tür gehen konnte er nicht.

Er räumte die Küche auf. Das war viel Arbeit. Das Bad putzen, sich die Haare waschen, einen halbwegs gepflegten Eindruck machen. Allein die Vorbereitungen, sich dazu aufzuraffen, kosteten ihn drei Tage. Und lüften musste er einmal. Lüften, bei der Kälte draußen. Er ärgerte sich sehr über Ina und war entsprechend unfreundlich. Die Türen zu den anderen

Zimmern hielt er geschlossen. Spazieren gehen wollte er nicht. Sie erzählte ihm von den USA, von der University of California, Santa Barbara, und dem Kavli-Institut für theoretische Physik, an dem sie sich mit einem Stipendium der Deutschen Forschungsgemeinschaft aufhielt. Über die Initiative *Women and Mathematics* von Karen Uhlenbeck und Chuu-Lian Terng sei sie zwei Wochen mit sechzig Forscherinnen aus der ganzen Welt am Institute for Advanced Study in Princeton gewesen. Sechzig junge Spitzenmathematikerinnen! Eine ganz wunderbare Atmosphäre und einmalige Erfahrung, die sie zum ersten Mal wirklich daran glauben lasse, dass Frauen in breiter Front die Naturwissenschaften erobern würden. Ob er von Uhlenbeck gehört habe, die mit ihrer Geometrischen Analysis an der Schnittstelle von Mathematik und theoretischer Physik, genauer gesagt Teilchenphysik, arbeite?

Er saß da. In seinem Nebel.

Auch von Ina ließ sich die Teraschkowa nicht streicheln. Ina hielt sie fest. Da biss ihr die Katze in die Hand.

Er lachte auf.

Ina schüttelte den Kopf und packte den mitgebrachten Kuchen aus.

Er stellte zwei Teller auf den Tisch.

»Hast du schon gehört? Gestern wurde die fünfzigste Mersenne-Primzahl entdeckt.«

Er reagierte nicht. In der Reihe der natürlichen Zahlen, die auf 3 endeten – kam ihm ein Gedanke aus seiner Kindheit in den Sinn –, ließ sich nur jede Dritte durch 3 teilen: 3, 33, 63, 93, 123. Dazwischen waren die Zahlen anfangs allesamt prim: 13, 23, 43, 53, 73, 83, 103, 113. Bis zur 133, wo die 7 der Reihe den ersten Stich versetzte zusammen mit der 19. Dann schlug die 11 ein, wieder die 7, und so forderten mit- und nacheinander alle anderen Fürsten ihren Tribut ein in schönster Unerbittlichkeit. Was übrig blieb von der immer löchriger werdenden Dreierreihe, war prim. Wunderbare Gesetzmäßigkeiten einer Mondlandschaft.

Diese alten Gedanken rührten ihn. Er schluckte. Fast hätte er geweint. Vor dieser Frau, die ihn still betrachtete. Aber es war alles so viel komplizierter. Er hatte so viel größere, mächtigere Waffen gebrauchen gelernt, die er auf die Zahlen richtete, womit er sie weiter und tiefer durchlöcherte als je ein Mensch zuvor. Und all das, was sich daraus ergab, musste er zusammenbringen und ordnen. Eine kolossale Anstrengung und Selbstbeherrschung war dafür nötig. Für den großen Sprung brauchte er all seine Kraft.

Ina sah die Zuckungen in seinem blicklosen Gesicht. »Du solltest einmal eine längere Pause machen.«

»*Radio Vaticana* hat vor ein paar Tagen den Sendebetrieb eingestellt.«

Sie sah ihn befremdet an.

»RV.« Er verzog den Mund.

»Wirklich, Oliver. Du könntest mich besuchen einen Monat. Kalifornien ist sehr schön. Ich habe dort einige Professoren und Professorinnen vom Department of Mathematics getroffen, die sich nach dir erkundigten. Was du machst? Wie es dir geht?«

»Es ist sehr kalt dort.«

»Nein, wieso? Das ist der Golden State. Selbst jetzt im Winter gibt es viel Sonne.«

»Wo ich bin«, beendete Oliver seinen Satz. »Sonst hätte sich das auch alles schon komplett überhitzt.«

»Ich würde mich sehr freuen. Ich könnte dir ein Zimmer besorgen.«

»Und wer kümmert sich um die Teraschkowa?«, brauste er auf. »Wegen der bin ich nich in den Bergen, fahre ich dieses Jahr nicht Ski. Normalerweise hättest du mich gar nich angetroffen.«

Er beruhigte sich wieder, riss sich zusammen. Solange sie da war.

Sie wollte Valenteraschkowina dann noch einmal sehen, bevor sie zurückflog. Darauf bestand sie. Das sei ihr Recht. Er stimmte schließlich zu. Im neuen Jahr aber öffnete er nicht. Kam gar nicht aus dem Bett. Nur die Katze kratzte von innen an der Tür und schnurrte, als Ina auf der anderen Seite sie beim Namen rief eine Weile. Dafür lobte Oliver die Katze später, dass sie mit dem Frauchen gesprochen hatte an seiner Stelle. Als er sie aber streicheln wollte und sie ihn kratzte, trat er mit dem Fuß nach ihr, traf aber nur einen Stapel Papiere, schrie sie zum Teufel. Als er sich beruhigt hatte und den Kram wieder einsammelte, fiel ihm die Postkarte mit dem Völkerschlachtdenkmal in die Hände. Das – er wusste gar nicht, dass er das aufgehoben hatte – war nicht gut. Da war gleich alles wieder da in seinem Kopf. Die ganze zum Himmel schreiende Impertinenz.

Er saß still in einer Ecke und wartete, dass die Katze sich wieder zu ihm traute. Sie tat ihm leid. Aber so zugetan war ihm das schwarze Biest auch nicht mehr. Kaum, dass es noch einmal blinzelte zum Gruß.

In der Nacht hackte der Teufel mit einem Feuerhaken in den Körper, der auf dem glatten, feuchten Betonboden lag wie ein gefrorener Thunfisch in Tokio. Der Gnom in Gummistiefeln war immun gegen die Krankheit, die in dem toten Fleisch steckte. Und gegen jegliches Übel. Die ja alle von ihm herkamen. »Da is der Wurm drin«, schrie das Männlein triumphierend. Er wollte es Oliver partout beweisen und kratzte und pickte weiter auf der doch erstaunlich robusten, widerstandsfähigen Oberfläche herum. Dieser aber wollte das nicht länger sehen, gar nichts mehr davon wissen, wollte endlich fort. Aber hinter ihm die Frau hielt ihn fest. »Das is dei Vater«, flüsterte sie ihm ins Ohr. Obwohl das an keiner Stelle irgendwie an jenen erinnerte oder überhaupt Ähnlichkeit mit einer Leiche hatte. Die fette Mumienspindel. Dieses einsame Paket, das sich nicht rührte. Geifernd lief das Rumpelstilzchen um Oliver herum, zupfte und zerrte an ihm. »Das bist du«, zischte seine Mutter. Da wachte er auf.

Sein Hemd war nass vom Blut des aufgebrochenen Nabels. Er würde wie sein Vater vom Bauch her krepieren. Er wackelte mit dem Kopf. Hin und her. Seine Mutter hatte ihm das alles eingebrockt. Die Mathematik. Denn von dort, von ihr musste das ja alles herkommen. Genetisch. Sein riesiges Talent. Diese Last. Diese Bürde. Diese unerträgliche Leidenschaft. Die er nicht gewollt hatte. Vor langer, langer Zeit hätte er eine Mutter gebraucht. Jetzt nicht mehr. Jetzt war er froh, niemandem dankbar sein zu müssen für einen Scheißhaufen Liebe. Trotzdem hatte sie ihm dieses titanische, dieses wahnsinnige Sehen mitgegeben. Vielleicht hatte sie davon gar keine Ahnung, wusste nichts davon bei ihm, bei sich selbst, war das bei ihr noch alles verpuppt und erst bei ihm explodiert. Dieser Nervenvirus. Das mussten die Leute doch denken. Denn alles kam ja von irgendwoher. Dass das nicht alles seine Kraft, sein Genie, sein Blut war, das er seit Jahren hier schwitzte. Sondern ein Erbteil. So dachten doch die Leute. Die keine Ahnung hatten. Die mit ihrer vorgetäuschten Ahnungslosigkeit die anderen zu sich herabziehen, klein machen, am besten gleich köpfen wollten. Die Kleinköpfe. Die Würmer. Die Mäuse. Die Käfer. Wenn da mal ein genialer Maulwurf durch die Decke schoss, dann riefen sie: Aber du bist ja blind! Du kannst ja kaum sehen. You have no legs, snake. Genauso würde diese Mutter dasitzen und sich was einbilden, was zugutehalten, was zuguterechnen, wenn er am Himmel leuchten würde und daherkäme mit einer Million. Dann würde sie aus ihrem Loch hervorgekrochen kommen und die Hand aufhalten. Und es immer schon herzlich bangend gewusst haben. Wozu er fähig war. Doch dadadadas würde er, dudududurfte er nicht zulassen! Was bildete die sich ein?! Glaubte die wirklich, sie könnte am Ende seinen Ruhm schmälern? Als seine Mutter? Lächerlich. Hinterhältig. Unerträglich. Perfide. Genauso waren die Hintermenschen. Immer treten, ein Leben lang, und die anderen ausbeuten, kaputt machen, zu ihrer Verfügung halten, an die Leine legen, abrichten, missbrauchen, deformieren, in die Therapien treiben. Solange sie oben waren, Kraft hatten, die Fäden in der Hand hielten. Und wenn das nicht mehr ging, dann versuchten sie, das Spiel umzudrehen, um weiter die schmutzigen Finger drinzuhaben, durch Schuld und Einsicht, Altersgüte, Demut, Demenz, Leiden. Immer drückten sie einem die Luft ab, saßen sie einem im Kopf. Aber er brauchte sein Gehirn für seinen schwindelerregenden Höhenflug, seinen exorbitalen Durchblick. Die mussten raus aus seinem Kopf ein für alle Mal. Er musste das erledigen. Wirklich. Nicht wie bei Achim aus der Ferne. Nicht mit Worten, sondern mit seinen Händen, mit seinen Armen. Sonst würde er verrückt. Wie Ramanujan in Oxford. Wie Connes mit dem Todesurteil im Militärgefängnis. Er musste das alles ausmerzen, alles begleichen, die Schuld und die Schulden, um Ruhe zu haben für die finalen Konklusionen bis zur Endlösung. Vor dem

Zahltag kam die Endabrechnung. Logisch – er wackelte mit dem Kopf. Das war nicht böse, sondern gerecht. Und musste getan werden. Von ihm. Um frei zu werden, um endlich durch das Eis, die Eisdecke, den Eispanzer zu stoßen, Luft zu kriegen in seinem U-Boot.

Am Morgen schrieb er der Frau eine Postkarte, dass er sie besuchen wolle. Eine Woche später kam die Antwort, eine Postkarte, die er mit der anderen zerriss und die Toilette hinunterspülte.

17

Vom Leipziger Hauptbahnhof mit der Straßenbahn nach Connewitz. Er zog die Mütze tief, vorbei an einem windigen Park. Endlich – sein Handy hatte er in Dresden gelassen – fand er das unsanierte Haus. Durch das Gartentor rechts um das Haus herum zum Eingang, hatte sie geschrieben. Eine Scheibe der Haustür kaputt. Muffiges Treppenhaus. Hochparterre. Die Klingel neben der Wohnungstür funktionierte nicht. Er klopfte. Noch einmal lauter.

Eins von zwei vergitterten Fensterchen in der Tür ging nach innen auf. Ein hageres Gesicht von der Seite, mehr Ohr als Auge. »Oliver?«

»Ja.«

»Du-u? Könnst du glei ma n paar Bier holn vorne? Weeßde, gegen Monatsende isses immer n bissel knapp off Stütze. Tabak un Papers bitte ooch. Wenn dirs nichts ausmacht.«

Oliver starrte auf die kleine Frau mit den blond gefärbten Strähnen.

»Ja? Is gut? Ich bin dann ooch glei so weit. Das wird unser Tach.« Fensterchen zu.

»Äh …«

Zwanzig Minuten später ließ sie ihn mit der scheppernden Einkaufstüte herein.

Raucherwohnung. Ein dunkler Flur mit einem Wulst von Jacken an der Wand. Fünf Schritte weiter ein aufgeräumtes Zimmer, davon ab die Küche. Kein Müll. Keine Tiere. Geheizt.

»Setz dich.« Sie machte eine einladende Handbewegung hin zu dem linken Sofa und nahm selbst auf einem Sessel gegenüber Platz.

Eine abgewetzte Couch, an deren Rand mehrere Decken gestapelt waren. Er hielt ihr den Beutel hin.

»Or, Tabak! Un Sterni! Mensch! Ich danke dir.« Sie machte sich ein Bier auf. »Schmeckt ooch von Jahr zu Jahr besser.« Sie drehte sich eine Zigarette. Zündete sie an. »Das war ma unterste Schublade, Punkerbrause, Pennerplempe, un jetz isses Kult. Mitte. Mit der Mitte gehts ooch immer mehr bergab. Dabei brummt de Wirtschaft. Ich frag mich, was wird, wenns den Konzern ma widder schlecht geht. Bier?«

Er nickte.

Sie öffnete eine zweite Flasche mit dem Feuerzeug.

Er griff zu. Die Handschuhe hatte er genauso anbehalten wie die Jacke. Auf dem Tisch lag seine Postkarte. Die durfte er später nicht vergessen. Er trank.

»Schön, dass wir uns kennenlernen.« Sie beugte sich vor, kniff die Augen zusammen, hustete. »Was machsdn du so?«

»Mathematik. An der Uni.«

»Wirklich! Klasse!«

Er überlegte, ob er wirklich mit der Frau – bunte Klamotten, das Gesicht ungesund grau – reden sollte. »Und du? So?«

Sie kratzte sich an der Stirn. »Momentan gar nichts. Aber im Frühling, denk ich, is ma widder ne Maßnahme fällig. Umschulung oder Weiterbildung. Ma sehn.«

Über Eck zwei Sofas mit bunten Kissen wie Ohren aufgestellt. Ein Couchtisch: zwei Glasplatten auf Metallbeinen. Diagonal darüber eine blaue Tischdecke, sodass nur zwei Killerecken hervorragten. Aschenbecher, Feuerzeuge, ein buntes Heftchen. Teppich darunter. Drum herum zwei Stühle, ein

Bürosessel, Möbel, Schränkchen, Staubsauger griffbereit, Musikanlage, Boxen.

Sie aschte neben den Aschenbecher. »Ich will aber jetz in die Private, weeßde?«

Er schob das Kinn vor. »Krankenversicherung?«

»Der is gut.« Sie lachte höhnisch, schüttelte den Kopf. »Inde Privatinsolvenz.«

»Hattest du eine Firma?«

»Nee, du! Ich hab zu viel Schulden. Aus n vergangenen Jahren un alles, pipapo. Da kommt immer ma noch was hinterher, was ma nich bezahlt wurde, weeßde. Aber ma schnell drei- oder sechshundert Euro abdrücken, kann ich nich ... Da müsste ich widder Vollgasarbeiten gehn. Aber das seh ich nich ein.«

Oliver hörte nur halb hin. Das war alles ein Ablenkungsmanöver – nur eine Verzögerung.

Sie drückte die Zigarette aus, stand auf, trug die Tüte in die Küche, stellte das Bier in den Kühlschrank.

Er war aufgestanden. Es konnte jeden Moment losgehen.

Sie nahm einen Schluck Bier. »Viel sachsde ja nich.«

Er ging auf sie zu, zog mit schiefem Mund Luft durch die Nase, wartete auf eine Entschuldigung, noch einen Vorwurf, Vorwand, pumpte den Brustkorb voll – als ihr Handy auf dem Glastisch klingelte und sie an ihm vorbeihuschte. »Ja!«

Sie quatschte, drehte sich eine Zigarette, kniff die Augen zusammen, kam zurück in die Küche. »Ja ... So hat ers mir ooch gesagt ... Ja, das wird schon wieder. Der hat mich ooch noch ma angerufen. Aber das is dann irgendwie durchgerutscht ... aber ... ja, untergegangen.« Sie holte eine Zwiebel aus einem raschelnden Netz unter dem Fenster. »Nee, das kriegmer widder geregelt ... bestimmt ... ja, mei Gutster ...

na, klar … mach ich … machs gut.« Sie legte das Handy weg, nahm ein großes Küchenmesser aus einem Schubfach, schälte über seiner Einkaufstüte die Zwiebel. »Ich mach uns ma was zu essen.«

Oliver sah die lange Klinge und stellte sich schräg hinter sie.

Sie schnitt die Zwiebel auf einem Brettchen, zwischen schmutzigem Geschirr, herumstehenden Dosen und Flaschen. »Andi. Mei Lieblingspatient. Der is bei meim letzten Mädelsabend hier total besoffen un gefrustet offgeloofen.« Sie goss Sonnenblumenöl in eine Pfanne auf dem Elektroherd, machte die Herdplatte an. »Willsde die Geschichte hörn?«

Oliver sah nur das Messer.

»Kommt der rein: Mrrrrrrhhh, hhhhhrrrrrr. Die schießen alle durchnander, brülln sich an. Un der erwischt halt de Verkehrte und hatse so angeschrien un das böse Wort mit S gesagt, un ich hab dann gesagt, eh, Mann, verpiss dich, un habn nach draußen verwiesen. Er is ooch gegang. Aber die is halt de Freundin von Alek, äh, seine Domina.« In der Pfanne knackte das Öl. »N Typ, Matte off der Brust, übelriechend, Testosteron, naja, n Schreihals un bisexuell.« Sie hustete. »Dem hat die das alles erzählt.« Sie hielt die Pfanne an die Arbeitsplattenkante, schob die Zwiebeln zischend hinein. Einige Stücke fielen auf den Boden. »Natürlich is der wutig geworden un bei Andi eingerückt. Aber Andi is halt Fremdenlegionär un macht ooch keene Gefangene. Der hatn niedergewalzt, als Alek ihm blöd gekommen is beim Saufen. Wei o wei! Teufel Alkohol. Die beeden offm Boden. Andi off Dings, off Alek, droff. Hattern eigentlich gehabt. Andi n Alek. Der lag aber so ungünstig – oder günstig, wiede willsd –, dasser sich freibeißen konnte, der Alek. Andi hatn dann noch rausgeprügelt.« Sie nahm eine

Gabel, die auf der Arbeitsplatte lag, und rührte die Zwiebeln um. »Da hatter gemerkt, dasses ihm warm de Beene runterlief. Un da bliebm nix andres übrig als Krankenhaus. Notoffnahme. N Menschenbiss, eh! In die Eier!« Sie holte einen Teller mit gekochten Kartoffeln aus dem Kühlschrank, schnitt sie in Scheiben in die Pfanne. »Durch die Hose reingebissen. Ich bin zwee Tage später zu dem ... Ei, jei, jei. Der hatte, das hat der mir gezeigt, nen Schlatz am Sack von acht Zentimetern. Länge. Uahh! Also, die mussten noch, äh, wirklich gute Arbeit, ein Lob ans Elisabeth-Krankenhaus, hächähh«, sie rührte um, »weil das so rundrum offgefetzt war, weil die, äh, da war ja noch der Cotton von der Jeans dazwischen, da mussten die das sauberschneiden, um das ordentlich zusammennähn zu könn. Da isses n bissel enger geworden, alses vorher war. Aber gute Arbeit. Der hatte anfangs«, sie hustete, »richtig Schiss gehabt, alses so weit schon verheilt war undsn widder juckte. Ich meine ... Sei ganzer Sack hing ja schief.« Sie holte Eier aus dem Kühlschrank, schlug die am Pfannenrand auf, rührte um. »Aber geht wo. Der kann widder. Naja.« Sie zog aus dem vollen Metallgestell neben der Spüle zwei Teller, kratzte die Bratkartoffeln darauf, stellte die Pfanne ab, nahm das große Messer, drehte sich um. »So, du Arsch, ja! Kommst hier in meine Bude mit diesem Blick. Ich kenne genug Verrückte! Off mir droff is mei Freund krepiert beim Ficken off Speed und noch was. Nich mei Fehler. Herzfehler.« Sie fuchtelte mit dem Messer vor ihm herum. »Hier is s Messer. Willsde das? Für mich? Für dich? Entweder du nimmst jetzt das verdammte Messer un machst, wasde machen musst. Oder du setzt dich hin, wir essen die verdammten Bratkartoffeln, un dann quatschen wir. Un ich bin Kathrin«, schrie sie, »Kathrin, die dich mit vier Wochen weggegeben hat. Kathrin!«

Die Augen, die Nase, alles aufgerissen, nahm er das Messer, »Oliver! Oliver! Oliver!«, warf es auf den Boden, rannte aus der Küche, aus der Wohnung, zerrte sich auf der Straße die nassgeschwitzten Handschuhe herunter, riss sich die Mütze vom Kopf und heulte.

Er lief durch den Park. Januar. Null Grad. Nullpunkt. Nullstelle. Er war am Arsch seines Lebens. Sein Vater lange tot. Seine Mutter eine Alkoholikerin auf Hartz IV. Alles klar. Er selbst ein asozialer Mathematiker an einem beschissenen Jahrhundertproblem. Und dafür, für sich und seine Probleme, konnte er niemandem mehr die Schuld geben. Langsam ging er zurück.

Sie saßen an dem Glastisch im Wohnzimmer, die Gesichter verquollen, die Augen gerötet, beide mit einem Teller kalter Bratkartoffeln vor sich. Der Klang der Gabeln auf den Tellern. Er nieste.

»Lass dei Gehirne drinne!« Sie entblößte grinsend ihre dunklen Zähne. Später stand sie auf, brachte die Teller weg, setzte sich mit einem Bier auf das rechte Sofa, trank, drehte sich eine Zigarette, lehnte sich rauchend zurück. Oliver nahm sich ein Bier und rutschte nach hinten.

»Ja, Mann, machs dir bequem.«

Olivers Blick glitt über die Wände: ein Gemälde von einem griechischen Mittelmeerstrand, ein paar Bilder, Plakate, einige davon angenagelt, kleine Lämpchen da und dort, die den Raum schummrig machten, ein Router, ein Dutzend Bücher, traurige Blumentöpfe auf den zwei Fensterbrettern.

»Eh, manchma so n Bier unne Kippe, so nach Mittag, eh, da kannsde das ganze andre Zeug echt in Skat drücken.«

Irgendwo bei Sankt Petersburg lebte Perelman mit seiner Mutter in vielleicht genauso ärmlichen Verhältnissen völlig zurückgezogen. Interviews gab, Besuch empfing er nicht. Verwandtschaft vielleicht. Ob er sich noch mit Mathematik beschäftigte?

»Un du, Oliver, hast Mathematik studiert?«

Olivers Augenbrauen zuckten.

»Un schreibst grade ne Doktorarbeit?«

Er nickte.

»Un hast keene Freundin? Oli?«

Er schüttelte den Kopf.

»Oli«, wiederholte sie un zog an der Zigarette. »Mussde mir nich erzähln. Bin ja nu nich gerade ne Vertrauensperson. Für dich. So was braucht Zeit. Ne Beziehung. Am Amfang isses entweder ganz leicht oder ganz schwer.«

»Am Amfang«, staunte er.

»… war das Am.« Sie prostete ihm zu. »Freiheit für Grönland! Nieder mit dem Packeis!« Sie tranken. »Aber das kammer«, sie drückte die in ihr aufsteigende Kohlensäure schicklich weg, »wo ooch nich mehr lange sagen. Das schmilzt ja alles.«

»Und du?«

»Was?«

»Hast du einen Freund? Wieder?«

»Nen festen? Naja, Tommi. Is aber im Moment ne Fernbeziehung. Nur platonisch. Mit Briefen un so …«

»Ach!«

»Naja, nich ganz freiwillig. Der sitzt grad grau off Tahiti.«

»Was?«

»Leinestraße. JVA.«

Oliver schüttelte den Kopf.

»Knast. Mit Krankenhaus. Wobei, weeß nich. Jetz schreibter mir grad nich mehr. Ich solltm ja nen neun Schreibblock und n paar Briefmarken schicken. Da hattich fürn Euro hier im Tausend-Dinge-Laden een gekooft, zwee Briefmarken besorgt un innen Umschlag gesteckt. Nur ham die doch jetz widder de Postwertzeichen erhöht, un ich hab das alte Dings da droffgehauen, also weeß ich nich ... Der hat sich jedenfalls nich widder gemeldet. Naja. Ich wern irgendwann ma widder schreiben. So schnell ändert sich den seine Adresse erst ma nich. Was hälsdn davon, wenn ich uns ma n Eimer mache?«

Oliver hatte keine Ahnung, was sie meinte.

Sie griff unter den Tisch nach einer Ölduftlampe. »Also das hier is was ganz Schickes. Das is so n Ha ...«, sie verschluckte sich, »... offkrümler, irgend ...«, klopfte gegen das Stövchen, sodass ihre Worte nicht zu verstehen waren, »... kannsde da rinschmeißen, kannsde in aller Ruhe deine Mischung machen. Hier verbrennts nämlich nich.«

»Was verbrennt nich?«

»Na«, sie fingerte in einer Sofaritze, »das Haschisch.« Strahlend hielt sie das durchsichtige Tütchen hoch.

»Ach so!«

»Sieht bissel grün aus, is aber gut.« Sie fummelte an der Tüte herum. »Jetz krieg ich, verdammt noch ma, die Scheißtüte nich off. Mensch, hab ich nen Dattrich.«

Oliver half.

»Danke. Davon nimmsde was un schmeißt das da rin.« Sie krümelte etwas von dem flachgepressten Täfelchen in das Schälchen, zündete das Teelicht darunter an. »Un der Rest wird von ganz alleene. Der wird nur warm un bröselt off. Mussde nur n bissel Geduld ham.« Sie beugte den Kopf darüber. »Un jetz Kerze aus, Tabak mit ranruscheln un«, sie holte unter dem Tisch ein kleines Metallteil hervor, »dis Pfeifchen stopfen.« Sie pulte mit dem kleinen Finger in dem Metallteil, pustete zweimal hindurch, rieb den rußigen Finger am Sofa ab. »Das Ding hier is von so ner Jugendstiltüre, also von ner Türklinke, un funktioniert als Pfeifenkopf, nur dass da n Sieb drinhängt un obendroff is das herrliche Zeug.« Sie streichelte das glänzende Messingteil, stopfte die Mischung hinein, legte den Pfeifenkopf vorsichtig auf den Tisch, brachte aus der Küche einen Eimer mit Wasser und eine unten abgeschnittene Anderthalb-Liter-Cola-Flasche. Das Metallteil passte perfekt in den Schraubverschluss der Flasche. »Hast du schonn ma geeimert?«

Kopfschütteln.

»Kiffst du?«

Kopfschütteln.

»Ab und zu?«

Kopfschütteln.

»Willsde überhaupt?« Sie nahm die Flasche mit dem Messingaufsatz zur Hand, drückte sie langsam ins Wasser. »Jetz wird sich n Feuer geasselt, möglichst das französische von BIC, anzünden – un Rock 'n' Roll.« Sie hielt die Flasche am kurzen Hals, zog sie langsam kreisend aus dem Wasser, sodass der darin entstehende Unterdruck den Rauch von der oben brennenden Tabakmischung einzog.

Die Plastikflasche füllte sich mit dichtem weißem Qualm. Kathrin drehte hastig den heißen Pfeifenkopf ab, zog die Flasche ganz aus dem Wasser, sog den halben Nebel ein, hielt ihm die Flasche hin. »Aber«, sagte sie vorsichtig im Falsett, »langsam. Nich, dasses dich«, sie hüstelte und winkte ab.

Er inhalierte den Rest der Wolke.

»Du hast …« Sie hustete, hustete immer mehr, setzte sich auf die Couch. Den Oberkörper fast auf ihren Oberschenkeln, bekam sie, das Gesicht ganz rot, kaum Luft.

Er wusste nicht, was das alles sollte. Vorgebeugt röchelnd stützte sie sich auf dem Glastisch ab. Wenn sie gleich auf dem Teppich strampeln würde, dachte Oliver, müsste er den Notarzt rufen beziehungsweise erst einmal Wiederbelebungsmaßnahmen einleiten. Vielleicht sollte das alles sein.

Als sie den Oberkörper und den Kopf wieder hochbekam, hatte sie Tränen in den Augen. »Hanf«, presste Kathrin ein Wort hervor, »mein Kampf.«

»Brauchst du was, Wasser?«

»Bier«, krächzte sie.

Er schob ihr die Flasche über den Tisch in die Hand.

Sie trank. Und das half. Sie richtete sich wieder auf, lächelte erschöpft, nahm das Sudoku-Heft vom Tisch.

In Olivers Gesicht breitete sich ein Grinsen aus. Die Wangen wurden schwer, die Augenlider. Sein Kopf nickte leicht nach vorn. Das Lächeln kehrte sich um, ging nach innen, streichelte und erleuchtete ihn. Ein Spiel von Schwere und Leichtigkeit, Klarheit und Verzerrung, das ihn schaukelte, wiegte, in dem er stieg und sank.

Es war dunkel geworden in der Stube. Die grünen und rötlichen Lämpchen in den Schränken mit Krimskrams verstärkten die schummrige Atmosphäre. Draußen dämmerte es.

Das bleiche, entrückte Gesicht seiner Mutter, die in dem Heft blätterte. Ein seltsam gepeinigtes, verlorenes Gesicht. Das erste Beisammensein. Nach achtundzwanzig Jahren. Was für eine bescheuerte Katastrophe von einem Leben. Abhängig von staatlichen Sozialleistungen, vom Steuergeld der anderen. Aber so viel sollte in einem reichen Land übrig sein für die Verweigerer, Unwilligen, Querulanten, die Abgehängten und Kaputten. Irgendwie kam sie hier durch. Ein erträgliches oder beschissenes Leben? Wer konnte das sagen? Er sicher nicht. Vielleicht war sie in diesem Viertel, in ihren Kreisen eine wichtige Person, hatte ein Talent für genau dieses Leben, hielt gerade sie hier einiges zusammen, kümmerte sich um den einen, blieb bei einer anderen in schweren Stunden, gab dem einen Mut, der anderen einen Schlafplatz. Vielleicht war das ja gar nicht vertan; vielleicht saßen in genau solchen Buden kleine Kifferbuddhas, selbstlose Heilige, Samariter, Dichter, Künstler und taten ihre guten Werke? Vielleicht war alles susy.

»Das war dir aber schonn klar, dass ich nich ganz normal bin.« Sie hüstelte. »Aber passt schon. Cuntewitz gefällt mir. Naja. Die Scheißgentrifizierung. Kannsde fast nichts machen. Manchma raste ich ooch aus. Das sin halt die Folgen von dem ganzen Wahnsinn und Metamphetaminkonsum. Is schonn manchma grauenerregend. Ja.«

Ihr Leben. Nicht sein Leben. Es gab keine Schuld. Keine Rechenschaft. Kathrin war so frei wie er. Er schüttelte den Kopf: Wie er hierhergekommen war – und jetzt so viel Frieden. Wie seit der Fahrt über den Bosporus nicht. Etwas wollte aus seinem Hals heraus: ein kleines Glucksen. Wie das aus ihm so herauspurzelte, kleine Schübe, die durch ihn gingen, wie sich das jetzt löste. Sein Bauch vibrierte. Er kicherte. Über Andi mit dem aufgerissenen Sack, Alek mit den Jeansfetzen in der Fresse, über die Verrenkungen des Lebens, diese ganze Hitze und Unwissenheit, wie aus Schmerz Glück wurde und umgekehrt und umgekehrt, immerzu. Die menschliche Komödie. Und er selbst darin eine kleine Welle, etwas Schaum, ein Spritzer. Die Trauer, das Glück, das Kommen, Vergehen, das Mitsein, die Freiheit durchdrangen ihn. Die Liebe. Vergebung. Bosporus. Die Möwen, das glitzernde Wasser. »Ohwowoh!« Oliver rieb sich das Gesicht, die Wangen, die Stirn, wischte sich mit dem Ärmel über die Augen, rieb sich die Brust, den Bauch. »Oitoitoitoi!«

»Komm doch ma n bisschen näher.«

Oliver drehte nur ein bisschen den Kopf. Sein Hals war trocken.

»Zu mir. Offs Sofa.«

Oliver griff nach seinem Bier und trank.

»Ich hab dich ja noch gar nich richtig angeschaut. Ich sehe nämlich derzeit nich so gut. Das is bei mir grade alles ziemlich verschleiert. Nich, was du jetz villei denkst. Ich hab vor paar Tagen meine Kontaktlinse gewechselt. Hier.« Sie zeigte sich mit dem rechten Zeigefinger auf das rechte Auge. »Hab ja immer nur eene drin. Un jetz hab ich mir ne neue reingemacht. Off der andern Seite.« Ihr linker Zeigefinger hielt aufs linke Auge.

»Warum nur eine?«

»Is billiger.«

»Klar.« Oliver schlug sich an die Stirn.

»Ich trag ja immer Monatslinsen. Einzeln. Die letzte hatte ich anderthalb Jahre drinne. Ich mach die ja nich raus. Ooch abends nich.«

»Wie bitte?«

»Ich schlaf mit den Dingern.«

»Das wäre vom Gebrauch her das Sechsunddreißigfache des Vorgesehenen.«

Kathrin machte eine wegwerfende Handbewegung. »Deswegen reicht mei Geld ooch immer. So mussde das sehen.«

»Ja, sehen!«

»War gar nich so einfach, das verkrustete Ding von der Pupille runterzupiepeln. Jetz kann sich das rechte erst ma erholen. Seitdem is aber mei Bild n bisschen verzogen. Deswegen wärs mir wirklich ganz lieb, du würdest n bisschen näher zu mir komm. Dass ich dich ma betrachten kann.«

»Mir is etwas schwummerig.«

»Mir ooch immer ne Weile, wenn ich ma wechsle. Aber mei Gehirn kriegt das ganz gut hin, dass ich dann widder scharf sehe. Denn normalerweise, wenn du die nich rausmachst ahmds, bildet sich da drunter so Sauerstoffmangel, rote Äderchen un so Kram. Was die ganzen Junkies haben. Bei mir aber nich.« Sie klopfte auf den Platz neben sich. »Jetz komm schon rüber.«

Oliver wollte aufstehen, knickte ein, fiel auf das linke Knie mit dem Gesicht haarscharf an der Killerkante vom Glastisch vorbei.

Kathrin reagierte mit reichlich Verzögerung, nickte ihm freundlich zu, als sein Herz sich schon wieder beruhigte. Er ging vorsichtig die zwei Meter zu ihr hinüber.

Kathrin sah ergriffen das Gesicht ihres Sohnes näher kommen. »Och, bist du n schöner Mann! Un studierst, schreibst deine Doktorarbeit. In Mathematik. Mensch, das zerruppt mich fast, dassde jetz hier bist. Ich muss glei heulen.« Sie beugte sich nach vorn, nahm die Flasche, trank einen Schluck.

Still saß er auf dem Sofa, das so durchgesessen war, dass sie beide in der Mitte zusammenrutschten. Die Furchen auf seiner Stirn verschwanden.

Kathrin weinte. »Komma her, mei Großer.«

Ihr Atem. Er rührte sich nicht.

»Bitte.« Sie umarmte Oliver, so gut das ging, nebeneinander auf dem Sofa.

Oliver wurde weich in ihren Armen. Leicht und schwer. Seine Arme hingen nach unten. Sie hielt ihn fest, ohne ihm über den Rücken zu streichen.

»Was«, Oliver tauchte langsam aus dem Marianengraben des Muttersofas auf, »wolltest du auf der Trauerfeier?«

»Ich, ich hatte gehofft, dass du dort bist. Ich«, sie rückte etwas ab, »wollte dir erklären«, sie schluckte, »warum ich dich nich behalten habe.«

Steif saßen sie auf dem Kanapee.

»Dein Vater hat mich nicht vergewaltigt.« Sie tastete nach dem Tabak und den Blättchen auf dem Tisch. »Ich wollte dort nich bleiben, in der DDR, sondern rüber, in die Freiheit. Ich wollte weg. Ausreisen. Das wär mit dir nicht gegang. Mit nem Kind hätt ichs mir wahrscheinlich anders überlegt. Denn damit hätten die mich niemals rausgelassen. Deswegen hab ich mich entschieden gegen dich.«

Er sah sie an mit offenem Mund.

»Un dann kam alles anders. Gabs das Land nich mehr. So schnell.« Endlich schaffte sie es, den Tabak zusammenzurollen. »Ich hab mich so geschämt.« Mit zittrigen Fingern leckte sie am Blättchen entlang. »Ich bin geblieben, aber zu dir zurück konnte ich nicht.« Das Feuerzeug kkrrrkte. Sie zog den Rauch ein und lehnte sich vorsichtig zurück.

18

In den Wochen nach dem Besuch bei seiner Mutter in Leipzig kam Oliver in eine neue Welt. Nicht als Maulwurf, der sich kurz aus der Erde geschaufelt hatte. Er war nicht blind. Er verließ die Höhle. Blinzelnd, vorsichtig. Das gleißende Licht wurde ein normales Licht, die Schärfe der Kontraste zeigte die Unterschiede der Dinge. Er sah nicht bloß Schatten, sondern die Dinge, die sie warfen. Er hatte endlich Boden unter den Füßen und nahm die Arbeit an der Riemannschen Vermutung mit frischen Kräften auf.

Von Neuem arbeitete er sich hinein ins Gestrüpp, durchs Geröll, an die Abgründe heran, schlug er sich herum mit Verwirrungen, Täuschungen, Blockaden und Unsinn. Ein genauso hohes wie breites und tiefes Chaos, wenn sich von dem zähen Unding überhaupt sagen ließ, wo hinten und vorn, oben und unten war und was wozu gehörte. Nicht einmal bei den Sackgassen und Holzwegen konnte er sicher sein. Alles hing einerseits unwägbar miteinander zusammen, stand sich andererseits schroff gegenüber.

Er lief nicht davon. Tag für Tag setzte er sich dem Zahlengemenge aus – und fluchte nicht, verfluchte weder sich noch die Seinen noch Riemann. Er nahm das alles auf mit Erstaunen und Demut wie ein Alexander von Humboldt auf Zetaurien. So wuchs seine Kraft.

Er änderte seine Ernährung, aß nach drei oder nach fünf Stunden, auch mal eine Avocado, einen Apfel, eine Banane zwischendurch beziehungsweise überhaupt, manchmal auch zwei ganze Tage lang kein Fleisch, kein Geflügel, keine Wurst; kaufte mehr ein, probierte mehr, lernte kochen, verzichtete nach einer Weile ganz auf Fertiggerichte und Dosen. Kochen entspannte ihn. Selbst die Katze kam ihm jetzt näher.

Ende Februar schrieb er Mochizuki nach Kyoto, bat höflich um Erläuterungen einzelner Punkte seines Lösungsansatzes. Erst antwortete der Japaner, wahrscheinlich geschmeichelt, dann, als Oliver genauer fragte und auf einige merkwürdige Aspekte in der umfangreichen Arbeit des geschätzten Kollegen hinwies, nicht mehr. Auch nicht auf das Angebot einer Zusammenarbeit. Genauso wenig auf den Vorschlag Olivers, ihn in Japan zu besuchen.

Im März schrieb er Dorfmeister, um ihm nach einem halben Jahr überhaupt erst einmal wieder ein Lebenszeichen zu geben, um sich mit ihm zu treffen, sich seiner Unterstützung zu versichern. Der fragte zurück, ob Oli noch trinke. Ab und zu ein bisschen, antwortete Oliver. Wenn er damit ganz und gar aufgehört habe, schrieb Dorfmeister, könne er sich einen trockenen Monat später wieder melden.

So kannte Oliver seinen Prof nicht. Sowieso trank er seit Leipzig kaum noch. Höchstens einmal, wenn er seiner Mutter eine Postkarte schrieb, ein flottes Sterni zum Gruß in die Ferne. Oder ein Glas Wein, wenn er am Wochenende in ein Restaurant ging. Jetzt ganz aufzuhören, war zwar übertrieben moralisch, andererseits aber auch nicht so schwer. Eigentlich sogar sinnvoll, wo er jedes Neuron brauchte. Und die besten Stunden des Tages. Er musste nicht nur ausgeruht sein, sondern auch die Helle des Tages nutzen, die Hoffnung des Geistes. Die Nachtarbeit war ihm in lebhaft schlechter Erinnerung.

Er änderte seinen Arbeitsrhythmus, ging zeitig zu Bett, stand früh auf, obwohl ihm das wochenlang schwerfiel. Jetzt weckte er die Teraschkowa. Gähnend kam sie in die Küche, wo er ihr die Schüssel füllte, und katzbuckelte. Er machte das Katzenklo, wischte das Bad und die Küche, duschte und hatte nach einem grünen Tee sein Gehirn so frisch hochgefahren und regelrecht gute Laune, dass er zwei Stunden nachdenken konnte bis zum ersten Kaffee und einem leichten Frühstück: einer Banane, einem Becher Fruchtquark oder Joghurt, manchmal einem gekochten Ei.

Wenn er wochenlang weiter auch nichts vorweisen konnte, so waren das doch glückliche Stunden den ganzen Vormittag über am Schreibtisch, Tag für Tag, obwohl scheinbar nichts passierte. Mittags aß er nun fast immer vegetarisch bei einem Inder in der Neustadt. Mittagsschläfchen. Zweiter Kaffee. Eine Runde um den Block. Danach setzte er sich wieder hin. Er wusste, dass das Maschinchen surrte, dass sich darin etwas zusammenwob, was er noch nicht verstand. Er vertraute seinem Gehirn, dass es locker wurde, durchlässig, aufnahmebereit wie ein Netz für unbekannte Wesen, die er, wie Can, hundertarmig in einem geräuschlosen Liebestanz umgarnen musste.

Mitte April meldete sich Oliver bei Dorfmeister, dass er zwar noch nicht bei Brennnesseltee angelangt, aber von Alkohol ganz weggekommen sei und sich gern mit ihm treffen würde.

Eine Stunde später antwortete der Professor, dass Oliver jetzt, wo er hoffentlich dauerhaft mit Saufen aufgehört habe, regelmäßig ins Fitnesscenter gehen solle. Wenn er das hinkriege, könne er sich noch einmal an ihn wenden.

Oliver lachte perplex auf und fluchte auf den alten Asketen. Bei den Studierenden war Dorfmeister ja verschrien als

Kauz und Menschenfeind, weil er in aller Frühe zumeist knochentröckene, manchmal aber auch ironisch böse, den meisten unverständliche Vorlesungen hielt und dabei gelegentlich über das Niveau der Studenten und selbst mancher Dozenten herzog. Das war vor Jahren der Grund gewesen, dass Oliver mit seiner Diplomarbeit zu ihm ging.

Lieber Siggi,
ich habe einiges durchgemacht und glaube, mittlerweile wirklich voranzukommen mit der RV. Trotzdem bleibt es eine der größten mathematischen Geisterbeschwörungen aller Zeiten, die meinem Kopf, vor allem aber meinem Alltagsverstand immer wieder gefährlich wird. Gespräche, wie einmal angedacht, könnten mir eine Stütze sein.
Mit freundlichen Grüßen, Oli

Lieber Oli,
wie der Moloch zischt und brodelt, kann ich mir fürchterlich gut vorstellen, jetzt, wo es dir offenbar ganz ernst damit ist. Hab vor deinem Kampf größte Hochachtung – was immer dabei herauskommt. In Anbetracht einerseits der geistigen Gefahren, die mir aus früherer Erfahrung noch bewusst sind, andererseits deiner labilen Konstitution, ist der Rat indessen absolut ernst gemeint und eine unverhandelbare Bedingung für meinen Beistand. Schreib dich in einem Fitnessstudio ein, nimm mindestens zweimal pro Woche an einem Kurs teil. Am besten, du hast die ersten Wochen einen Trainer für dich allein. Überwinde die Abscheu vor der körperlichen Anstrengung und dem Stumpfsinn. Wenn du

zwei Monate dabei bist, kannst du dich bei mir melden. Dann werde ich für dich da sein. Es handelt sich hier nicht um Schikane oder eine professorale Machtdemonstration. Das sind nicht meine Bedingungen, sondern die Anforderungen der Aufgabe. Demgegenüber sind die Abenteuer Harry Potters nur Kinderbücher. Du aber brauchst einen starken Körper, sonst landest du, selbst wenn du mathematisch vorankommst, unvermeidlich in der Klapse, woran ich als Betreuer keine Schuld tragen möchte.

Alles Gute, Siggi

Es war, wie vorhergesagt: erbärmlich und zum Kotzen. Die Leute im nächstgelegenen Fitnesscenter zwar nicht so schlimm wie gedacht; die interessierten sich nicht für andere. Aber die Animationsmucke gab Oliver jedes Mal den Rest.

Mit Kotzen immerhin kannte er sich aus von früher, als er mit dem einen und dem anderen verkrachten Gaußianer gesoffen hatte die ersten Semester in Bonn, Göttingen, Dresden. Nach dem Fitnessstudio allerdings schlief er fantastisch.

Bis von einem Tag auf den anderen die Bauarbeiten an seinem Haus begannen. Dabei war das Haus Anfang der Neunziger saniert worden. Jetzt sollten vorn Balkone, hinten ein Fahrstuhl an- und das Dachgeschoss ausgebaut werden. Das sei, hieß es von der Hausverwaltung, lange genug bekannt gewesen. Eine Umsetzwohnung, wie die meisten anderen Mieter sie genommen hätten, könnten sie ihm nicht mehr anbieten.

An manchen Tagen ging es mit dem Lärm. An anderen musste Oliver die Flucht ergreifen und ärgerte sich danach noch so sehr, dass er zwei Stunden keinen klaren Gedanken fassen konnte. Wenn die Bauarbeiten um sechzehn Uhr aufhörten, kam das Denken nicht mehr in Gang. Nur das Fitnessstudio konnte dann seine schlechte Laune vertreiben.

Aus Sturheit und nach Monaten auch aus Gewohnheit – mit dem göttlichen Gehör eines Srinivasa Ramanujan Iyengar und der pedantischen Zähigkeit eines Johann Gustav Hermes – setzte sich Oliver dieser irren Verknotung, Verflüssigung, Verdampfung der natürlichen Zahlen aus. Der Sommer kam. Wie ein pflichtbewusster Beamter ging er in seinen Zahlentempel. Langsam glaubte er daran, dass die Problematik seiner Gabe entsprach. Er entwickelte ein Empfinden der ihm mit der Aufgabe übertragenen Ehre, einen Sinn für seine Bestimmung. Ihm wurde klar, wie sehr er die Mathematik brauchte, wie Brot und Luft, Vater und Mutter. Er war all die Jahre so faul gewesen, so eingebildet und nachlässig mit seinem Talent. Hatte so selten seine Möglichkeiten ausgeschöpft und die Grenzen davon verschoben Stück für Stück. Die RV brauchte mehr Zeit und einen stärkeren Willen, als er sich hatte vorstellen können. Mehr Kraft, Disziplin und Beharrungsvermögen, als er bis noch vor einem halben Jahr aufbringen konnte, weil er sich selbst bekämpft und die Mathematik immer wieder von sich gestoßen hatte, weil er der Herkunft der Gabe misstraute, weil er sich selbst nicht liebte, weil er glaubte, sich bestrafen zu müssen. Jetzt hatte er diesen göttlichen Job bekommen und zu erledigen. Zumindest einen ordentlichen Beitrag zu leisten. Ein Job, der ihm bis in die Spitzen der Haare drang. Und die, dachte er und lächelte, waren alle gezählt.

Minuten später bekam er eine Nachricht von Ina. »Bin zurück. Möchte dich sehen und Valenteraschkowina abholen. Wie geht es dir?«

»Mir und Valenteraschkowina geht es gut. Kann ich sie, bitte, etwas länger bei mir haben? Treffen ginge derzeit nur im Fitnessstudio.«

»Hm … Hab mich noch nicht wieder in meinem Studio (für Frauen) angemeldet. Dann probier ich mal deins.«

Er freute sich. Zum ersten Mal glaubte er, jemandem erzählen zu können, was er machte, was ihm geschah, wie er sich hielt im Mahlstrom der komplexen Zahlen.

Ina schrieb sich für denselben Rücken-Kurs ein wie er. Zweimal die Woche. Danach saßen sie nebeneinander noch zwanzig Minuten auf dem Ergometer. Die Frage, was sie von ihm wollte, was sie an ihm fand, war vielleicht – er sah sie in den schwarzen Leggins, sah ihren schlanken Körper, die von kalifornischer Sonne gebräunten Schultern in dem ärmellosen Oberteil, die von der Anstrengung glänzende Haut – eine falsche Frage. »Was ist denn in der Stadt los? Warum zum Henker wird plötzlich überall in die letzten Lücken gebaut?«

»Plötzlich? Du liest schon ab und zu Zeitung?«

Er sah geradeaus.

»Flüchtlingskrise, Brexit, AfD sagt dir aber was? Trump?«

»Überall Gerüste vor den Häusern.«

»Naja, vor allem wegen der Krise der EU und all den Krisen drum herum fließt seit zehn Jahren weniger Geld in die Peripherie. Das staut sich im Kerngebiet, wirft aber, wegen der europäischen Niedrigzinspolitik, nichts ab auf den Konten. Und weil immer mehr Menschen in den großen Städten leben wollen, gibt es diesen Bauboom, steigen die Immobilienpreise so rasant. Zum Glück hab ich vor acht Jahren meine Wohnung gekauft.«

»Mir wärs egal, wo ich wohne.«

»Hauptsache, du hast deine Ruhe, nicht wahr?«

»Ich brauche nich viel.«

»Du brauchst mehr, als du denkst.«

Er sah sie skeptisch an und trat stur in die Pedale.

»Und ich brauche eine Habilitationsstelle.« Ina erzählte von ihren Bewerbungen an verschiedenen Universitäten und Forschungseinrichtungen unter anderem in der Schweiz. »Am CERN ist seit zwei Jahren eine Frau Generaldirektorin, Fabiola Gianotti. Die hat sich früher auch mit supersymmetrischen Teilchen beschäftigt.« Sie fuhr sich mit dem Handtuch über das Gesicht. »Für experimentelle Physikerinnen ist es ein bisschen leichter als für theoretische. Trotz Uhlenbeck. Der Frauenanteil am CERN liegt bei zwanzig Prozent.«

»Bist du für eine Frauenquote dort? Oder bei den Nobelpreisen?«

»Frauenphysiknobeltrostpreise?« Sie sah ihn beleidigt an. »Gianotti ist die erste Frau nach sechzehn Männern in Folge. Genauso ist das Verhältnis bei den Physiknobelpreisen. Ich sag dir, wofür ich bin: dass solche Zahlen bekannt werden. Für bessere Förderung von Frauen bin ich. Vor allem aber für die Ermutigung von jungen Frauen. Für gute Lehrer und Lehrerinnen, für gute Ausbildung bin ich. Oder glaubst du, Männer sind geeigneter für Physik oder Mathematik?«

Er schüttelte den Kopf. »Vielleicht wird die RV erst bewiesen, wenn völlig offen ist, ob eine Frau oder ein Mann einen Nobelpreis kriegt.«

»Nein, ich hoffe«, sie lachte, »der Beweis kommt schon bald.«

Tag für Tag ächzte Olivers Gehirn: ein – wie alles Natürliche – schwerfälliges Organ. Wozu es imstande war, würde sich zeigen. Weiter und weiter trieb er es in diese abstrakte, unbegangene Richtung, mit einer Unbarmherzigkeit, dass ihm nach wie vor manchmal übel wurde. Es war wie ein neuer Sport, für den es noch keine Muskeln, ein Tanz, für den es weder Schritte noch Musik gab. Eigentlich war es noch viel schlimmer: Oliver brauchte Gegenmuskeln, um die bekannten Muskeln, mit denen die Welt umfasst und verstanden wurde, außer Kraft zu setzen und den Blick zu öffnen auf eine andere Welt. Er musste im Bodenlosen schon einen Rhythmus finden. Wie eine Fledermaus, die immerzu das Echo des Unsinns empfing und sich dadurch in einer falschen Welt zu orientieren lernte im Flug hin zu einer neuen. Der Wahnsinn klingelte auch noch ab und zu. Aber das half ihm jetzt zusätzlich, sich vorzusehen mit seinen dünnbespannten Flügeln. Es war spekulative Mathematik, die er trieb, experimentelle Theologie, und jeden Tag wieder ein irrsinniger Kitzel Hunderter Ameisen und Käfer in seinem Schädel, von denen er ein brauchbares Dutzend einfangen, bestimmen und die er mit dem leichtesten Zaumzeug, also fast nur Spinnweben, vor seinen mathematischen Karren schirren musste. Die Stelle am Hinterkopf war eine Schleuse, an der es kalt hereinzog in sein Gehirn.

Oliver schwitzte. Im Fitnessstudio. Er brauchte mehr Sachen und eine Waschmaschine. »Die gibts doch auch bei eBay?«

»eBay-Kleinanzeigen«, korrigierte sie ihn auf dem Ergometer neben ihm.

»Könntest du mir mit deinem Auto beim Transport helfen?«

»So stark bist du nicht.«

»Wie?« Er wischte sich mit dem Handtuch die Stirn.

»Sind wir auch zusammen nicht.« Sie sah ihn lächelnd an. »Die Dinger sind hölleschwer. Die kriegen wir auch zu zweit nicht die Treppen zu dir hoch. Aber bei mir um die

Ecke gibts einen Laden, ein Türke, der die gebraucht verkauft, in die Wohnung bringt und anschließt, mit einem Jahr Garantie.«

»Gut.«

»Top- oder Frontlader?« Sie sah lächelnd zu ihm auf, als ob sie seine sexuellen Präferenzen erfragte.

Er hatte keine Ahnung.

Anfang Juli schrieb er Dorfmeister: »Wenn du glaubst, dass ich als Nächstes noch Harry Potter durchlese, hast du dich geschnitten. Gern würde ich dir aber zeigen, was sich am kritischen Nebelζtreifen so langsam abzeichnet und welche Operationen mir dort schon gelingen.«

Mit dem Professor verabredete er sich nicht im Fitnessstudio.

Dorfmeister fand Oli kräftiger, frischer und fast glücklich. Sie tranken Tee. Oliver kritzelte Gleichungen auf Papier, zeigte, erklärte. Dorfmeister hörte zu, fragte, kratzte sich am Hinterkopf: »Hievon wäre allerdings ein strenger Beweis zu wünschen.«

Oliver schrieb noch mehr darüber, darunter, daneben hier und da, Dorfmeister fragte, ganz einfache Sachen und ganz spezielle. Oliver nickte, schüttelte den Kopf, kritzelte, strich durch, brummte. Ihre zusammengezogenen Augenbrauen standen wie Dächer über ihren Nasenwurzeln. Oliver sah seltsame Dinge, Dorfmeister dunkle, unbeschreibliche Wolken. Oliver bedankte sich und ging so nachdenklich davon, wie Dorfmeister in seinem Büro zurückblieb.

Die Schinderei, die Unsicherheit wurde mit den Wochen nicht weniger. Aber Ina und Siggi leisteten ihm Beistand, etwas, das er so noch nie bekommen hatte. Was ihn dankbar machte, was ihm half. Auch Valenteraschkowina war wichtig.

Zu seinem neunundzwanzigsten Geburtstag lud er Ina in die Bach-Stuben ein.

Zwei Wochen später schrieb Vera, sie habe das Haus verkauft und ziehe nach Leipzig, wo Alexandra ihr drittes Kind erwarte. Es gebe noch drei Kisten mit Achims Dingen. Falls er das durchsehen wolle, solle er bald vorbeikommen.

Zuerst, am Vormittag, ärgerte er sich nur über Vera. Warum warf sie das Zeug nicht einfach weg und ließ ihn in Ruhe? Dann aber, am Nachmittag, nach einem anstrengenden Tag, nach zuletzt mehreren frustrierenden Tagen, erwischte es ihn. Die Bauarbeiter hämmerten im Haus. Der Waschmaschinenanschluss tropfte. Er musste in dem Laden anrufen. Er konnte schon so viele Gleichungen, Zahlen, Brücken, Verbindungen, Transformationen in der Luft halten, er war einem Durchbruch vielleicht so nahe wie noch nie. Aber an dem Nachmittag sackte er zusammen, als er noch einmal die Nachricht von Vera las. Die Katze kam und legte sich neben ihn auf den Tisch. Oliver weinte. Er versuchte nicht, sie zu streicheln. Zusammengesunken auf seinem Stuhl, konnte er gar nichts machen, als weinen.

Vielleicht wurde er jetzt krank: eine Erkältung oder mehr als eine Erkältung, eine Krankheit, von der man nicht genau wusste, was es war, woher es kam, etwas, das nicht wegging, nur schwach und unwillig machte, was sich auf ihn legte und lähmte. Der Anfang vom Ende. Vielleicht sollte er auf diese Weise scheitern. Nicht mathematisch, erwiesenermaßen, sondern vom Körper her. Eine Autoimmunschwäche. Ein psychosomatisches Versagen. Irgend so was, was erst, wenn alles vorbei war, wenn er die Riemannsche Vermutung und sie ihn vergessen hatte, in vier, fünf Jahren verschwinden würde.

Später schleppte er sich ins Fitnessstudio. »Ich schaff das nicht. Mit den Kisten«, sagte er leise zu Ina auf der Tretmaschine. »Ich dachte, ich hätte das abgeschlossen. Aber jetzt.« Immerhin konnte er sprechen.

»Du hast das ganze Rückentraining geschafft.«

»Ja.« Er trat mit geringer Belastung. »Aber ich kann jetzt nicht die Sachen von meinem Vater durchschauen. Vielleicht ist eine Mappe drin mit Fotos von mir als kleiner Junge, auf dem Fahrrad, im Garten bei meinen Großeltern. Oder Zeitungsartikel von einer Mathe-Olympiade. Oder nichts dergleichen. Vielleicht findet sich überhaupt kein Gedanke an mich unter seinen Sachen. Ich weiß gar nicht, was für Sachen. Ich kann das aber auch nicht einfach dort lassen. Egal, was ich mache. Es ist zu viel.« Olivers Stimme war ganz dünn. »Ich weiß, du fährst nicht gern Auto.« Er hörte auf zu treten, ließ den Kopf hängen.

»Wir fahren am Wochenende hin und nehmen das alles mit. Du schaust das irgendwann später einmal durch. Ich hab einen trocknen Keller. Da steht das gut.«

Kraftlos rutschte er vom Sitz.

Samstagvormittag, ein warmer Augusttag mit großen Wolken. Sie hatte einen weißen Citroën C5 und konnte nicht gut fahren. In der Stadt ging es noch, aber auf der Autobahn machte es ihn nervös, wie oft sie in den Rückspiegel schaute, wie schnell sie schon in leichten Kurven vom Gas ging. Sie fragte ihn nach seiner Kindheit. Er erzählte von der Wochenkrippe, dem Nabelbruch, dem Balkon. Das machte sie traurig, schien sie aber auch abzulenken, sodass sie etwas schneller fuhr und zumindest nicht mehr von sogar hupenden Lkws überholt wurde. Sie fragte nach Achim. Oliver erzählte von dessen Krankheit und dem telepathischen Erlebnis in Istanbul. Auf der Landstraße hinter Leipzig sagte sie, dass sie seinen Nabel später einmal küssen werde.

»Später?«

Sie nickte nur.

Nachdem er sich von dem Schreck erholt hatte, sprach er über das flache Land links und rechts, die renaturierten Tagebaue, die Völkerschlacht von 1813, Napoleon auf dem Rückweg von Russland, die Grande Armée, geschlagen, hunderttausend Soldaten und zehntausend Pferde tot auf den Feldern.

Benedikt mit zwei Kindern – das eine klammerte sich an den väterlichen Handballeroberschenkel, das Kleinere hielt der starke Mann leicht auf dem Arm – ließ sie herein, zeigte ihnen die Kisten im Keller, half beim Tragen, machte Kaffee. Sie unterhielten sich vor dem Bungalow über das Haus, die Leute, die es gekauft hatten, Leipzig, Dresden, das Wohnen in der Stadt, die teuren Mieten. Er gab ihnen einen Korb Äpfel mit. Die letzten aus diesem Garten, wie er sagte. Dunkel zogen sich die Wolken zusammen, als sie ins Auto stiegen.

Auf der A38 begann es zu regen. Eigentlich wollte er nur ruhig zurückfahren, die Kartons in ihren Keller tragen, nach Hause gehen, schlafen. Aber ruhig fahren konnte sie nicht.

Er fragte sie, warum sie Physik studiert habe.

Es blitzte und donnerte. Ein Lkw überholte sie. Eine Breitseite Wasser. Ina ging vom Gas, sodass ihre Oberkörper nach vorn kippten.

Der Regen platschte immer heftiger auf die Windschutzscheibe. »So was wie du in Istanbul hatte ich auch einmal.

Vor vielen Jahren.« Die Scheibenwischer auf Hochtouren. »Am Ende des Gymnasiums. Die Abschlussfahrt sollte nach London gehen. Am Tag davor wurde ich krank. Mir ging es so schlecht.« Sie zog auf die Mittelspur. »Als die losfuhren, hatte ich hohes Fieber, redete wirres Zeug, weckte damit meine Mutter, meinen jüngeren Bruder, mitten in der Nacht.«

Er bekam es mit der Angst zu tun, wie sie auf die Überholspur zog.

»Die standen neben dem Bett, als ich fantasierte: Der Bus! Der Bus! Die Brücke! Ben!«

Die Scheibe wildgewischt.

»Anderntags im Fernsehen die Bilder von der Katastrophe, dem Busunglück. Viertel nach zwei, stotterte meine Mutter.« Ina lief eine Träne die Wange entlang. »Meine ganze Klasse, mein Freund, die Klassenlehrerin, der Chemielehrer, der Fahrer. Sekundenschlaf. Gegen einen Brückenpfeiler. Um genau die Zeit, als ich gerufen hatte: Ben! Ben.«

Die Hand in der Tür verkrampft, kippte er nach vorn, als sie abrupt vom Gas ging, sich rechts einordnete, langsamer fuhr.

»Fünfundzwanzig Menschen.«

»Nein!«

Der Regen ließ nach.

»Und«, Oliver hielt den Kopf schräg, »wie erklärst du das?«

»Wie Telefon.«

»Wie was!?«

»Telefon.«

»Aber das sind elektromagnetische Wellen, die durch Leitungen oder drahtlos übertragen werden.«

Die Scheibenwischer beruhigten sich.

»Genau so ist das mit Telepathie. Da wird auch was übertragen. Ben oder jemand in dem Bus hat, als der gegen den Pfeiler knallte, ein starkes Signal gesendet, das ich in meinem besonderen Zustand empfing. Im Fieber. Bislang kennt die Wissenschaft diese Wellen oder was das ist nicht. Aber da sind sie.«

Er sah sie nachdenklich an.

»So viele Dinge übersteigen unsere Kenntnisse. Quantenmechanik. Spukhafte Fernwirkungen. Es gab zwei Fragen, die ich mir damals hätte stellen können. Warum bin ich kurz davor so krank geworden? Oder: Wie konnte ich diese Stimme hören?« Sie fuhr ganz ruhig. »Die erste Frage hätte mich ganz in den Glauben geführt und das Fragen sein lassen. Das wollte ich nicht. Also habe ich mich für die zweite entschieden und Physik studiert.«

Sie ließ sich anblicken, die rechte Hand am Steuer, den linken Ellbogen am Fenster.

Ihre glatte Stirn, ihre Nase. Ihr halblanges braunes Haar. Sie war eine schöne, tiefe Frau.

Sie fuhren über die Elbe. Keine einzige Wolke mehr in Dresden. Blauer Himmel. Sonne.

»Deswegen …«, Oliver nickte, »SuSy.« Er ließ die Scheibe hinunter und atmete die frische, warme Stadt.

»Bei deiner Zeta-Funktion muss es solche Verbindungen auch geben.« Ihre rechte Hand berührte seine Hand. Sie sah ihn kurz an, als wollte sie sagen: Und bei uns.

19

Der trockenste Sommer, seit in Deutschland das Wetter aufgezeichnet wurde, ging vorbei. 2018. Die Elbe so niedrig und schmal, dass die Leute mancherorts durchlaufen konnten, wovor die Behörden warnten. Der Herbst weiter erstaunlich sonnig und warm. Die Bauarbeiten an Olivers Haus zogen sich hin. Es gab, wie Ina sagte, nicht genug Handwerker in Dresden. Beim Durchbruch für die neue Balkontür hatte eine Steckdose umgesetzt werden müssen. Dafür war an einer anderen Stelle über den Dielen die Wand mehr als großzügig aufgehackt worden für den Elektriker. Der nicht kam, zu viel zu tun oder die Sache vergessen hatte. Zwei Wochen sah Oliver sich das an. Dann kaufte er Werkzeug und begann, das Loch zu vertiefen, zu verbreitern, halb fußballgroß, über mehrere Nachmittage hinweg. Immer wieder wischte er alles sauber, die Wand, das Loch, die Dielen, breitete eine dicke Decke aus, lag Probe, hämmerte, meißelte, pochte weiter, kratzte störende Stellen weg, bis sein Schädel genau und angenehm hineinpasste mit einem Abstand von wenigen Millimetern.

Ein Helm aus Ziegelsteinen und Mörtel, eine Gemäuerkappe, die ihn mit dem Boden und dem Gestein der Stadt verband, mit Sachsen, dem Elbsandsteingebirge, dem Vaterland, der Muttererde, Europa, den Kontinentalplatten und allem Fels der Welt. Er schob seinen Kopf bis über die Stirn hinein in die Wand, die lockigen Haare als Dämmstoff. Alsbald fing es an zu fließen: Gedanken, Bilder, Fusionen, Diffusionen,

Visionen. Ein umgekehrter Computertomograf: nicht Gehirnströme auf einen Bildschirm, sondern Offenbarungen in ihn hinein. Nicht die Klaustrophobie, die die meisten Menschen in der CT-Röhre packte, sondern Klaustrophilie als Verbindung, Verschmelzung von Geist und Gestein, Ober- und Unterwelt. So lag er auf den Dielen, auf einer Yoga-Matte, die er gekauft hatte, zugedeckt. Kein Denken oder Wollen, sondern Sehen und Empfangen. Ein mithörendes Atmen. Es ging um Konzentration und das Zurücklassen der Konzentration. Um Erleuchtung. Ein Strömen und Saugen, Sausen und Brausen, das sein Gehirn von hinten in die Höhe zog wie eine zähe, elastische Masse. Sodass sich sein Schädel in einen gigerschen Alien-Kopf verformte, stromlinienförmig, augenlos, und sich die Schleuse öffnete. Zeit spielte dabei keine Rolle. Wenn die Bilder zu fließen begannen, mochten das Sekunden oder Minuten sein. Länger hielt er es gar nicht aus. Es war kein Glück, was er dabei empfand, keine Ruhe. Er hätte gar nicht sagen können, was es war. Dieses Dichte. Selbst wenn er nur an die Schädelstätte dachte, kribbelte es ihm in den Fußsohlen, als ob er gewarnt sein sollte. Es herrschten in dieser Schwebe seltsame Kräfte. Und immer pochte danach die Stelle an seinem Hinterkopf, wo er auf den Stein geschlagen war, pochte, ohne zu schmerzen.

Durch diesen Helm geschützt, ging Oliver in seinen Sirenengesang. Das Loch in der Mauer wurde seine Steckdose, seine Energiequelle und so wichtig für seine Arbeit, dass er es verdeckte mit einem Stück Pappe und davor einem Blumentopf – und einen Meter daneben ein Ersatzloch in die Wand schlug, falls der Elektriker doch noch kam.

Die Riemannsche Zeta-Funktion gebärdete sich weiter wie eine Höllenbestie, gerade jetzt, da Oliver ihr schon einige

Köpfe abgehauen hatte. Er kannte Nullstellenbereiche, die vor ihm wohl niemand so gesehen und in einen Zusammenhang gebracht hatte. Er umschiffte Strudel, die sein hölzernes Schiff früher in den Abgrund gezogen hatten, segelte vorbei an irren Topologien und arithmetischen Protuberanzen. Er wusste nun, wie er da und dort anpacken, drücken, zukneifen musste.

Seinen festen Arbeitsrhythmus brachten auch die Arbeiter frühmorgens kaum durcheinander, wenn sie einmal wieder auf der Baustelle vorbeischauten. Dann fuhr er zu Ina, die in Chemnitz am Institut für Physik eine Assistentenstelle bekommen hatte und fast täglich pendelte mit dem Flixbus oder der Regionalbahn, die allerdings auf der achtzig Kilometer langen Strecke neunzehn Mal hielt. Ina hatte ihm in ihrer Hundertvierzig-Quadratmeter-Wohnung ein Arbeitszimmer eingerichtet.

Wie leicht er jetzt morgens aufstand. Wie er die Lungen vollpumpte mit frischer Welt. Wie gut und zuversichtlich er manchmal auch von sich selbst denken konnte. Und wenn die alten Schmerzen doch einmal wiederkamen, ihn runterzogen, wenn er schlecht gegessen hatte und die Verbitterung aufstieg bei dem Gedanken, wie lange er gelitten, wie viel Zeit er verloren hatte, dann fuhr er ins Fitnessstudio, ging aufs Laufband oder den Stepper, danach in die Sauna und machte am nächsten Tag weiter.

Tag für Tag saß er an den Gleichungen, erweiterte, verwandelte, modifizierte das Denkgerüst, das die Nullstellen begreifen sollte. Manchmal verstand er sehr genau, was er da trieb. Manchmal aber auch gar nicht, experimentierte er nur herum, Intuitionen folgend, auf Autopilot oder völlig willkürlich. Manchmal ließ er sich von einer diffusen Eleganz, die er da und dort zu erkennen glaubte bei einer Operation, einer Ableitung, in eine Richtung lenken, von einem Gefühl für eine Symmetrie, einem Gespür für ein mögliches Ganzes, einem Wunsch nach Ordnung. Das führte hin und wieder zu verblüffenden Teilergebnissen oder in dunkle Sackgassen. Die Täuschungen und Enttäuschungen überwogen die Einsichten bei Weitem. Das Verständnis blieb ein kleiner schummriger Gang in einem Bergmassiv an Unverständnis.

Er hielt es für möglich, die Riemannsche Vermutung zu beweisen, ohne den eigenen Beweis verstehen zu können, was natürlich seltsam und gewissermaßen beleidigend gewesen wäre, aber vielleicht gar nicht so abwegig. Den Fluss sehen und den Fluss verstehen. Rebekka Wolf hatte ihm zuletzt auch einmal geschrieben. Dass sie nicht mehr für das Ministerium arbeite, dass sie »*zurück in der Wüste* ☺« sei.

Er musste auf seinen Verstand aufpassen, in dem er die Gleichungen wie Gift zusammenmischte, sodass die Zahlenwolken kondensierten. Das Gefäß, in dem die Zauberformeln zischten, war sein Gehirn. Verätzungen, kleine Verbrennungen konnte er nicht vermeiden. Er durfte sich nur nicht böse infizieren mit falscher Mathematik. Und immer wieder musste er sich die herkömmliche Mathematik und den Alltagsverstand austreiben, die den Blick in die neue Welt verstellten, obwohl sie unverzichtbar blieben bei seinem babylonischen Turmbau.

Dorfmeister, den er regelmäßig traf, erzählte von genialen Mathematikern, die ihre Seele dem Teufel verkauft hatten und der Gesellschaft verloren gegangen waren. Oliver zeigte Siggi die eine oder andere Denkfigur, erklärte ihm das verblüffende Gebaren einzelner Operationen, die Konsequenzen einzelner Schritte. Dann runzelten sie wieder die Stirnen. Das Beste, was sie manchmal tun konnten, war herzhaft zu lachen – »wie die Weasley-Brüder Fred und George. Lachen is Zahnseide fürs

Gehirn. Aber«, Dorfmeister füllte den Wasserkocher nach, »ma was andres. Die Verlängerung läuft in drei Monaten aus.«

»Das Jahr? Schon rum?«

»Sechs Jahre. Du hast doch schon einige fantastische Tierwesen gesehen. Das reicht allemal, wenn du ein paar von denen beschreibst und erklärst, wo sie zu finden sind.«

»Ich brauch noch Zeit. Ich kann mich jetzt nicht um die kleinen Sachen kümmern, wo ich so nah dran bin am ganz Großen.«

»Ja? Glaubst du?« Dorfmeister steckte einen Teebeutel in seine Tasse und goss das kochende Wasser auf.

Oliver biss sich auf die Lippen. Er hätte das nicht sagen sollen, sagen dürfen. »Verflixt! Siggi! Ein halbes Jahr noch.«

»Ich sprech mit Wenzelbrunn. Promotionsabschlussstipendium oder so was. Aber gib mir zwei, drei kleine Biester, die ich ihm zeigen kann.«

Über Weihnachten blieb er in Dresden, ging auf keinen Vorschlag Inas ein, etwas zu unternehmen, einen Ausflug nach Karlsbad oder vielleicht Görlitz. Die Einladung zum Nussbraten mit Kartoffelklößen und Rotkohl am ersten Weihnachtsfeiertag bei ihr zu Hause mit ihrem jüngeren Bruder und seiner Freundin nahm er an. Er stecke, bat er um Verständnis, so tief drin in der Arbeit, das ließe sich nicht abschalten. Nach drei Stunden verabschiedete er sich wie abgesprochen.

Über die Feiertage ruhten die Bauarbeiten komplett. Ärgerlicherweise aber hatte auch das Fitnessstudio einige Tage geschlossen. Silvester immerhin ging er mit Ina auf eine Party. Das war anstrengend, ganz ohne Alkohol. Da musste er stark sein, sich unterhalten, auch mit anderen Leuten. Er entschuldigte sich bei Ina, dass er nicht ganz da sei mit seinen Gedanken.

Sie sagte, sie habe auch genug zu tun mit ihrer Habil. Er solle sich entspannen.

Tatsächlich hatte er Angst vor dem Jahreswechsel. Vor Mitternacht wurde er immer nervöser, wie alle Paare zusammenstanden und die Leute die Sekunden herunterzählten bei geöffneten Fenstern, dem ganzen Geknalle von der Straße, dem Krach, dem Feuerwerk. Aber dann beugte er sich zu ihr, schloss die Augen und küsste sie. Auf den Mund. Immerhin. Aber wie umständlich, wie unbeholfen er sich anstellte! Wie rot er dabei wurde. Zwei vegane Löwen. Das war sogar noch komischer, als mit diesem Kindersekt anzustoßen.

Mitte Januar – er hatte tagelang wie im Rausch gearbeitet, hatte gesehen, so viel gesehen, erkannt, kombiniert, zusammengerückt, verbunden und auseinandergehalten; die Ideen schlugen immer dichter ein in einem bestimmten Gebiet des Riemannslands; die Eingebungen kamen nicht zu ihm, sondern gingen von ihm aus; er konnte sich mit seinen Gedanken regelrecht einschießen auf dieses verheißungsvolle Gelände, sodass die Zeta-Festung erbebte und der Eroberung so nahe war wie Oliver der Erleuchtung – stürzte er ab. Seine ganze Belagerungsmaschinerie, all die Armaturen, mit denen er sich über Monate festgebissen zu haben glaubte an den hohen Burgmauern, rutschten ab, waren doch nur angelehnt gewesen, fielen in sich zusammen, lagen am Boden und er darunter: kaputt, begraben, mit dem Sack auf dem Wanst.

Da half kein Gym, keine Sauna, keine Massage, kein Spaziergang durch die knochenkalte Stadt, wo die Planen an den überwinternden Baustellen im Wind gegen die Gerüste knallten. Ein kapitaler Denkfehler zerstörte all seine Hoffnungen. Er kam gar nicht aus dem Bett, bis die Katze auf ihn sprang.

Ina war auf einer Konferenz in der Schweiz, Dorfmeister übers Wochenende irgendwo auf einer Familienfeier.

So, wie die Konstruktionen der letzten Monate gekracht hatten, würde, wenn er noch ein bisschen weiterkratzte, auch der Rest einstürzen. Das wäre dann das Ende. Dann war es vorbei. Schluss. Aus. Im Sommer wurde er dreißig. Er würde niemals wieder so viel Kraft haben oder mobilisieren können. Vielleicht würde lange kein Mensch mehr mit solcher Kraft die Festung bestürmen.

Wahrlich, ich sage euch, er, er, er hätte jetzt wirklich den Hahn aufdrehen, sich einmal wieder richtig volllaufen lassen und, Herr im Himmel, das alles runter- und wegspülen können. War ja egal. Er konnte einpacken, die Hände falten, sich besaufen. Nicht halb tot, aber sturz. Wäre nur angemessen, nur zu verständlich – alles andere wäre regelrecht pervers gewesen. Die schönen Hoffnungen, der bissige Ehrgeiz: futsch! Ein furztrockener Haufen. Ein Brikett Kacke. Ein Klumpen Scheiße. Scheiße! Scheiße! Scheiße! Scheiße noch mal! Verfluchte Scheiße! Nur … warum stank das nicht?

20

Ein Fensterchen in der Tür ging erst nach mehrmaligem Klopfen auf. Ein Glatzkopf schaute ihn böse an. »Wer bisdn du?«

»Äh …«

Der Mann öffnete beide Fensterflügel. »Un was willsde hier mit so nem kurzn Namen, Äh?! Suchsde villei R-G-E-R?«

»Ich bin Oliver.«

»Hasde dich erinnert! Bist ja n richtscher Geistesblitz! Hier is n Oliver«, rief er nach hinten. »Soll ich den de Treppe runtergeleiten?«

Drinnen quietschte etwas, wahrscheinlich ein Bett, schlurften Schritte heran. »Gehe ma beiseite.«

Mit einer schwarzen Augenklappe, in einer erschreckenden Verfassung erschien Kathrins Kopf im Fenster. Oliver hielt zaghaft eine Einkaufstüte von Rewe hoch, sodass leise ein paar Bierflaschen erklangen.

»Moment. Warte. Ja?« Sie drehte sich um. »Un du machst hier jetz ma n bisschen Paletti. Hasde verstanden?«

Die Visage des Kerls erschien noch einmal finster in der Tür. Er musterte Oliver von oben bis unten, und schloss das Fenster.

»Wer issn das?«, hörte Oliver. Ansonsten Schritte, Geschepper, Toilettenspülungen. Fünf Minuten, in denen Oliver mehrmals den Kopf schüttelte über seine bescheuerte Idee, hierherzukommen, und über den blöden Gruß mit den klimpernden Flaschen. Aber einfach seinen Schreibtisch abzuräumen und Dorfmeister einen Brief zu schreiben, hatte er am Montag nach der Katastrophe nicht gekonnt. Immerhin hatte er sich nicht die Kante gegeben. Das war stark. Ganz stark. Etwas Medizin brauchte er aber schon.

Kathrin machte die Türe auf und ließ ihn herein. »Bin krank, äh, also …«, sie holte Luft, »krank«, nickte. »Aber freu mich. Schön.« Im Wohnzimmer schloss sie das Fenster. Die Heizung bezahlte wohl das Amt, so warm, wie es war. »Oliver – René, René – Oliver.« Sie setzte sich aufs Sofa.

Die Männer gaben sich die Hand. René zwinkerte. Trotz seiner furchteinflößenden Augenringe sah er jünger aus als Kathrin – und irgendwie südländisch.

»Feine Manieren hasde ja, meine Zuckerschnute. Aus dir hätte wirklich was werden können.« Er zwinkerte.

»Aus mir is doch was geworden. Wer hat schonn so nen Freund.« Müde bewegte sie die Hand, dass Oliver Platz nahm. »Un wer weeß, was noch kommt.«

»Un das is dei Sohn?«

»Sieht man doch an dem intelligenten Blick.«

René setzte sich Oliver gegenüber auf den Bürosessel – über dessen Lehne hing eine hellgrüne Kutte mit Kapuze; neben dem Sofa standen schwarze Armeestiefel mit roten Schnürsenkeln –, grinste, wobei er nicht nur ein unvollständiges, sondern stellenweise finster verfärbtes Gebiss entblößte. Das Zwinkern musste ein Tick sein.

»Danke für die Postkarten.«

Oliver nickte. »Du bist nicht ans Telefon gegangen.«

»Ging nich«, sagte Kathrin.

Oliver hielt den Beutel zwischen seinen Beinen auf, mit vier Flaschen Bier, einer Packung Tabak, Blättchen, Filter, zwei Fläschchen Orangensaft drin.

»Mensch! Hast du nen tollen Jungen. Darf ich?« René blickte erst Oliver, dann Kathrin an.

Oliver nickte. Sie bewegte nur die Augenlider.

René öffnete das Bier mit einem Feuerzeug. »Un du? Nich?«

Oliver schüttelte den Kopf.

René nahm einen großen Schluck, zeigte fragend auf den Tabak.

»Bitte«, sagte Oliver.

Kathrin atmete schwer aus. »Ooch! Ich bin noch nich widder fit. Ich gloob, ich mach mir erst ma ne Suppe.« Ächzend kam sie hoch und schaltete das Radio an. In der Küche flogen zwei Schranktüren auf und knallten wieder zu. »Noch jemand Champignoncremesuppe?«

»Nö.«

»Nein, danke.«

René rutschte auf dem Bürosessel nach vorn. »Um deine Mutter«, sagte er leise, »brauchsde dir keene Sorgen machen. N Organisationstalent vom Feinsten. Richtig fette Frontallappen. Die hatte innem Büro ja ma n Dutzend oder so Leute unter sich. Von der Sache her is die so was von fit. Aber ihr gehn halt immer widder de Gefühle durch. Dann schießt se sich raus un harzt ne Weile ab.«

»... gibt Möbelhäuser, die so groß sind, dass man sich leicht darin verläuft ...«

Kathrins Kopf erschien im Durchbruch. »Eh, quatschst du über mich oder was?«

»Nee, nee. Hab nur gefragt, obber ne Freundin hat. Eh, entspann dich ma.«

»Und es gibt Möbelhäuser ...«

»Eh, was issen das fürn Sender?«

Als Kathrin sich umdrehte, zwinkerte René Oliver zu.

»... jetzt zu besonders günstigen Einführungspreisen.«

Fünf Minuten später knallte die Suppenschüssel, »ha, ha heiß!«, auf den Glastisch, »aua!« Kathrin setzte sich erschöpft auf das leere Sofa, blies, schlürfte, löffelte, bis nichts mehr übrig war.

»Besser?«, fragte René.

»Ja.«

Oliver rutschte tiefer.

»Meine Schägge, ich weeß nich, was ich von dem Sender off Dauer halten soll. Das Gedudel un dazwischen der ganze Mist. Das könntmer doch jetz ma abdrehn.«

Kathrin schüttelte den Kopf, beugte sich nach dem Tabak vor, drehte sich ein dünnes Rettchen.

»Gehts widder, Schatz?«, fragte René fürsorglich.

»Och! Jetz nen schönen Kaffee!«

»Hast du?«, sprang René an.

»Nee.« Sie legte die Zigarette auf den Tisch.

»Mir ooch Conchita. Ich hab Bier.« Er trank die Flasche leer und rülpste.

»Eh, sach ma! Simmer hier in Gondwanaland oder was?« Kathrin schüttelte den Kopf und drehte sich Oliver zu. »Un was treibt dich um?« Sie überlegte. »Das is ja genau n Jahr her, dassde bei mir warst. Ich freue mich natürlich sehr. Hasde was offm Herzen?«

»Äh, ihr«, René griff unter seinem Sitz nach dem Hebel der Höhenverstellung und ließ sich nach oben liften, »ich denk, ich dreh ma ne Runde.«

»Wartsab.«

»Or, wow, wiede das grad gesacht hast: wartsab. Eh, das klang so geil!« Er zwinkerte ihr zu. »Whatsup?«

»Ja, sach«, wandte sie sich wieder Oliver zu, »kannsde ruhsch sagen. Mit René is alles roger.«

»Naja.« Oliver atmete aus und blickte schwer. »Ich hab grade nen viehischen mathematischen Schlamassel und hätte gern«, er stockte, »was geraucht.«

Kathrin brauchte drei Sekunden. »Klar. Wir ham nur gestern«, sie ächzte, mühte sich hoch, »och, Mensch, wirklich, die letzten Krümel, ega …« Sie stellte sich hinter René, hätschelte ihm den Hals. »Du hast nich noch irgendwo was stecken?«

»Eh, sach ma!«

»Schon gut«, wiegelte Oliver ab.

»Nee, nee. Is ja kee Ding. Da musst du, Oli, nur ma n Zwanni rausfalten, un René geht los.«

»Ja, natürlich.« Oliver griff in seinen Rucksack.

»Nu dlar, meine Sahneschnitte. Immer bereit.«

Sie tätschelte ihm die Glatze. »In zwanzsch Minuten bisde widder da. Nich dassde bei Roller klehm bleibst. Ja, meine Goldrute?«

Er schnürte sich die Stiefel, was dauerte. Oliver hielt ihm den Schein hin. René zog sich die Kutte über.

»Un bring Kaffee mit.«

»To go?«

»Nee, Nes. Un Milch.« Sie sah Oliver an.

Der gab noch zehn Euro.

René ging davon.

Kathrin fuhr sich mit der Hand über die Stirn und die Augenklappe und betrachtete Oliver. »Du kommst mir irgendwie kräftiger vor.«

»Was is mit deim Auge?«

»Entzündet.« Sie verzog den Mund. »Schonne ganze Weile.« Sie nahm die Schale vom Tisch. »Ich hol mir noch ma. Willsde jetz villei.«

Er nickte und ging mit in die Küche. Sie kratzte den Topf mit einem Löffel aus. Er schaffte es, eine Schüssel abzuspülen.

Sie löffelten im Wohnzimmer. Die Suppe tat beiden gut.

»Hab ich letztens ma sone Reportage gesehn. Über Fastfood un den ganzen Fraß. Die ham gezeigt, dass McDonalds oder so, wennde die Burger ne Weile stehen lässt, die vertrocknen bloß noch, die schimmeln nich mehr. Die schmeißde offen Müll, da bleim die so liegen. So viel Konservierungsstoffe sin da drin. Un wennde dich da nur davon ernährst, is ja klar, dassde dich dadurch schonn zu Lebzeiten mumifizierst.«

Oliver löffelte unbeirrt.

»Die ham festgestellt in Amerika, die Friedhöfe dort ... Also normalerweise, n Toter innem Sarg, der is in zwanzig, dreißig Jahren verrottet, zersetzt. Knochen. Aber heutzutage eben nich mehr.«

»Guten Appetit«, schniefte Oliver.

»Ich möchte ja am liebsten kompostiert werden. Schön innem Wald. Unter paar Bäumen. Das wäre herrlich. So käm ich am schnellsten zurück inn Kreislauf des Lebens. Aber villei bin ich längst Sondermüll un wachsen da lauter Magic Mushrooms um mich rum.«

»... Radio Leipzig holt die Stars in die Stadt ...«

»Glückspilze. Naja. Solange die nachts nich leuchten. Wer weeß ...« Sie nahm die Schüsseln und trug sie in die Küche.

René polterte herein, gab Kathrin in der Küche einen Kuss, packte die Tüte aus: Instant-Kaffee, Milch, Spaghetti, zwei Thunfischbüchsen, drei Sternburg. »Fuffzsch Cent hab ich dem Penner vorm Rewe hingeworfen, fallser euch fragt, wos Restgeld is.«

René schmiss die Jacke über den Bürosessel, setzte sich. »Der Roller sieht ooch immer schlechter aus, seider in dem

Stuhl rumkurvt. So langsam«, er zog die Armeestiefel aus, »machter sich echt Sorgen. Sachter. Dass das nich mehr besser wird.«

»Aber wehe, wehe, wehe, wenn ich off das Ende sehe.« Kathrin räumte die Lebensmittel ein.

»Der hat sich ja ooch nich geschont. Wenn ich manchma munter geworden bin un hatte nen richtschen Klappermann, da wusste ich, ich konnte dort hingehn un kriegte nen Bier undn Kräuter, um offde Füße zu komm. Da saßen manchma Typen in den seiner Bude.« René schniebte. »N nächsten Tach bisde widder gekomm, da saßen die immer noch un ham gesoffen un geballert.«

»Ich habm schonn vor ner Weile gesacht, er soll ma ne Patientenverfügung machen.« Sie setzte sich wieder aufs Sofa.

»Eh, du bist ooch brutal.« Endlich hatte er die Stiefel runter.

»Is doch so. Am Ende hängsde noch an so nem Gerät, so lange, wie das eben läuft.«

»Na, ich«, er kramte in seiner Hosentasche und warf ein Tütchen und einen Zettel auf den Glastisch, »upps, mach uns ma was.« Er faltete das Papier auseinander. »Das hat Svenja für dich bei Roller gelassen.«

Kathrin sah ihn fragend an.

»Ne Einladung.« Er hielt ihr das Blättchen hin. »Hochzeit.«

»Or, nee, nich schon wieder.« Sie zog ein Gesicht und überflog die Zeilen in einer schönen Handschrift.

»Lies vor.«

»Kathrin, als Blumenmädchen bist du herzlichst eingeladen zu unserer Hochzeit kommenden Samstag. Wir treffen uns etwa 12 Uhr vor dem Netto. Das Darauffolgende wirst du dann sehen. Komm in üblicher Bekleidung. Wir freuen uns auf dich. ♥ Svenja & Steini – Bitte keine Hunde.«

René schaute von seinen Vorbereitungen auf zu Oliver. »Punkerhochzeit. Feine Sache.«

»Da wird mir glei widder schlecht. In der Kälte.«

»Für wie lange ist so eine Ehe?«, fragte Oliver. »Gedacht.«

»Solanges halt Spaß macht«, antwortete René.

Oliver sah, wie er die Blättchen zusammenklebte. »Kein Eimer?«

Kathrin schüttelte den Kopf. »Das Pfeifchen is kaputtgegangen.«

René mischte Marihuana in den Tabak auf dem ausliegenden Blättchen, drehte alles zusammen mit einem Mundstück aus Pappe. »Hab ich das nich fein hingekriegt mit mein Gynäkologenfingern?« Er stand auf, schaltete das Radio ab, »puh!«, setzte sich wieder auf den quietschenden Bürosessel, zündete den Joint an, nahm zwei Züge, »s gibt aber ooch andre Hochzeiten ab und zu. Die dafür gedacht sind, dasse halten – sollen«, gab ihn weiter an Oliver.

Oliver zog.

»Off so eener warn wir grade. Jetz am Samstag. In Rochlitz. Da hat n Freund von uns, der vor zwee Jahrn dort hingezogen is, jetz richtsch geheiratet mit dem ganzen Scheiß. Eine Party! Wir ham in dem Nest dort die Kneipe gerockt.« Er schüttelte begeistert den Kopf. »Wir hatten vorher Lieder für die eingesung. Die Soundspur ausm Netz runtergeladen un dann droffgesung. So, geil! Also teilweise Lieder umgemünzt mit neun Texten. Ne ganze CD. Ja, CD. Kreuzberger Nächte umgemünzt in Burgstraße, wo die jetz wohn, also Burgstraßennächte. Un dann ging dort eine Polonaise ab. Da floch die Türe off von der Kneipe, bschh!, eine übelste Polonaise raus, über den Markt dort von der Kleenstadt, bschh!, alle widder rinn, eh, wenn da jemand dort ausm Fenster gekuckt hat«, René lachte, »eh, Burgstraßennächte sin lang, dim de dim. So, geil! Un wir da bei Freunden von dem Kumpel einquartiert drei Nester weiter.« Er blickte zu Kathrin. Die rauchte. »Jedenfalls gibts dort so nen Taxifahrer. Der heeßt Fifty Cent. Der macht so Schwarztaxi. Der nimmt fuffzsch Cent fürn Kilometer.« René lachte.

In Olivers Mund kratzte der Qualm, während in seinem Hinterkopf ein Hämmerchen zu schlagen begann: dige dige dig. Ein klein wenig schlecht wurde ihm. Er griff nach einem Fläschchen Orangensaft. Digedigedig.

»Um zweee war der bestellt«, sagte Kathrin.

»Der kam ooch um die Zeit. Die Jungs ham gesagt, eh, Fifty, warte ma kurz, wir müssen noch was trinken un blalala. Un hamn ne Cola hingestellt un drei Salzstangen. Da hat der zweenhalb Stunden off uns gewartet, Alter!« René zerfetzte sich fast. »Un dann solltn wir nur fünf Euro fuffzsch bezahln. Da ham wir jeder nen Fünfer gegehm, Alter. Die arme Sau. Un der bringt, sachten die, manchma ooch seine Freundin mit. Un wenn dann welche zu viel sin, da sagt der: kee Problem, meine Freundin geht inn Kofferraum, Alter, ehrlich, zack! Da steigt die Alte aus un verschwindet in dem sein Kofferraum. Der absolute Hit. Ich frach mich, wie sich das dreht, das Geschäft. Abers scheint zu gehen. Der hatte ma«, beruhigte sich René, »ne Weile Pause, sachten die uns dort. Da ham den richtsche, also reguläre Taxifahrer bestellt, irgendwohin, un dann verdroschen.«

Digedigedigedigedigdigedig.

»Naja, der drückt ja die Preise, eh, überleg ma. Das is ja Wahnsinn. Fuffzsch Cent. Fährt der die Leute. Un wartet ooch noch. Da hat der dann drei, vier Monate nix gemacht. Bisser irgendwann wahrscheinlich widder Kohle brauchte oder was. Weeß nicht. Keene Ahnung.«

»Die überlegen dort …«, sagte Kathrin.

»Ja, manche wollen schonn ihr Auto verkoofen un mit Fifty off Arbeit fahrn. Also der hat uns heemgebracht nach der Party. In das Haus. Wir ham uns bedankt. Die Leute, also die Freunde von unserm Kumpel, warn entweder noch off der Party. Oder schliefen schonn. Ich Kathrin reingeschleppt, unten hingelegt derweile un …«

»Du kannst mich ma derweile.« Sie zog.

»Och, dachte ich, jetz hat die ihre Stiefel noch an. Schnürstiefel! Die kann ich ja nich mit Schnürstiefeln ins Bette haun bei fremden Leuten. Da hab ich in der Bude dort noch rumgesucht nach ner Schere. Un hab ooch eene gefunden un die Dinger durchgeschnitten.«

»Meine Schnürsenkel, du Arschloch!«

Oliver lachte, er war ein Baum und das Lachen ein Feuer, das an ihm hochkroch, am Stamm, das daran leckte und höherstieg, das ihn anfraß und kitzelte, ihm aber nichts antun konnte, wie es immer höher über die Äste in die Zweige züngelte, die Nadeln verbrannte, die Zweige. Das Lachen schüttelte ihn, der ganze Baum wackelte, aber er konnte nicht verbrennen, das ging über ihn hinweg wie ein Steppenbrand, ein fruchtbares Feuer, das die alten Tannenzapfen am Boden und an den Zweigen röstete, erst dadurch würden sie nach Jahren aufplatzen und den Keim freigeben, erst durch das Feuer konnte da und dort ein neuer Baum wachsen, ein Feuerbad, das ihn schwarz machte, sein Äußeres, eine Weile, kaum auszuhalten in dem Moment, digedigedig, das Feuer, wie es loderte, digedigedig, innen festmachte, alles an den richtigen Platz rückte, und das Erinnern, die Zahlen, das Vergessen, die

Gleichungen, diese Wellen, diese Vibrationen heilte, die Rechnungen, dige dige dige dig. Eine starke Kiefer war er. Ja. Ja. Das half. Ina half, Dorfmeister, Valenteraschkowina, kein Alkohol, das Gym, seine Mutter halfen. Er war raus aus dem Teufelskreis. Er war Oliver Seuß. Er musste nicht alles wegschmeißen und sich selbst hinterher. Ein Drittel, vielleicht die Hälfte von dem, was er gedacht hatte, war zweifellos brauchbar. Damit konnte er Professor werden. Er musste nur vernünftig sein. Sich besaufen und ruinieren konnten andere.

»Naja, musst ich ja, Alter. Ich hab das doch anders gar nich mehr hingekriegt. Ich war ja ooch besoffen. Fifty hat ja so lange gewartet off uns.«

»Der Idiot.«

»Jedenfalls hatte da jemand für das Büfett in der Kneipe nen Nudelsalat mitgebracht, mit so viel Knoblauch un Zeug, das ging mir schon off n Sack, wie ich da nur dran vorbeigeloofen bin. Un jeder Zweete, mit demde geredet hast, der hatte den Kno-, weeßde, der hat das so offgestoßen, wenn die Bier saufen un dann brähh, so, ich dachte, alter Falter! Un Kathrin ooch! Un als endlich der ihre Schuhe runter warn, hab ich die erst ma ins Neste verfrachtet, noch irgendwas gesucht, rumgerannt. Komme widder, is dort ein Kotzberg in dem Bett. Äh … Darf ich das«, er wandte sich zärtlich verlegen Kathrin zu, »überhaupt erzähln?«

»Nö. Äh? Eigentlich nich.«

»Nö, ach so, hm.«

»Ich hatte aber vorher nach nem Eimer gerufen.«

»Ach, ja, deswegen bin ich dort rumgerannt, wegen dem Scheißeimer. Ja!« René lachte. »Hab aber keen gefunden.

»Deine Schuld.«

»War das übel! Ich hab nich dort geschlafen.«

»Ich hab gar nichts davon mitgekriegt. Ooch nich, dass du das weggeräumt hast. Das ging mir erst später so nach un nach off am nächsten Tach.«

»Musstich ja. In der fremden Bude. Ein Haufen. Ich wusste gar nich, dass so viel in dein Wanst passt.«

»Ja, ich hatte viel gegessen. Ich gloob, ich werd erst ma ne Weile offhörn mit …«

»Knoblauch«, sagte René.

Kathrin lachte, stand auf und ging in die Küche.

René atmete durch. »Zum Glück isses nich bei Fifty im Auto passiert. Überleg ma: Der kutscht dich für fünf Euro fuffzsch in der Nacht durch de Kante, un dann kotzdm noch de Karre voll.«

Oliver saß breit in seinem Grinsen.

Kathrin füllte den Wasserkocher, spülte drei Tassen, brachte zwei und noch einen Kaffee und die Packung Milch.

»Manchma isses richtig geil«, sagte René und blies über seine Tasse. »Wie früher. Gondwana.«

»Ja nee«, sagte Kathrin und schlürfte etwas Kaffee ab.

Eine halbe Stunde später verabschiedete sich Oliver. Sie umarmten sich. Oliver und Kathrin. Oliver und René. Nur René sagte etwas.

21

Drei Wochen später, an einem Dienstag im Februar, schlug er einen Nagel in den Himmel der Mathematik, der hielt. Dort, wo vorher nur Wust gewesen war. Auf einmal gab es einen Himmel, breitete der sich – bamm! – aus über einer Erde. War das da. Bamm! Und dieses Dasein, was sich mit einem Schlag aufspannte, was über ihn zog wie das Wort Gottes, war so überzeugend, dass Oliver wusste, dass er die Riemannsche Vermutung oder mindestens einen zentralen Teil davon, bewiesen hatte, selbst wenn er es noch nicht genau verstand. An diesem Himmel hing alles dran: die Erde, das Wasser, das Licht, der Tag und die Nacht. Und alles andere würde kommen, sich ergeben, war damit auch da. Das wusste Oliver gleich. Halb elf am Vormittag. Absolut sprachlos, ergriffen, ehrfürchtig. Omnibus ex nihilo.

Omnibus ex nihilo ducendis sufficit unum. Leibniz. Um alles aus dem Nichts zu führen, genügt Eines. Dorfmeisters Teetasse. Ina würde er es sagen. Sobald er es selbst glauben konnte.

Noch immer war er über- und überwältigt.

Das hatte sich zwar alles angekündigt, hatte schon manchmal verlockend täuschend hervorgeblinzelt. Aber jetzt war es da. Erschienen. Nicht mehr verborgen, sondern offenbar. Wie es im Matthäusevangelium stand. Inas Gesicht würde sich verziehen, im Zweifel, ob er nicht böse scherzte oder verrückt geworden sei. Es würde dauern, bis sie den Beweis verstand und sich dieser Freude hingeben konnte.

Seine Knie so weich. Aufstehen ging nicht. Er sah nach Valenteraschkowina. Majestätisch saß sie am Fenster, den Schwanz um sich herumgelegt, eine ägyptische Gottheit. Sie sah Oliver an und schlug die Augenlider kurz nieder zum Zeichen ihrer universalen Einsicht: Sternstunde. Alles klar. Hab keine Angst.

Siggi würde er es erklären. Aber der würde nicht alles verstehen, nicht die zwei, drei völlig neuartigen Punkte. Die noch niemand gedacht hatte, noch niemand zusammen hatte denken können. Donati-Krenn würde es nach zwei, drei Wochen vielleicht verstehen. Der würde dazu etwas sagen können. Und Peter Scholze, mit dem er schon längst wieder in Verbindung hätte treten sollen, obwohl der sich nach der Fields-Medaille vor Mathematikern, Wissenschaftlern, Menschen, die zu ihm Kontakt aufnehmen wollten, sicherlich nicht retten konnte. Scholze war ja nur anderthalb Jahre älter. Sie kannten sich. Von einer Mathematik-Olympiade, einer deutschen, nicht der internationalen. Das hatte sich nicht ergeben, dass sie gemeinsam bei einer IMO antraten; da war immer was dazwischengekommen. Bei ihm. Oliver. Die Mathematik würde blühen in Deutschland mit ihm und Scholze. Siggi würde sicherlich weiter dazu raten, erst einmal ein paar Teile des Beweises als Promotion einzureichen. Hah! Der Beweis der Riemannschen Vermutung mal eben als Doktorarbeit. Was hatte er sich da vorgenommen im März 2013, vor sechs Jahren?! Dorfmeister war verrückt gewesen, das zu betreuen. Der musste zu der Zeit gerade im Harry-Potter-Fieber gewesen sein. Wahrscheinlich war es wirklich sinnvoll, zwei, drei Elemente seines Beweises zeitnah bei der Fakultät einzureichen, den ganzen Beweis indessen als Anhang zu bringen, auf fünfzig Seiten, gekürzt und noch etwas eleganter vielleicht auf vierzig Seiten. Als Anhang ohne Erläuterungen. Denn die mochten leicht noch einmal fünfzig schwierige Seiten ausmachen. Dann war der Beweis draußen in der Welt. Und die Fachwelt konnte sich darauf stürzen. Sobald einige Meister des Fachs ihm recht gegeben, sobald sie seinen Beweis verstanden und anerkannt haben würden, ginge auch bei ihm das große An-die-Türe-Klopfen los. Vielleicht könnte er sich einmal mit Perelman treffen. Mit ihm spazieren gehen und an einem Tisch sitzen irgendwo bei Sankt Petersburg. Er würde Rebekka Wolf anrufen. Nach Ina, nach Siggi. Sie würde erst recht ungläubig sein. Natürlich. Er würde sich bei ihr bedanken. Sie hatte ihm doch zuletzt einmal geschrieben. War sie nicht gerade arbeitslos, in einer Sinnkrise? Vielleicht könnte sie ihn beraten? Vielleicht sollte er jetzt nach Sils Maria fahren? Um von dort aus die Nachricht sich verbreiten lassen über die ganze Welt, dass die Riemannsche Vermutung nunmehr bewiesen sei. Den Beweis musste Rebekka Wolf nicht verstehen, den Fluss. Aber sehen. Und das Marketing lenken. Von Borna nach Sils Maria. Aus dem Leipziger Tiefland in die Schweizer Alpen. Aus Zwiebelborne, wo er im Kreiskrankenhaus geboren war im letzten Sommer der DDR, ins Oberengadin. So konnte sie vielleicht für Aufsehen sorgen. Das könnte er mit sich machen lassen. Für die Mathematik. Für den verrückten Raum und Ruhm. Denn bislang war Borna nur wegen eines tödlichen Pferdevirus in der Welt bekannt. Aber wenn ihm weiter so der Kamm schwoll, würde er statt Ina schließlich doch noch ein Pferd umarmen wie Nietzsche in Turin. Andererseits: Warum sollte er diesen Moment nicht genießen? Da hatte Valenteraschkowina recht. Er zwinkerte der Katze zu. Er konnte jetzt etwas zurückgeben. Er, Oliver Seuß, konnte die Welt mit der

Mathematik versöhnen, vor der die Menschheit Angst bekommen hatte, wie zu anderen Zeiten vor der Astronomie, der Chemie, Atomphysik, Genetik und den durch sie ermöglichten Techniken. Jetzt, seit die Menschen von den Algorithmen wussten, die ihre Kommunikation mit der Welt beeinflussten, hatten sie Angst vor der Mathematik. Er konnte vielleicht für das Gute sprechen. Gegen Dieselmotoren, fossile Brennstoffe. Er würde Zeit haben, wenn er seine Doktorarbeit vollendet hatte und darauf wartete, dass die Fachwelt zu ihrem Urteil kam. Nur mit Trinken durfte er nicht wieder anfangen.

Als sich Oliver drei Stunden später etwas beruhigt hatte, ging er seinen Beweis durch, so wie die Bobfahrer, die Rodlerinnen vor dem Start mit geschlossenen Augen ihren Körper auf die Fahrt schickten, ihn mit sanften Bewegungen die Biegungen und Kurven des Eiskanals entlanggleiten ließen, bis Körper, Geist und Bahn eins wurden. Wie die Turner, Boxerinnen, Turmspringer ihre Bewegungsabläufe choreografierten. Zeitlupenschattenboxen. So führte er seine Gedanken durch die Gleichungen und kam, indem er leicht mit dem Kopf wackelte, mit dem letzten Schwung seines Schlittens bis ins Ziel, unter den leuchtend gelb-rot-braun gezackten Vorhang seiner Kindheit. Ja. Genau. Heureka. Ithaka.

Bevor er Ina aber irgendetwas erzählte, würde er sie fragen, ob sie seine Frau werden wolle. Das war die letzte Sache, die er in seinem alten Leben machen musste.

22

Am nächsten Tag lud Oliver Ina per E-Mail zum Abendessen ein. Nicht in die Bach-Stuben, wo er nie satt geworden war und sie sich wahrscheinlich auch gewundert hätte. Sondern in einen veganen Asiaten nicht weit von seiner Wohnung, wo sie schon zweimal gegessen hatten. Als sie ihm nach einer halben Stunde genauso altmodisch per E-Mail positiv antwortete, rasierte er sich und ging in die Stadt.

Ja, er wusste nicht, wie er mit jemandem und jemand mit ihm zusammenleben konnte. Und ja, er kannte sich nicht aus mit Frauen. Und was genau sie in ihm sah, wusste er auch nicht. Sie hatten sich noch nicht einmal richtig geküsst. Aber das war nicht wichtig. Er konnte sie nicht falsch verstanden haben, dass es zwischen ihnen eine besondere Verbindung gebe. Das war sehr viel. Das war mehr als genug. Sie hatte ihn gefunden, angesprochen, immer an ihm festgehalten. Er machte jetzt den nächsten Schritt. Einen sehr großen Schritt.

Er war völlig ruhig, als sie mit etwas Verspätung das Restaurant betrat. Sie trug leuchtend roten Lippenstift, eine grüne Strickjacke über der weißen Bluse, einen derben grauen Rock, den er zu kennen glaubte, und schwarze Strumpfhosen in den hohen Stiefeln. Er lächelte. Sie küssten sich auf die Wange. Sein Gesicht wurde gleich wieder ausdruckslos, als sie sich gegenübersaßen. Er ließ die Stirn und die Wangen hängen und seinen Blick baumeln.

»Bist du betrunken?«

»Nein.«

»Wieder bekifft?«

»Nein.«

»Ist was passiert? Hörst du auf mit der RV?«

»Naja.«

»Was? Hat Siggi was gesagt? Wegen deinem Stipendium? Du bist bei der Studienstiftung. Da findet sich schon was. Sag schon!«

Er glotzte sie an. Sein Mund stand ein wenig offen. Seine Unterlippe fiel debil nach vorn.

»Oh, Mann! Willst du meine telepathischen Fähigkeiten auf die Probe stellen?«

»Willst du mich heiraten?«

»Ah!« Sie starrte ihn an. »Sag noch mal.«

»Willst du mich heiraten?«

Sie schaute sich nach einem Kellner um, winkte nach einem Kellner. »Kellner! Kellner!« Ein Kellner kam herbeigeeilt. »Bitte, ein Glas Wasser. Leitungswasser. Schnell, bitte.«

Das kam auch sofort. Sie trank das halbe Glas aus. »Hör zu, Oliver. Ich hab dich sehr gern. Wenn es dir schlecht geht, bin ich für dich da. Du kannst mir alles sagen, gerade wenn du Probleme hast. Alles. Oliver. Weißt du, es gibt Paare, die sind eigentlich am Ende, und anstatt sich zu trennen, machen sie ein Kind. Also wenn du mich das fragst, weil du an der Vermutung verzweifelst, dann wäre ich sehr enttäuscht. Für so eine Flucht nach vorn bin ich nicht zu haben. Dann solltest du ein, zwei Jahre deinen Kopf, deine Gefühle, deine Situation in Ordnung bringen, und wir sehen, wo wir sind. Verstehst du das?«

»Ich kann dich beruhigen. Mit der Riemannschen läuft es gut. Da kommt in jedem Fall was raus. Ich bin mir sicher.«

»Sehr schön.«

Er griff in die Jackentasche an seinem Stuhl, holte eine Schatulle heraus, öffnete sie vor ihr.

Sie beugte sich vor und betrachtete den schmalen weißen Metallring.

»Wirklich? Und für dich hast du auch einen?«

»In der anderen Jackentasche.«

»Ach so.«

Sie schauten sich an. Der Kellner kam an den Tisch, um die Bestellung aufzunehmen. Mit der gleichen resoluten Handbewegung hielten Ina und Oliver ihn ab von jeglicher Störung und lachten über diese synchrone Reaktion.

»Ja, ich will.«

Er stellte das Etui auf den Tisch, stand auf. Der Kellner trat mit breitem Lächeln drei Schritte zurück, als Oliver um den Tisch ging, sich zu Ina beugte und sie küsste.

Der Kellner klatschte entzückt.

Die beiden erröteten. Zum Glück hatte die Szene weiter kein Aufsehen erregt.

Oliver setzte sich wieder, nahm den Ring aus der Schatulle und schob ihn ihr auf den Finger. »Platin.« Der Ring rutschte locker über ihren Knöchel. »Das lässt sich natürlich noch anpassen.«

»Ich glaub, Anpassung ist das Zweitwichtigste bei der ganzen Sache.«

Dann endlich bestellten sie, und zwar ausschließlich Vorspeisen, stießen an mit einem Glas Sekt, an dem er aber nur nippte, aßen, sahen sich an, zeigten sich ihre Ringe und lachten.

Erst danach – das Restaurant mittlerweile gut gefüllt – sagte Oliver Ina, dass er überzeugt sei, die Vermutung bewiesen zu haben.

Eine Stunde hörte sie zu, fragte, ließ sich erklären, staunte. »Jetzt glaub ich auch, dass da in jedem Fall was rausgekommen ist.« Sie hielt seine Hand, strahlte. Immer wieder schüttelte sie seufzend den Kopf und streichelte seinen Arm. Seine Ausführungen, die Dimensionen der Sache hatten sie befangen gemacht. Sie versuchte, das zu verbergen. Denn sie wusste, dass er mehr als schüchtern war. Aber sie küssten sich nicht wieder in dem Restaurant. »Ach, Oliver, mein Lieber. Die Mathematik ist streng. Aber eine Ehe ist lang und lässt sich nicht wie ein Beweis führen.«

Sie hielten sich fest umarmt auf dem Weg zu ihr.

Das Prüfungsamt legte im April den Termin für die Verteidigung der Doktorarbeit auf einen Freitag. Als den Professoren und Professorinnen der Fakultät aber in den folgenden Wochen aufging, was Oliver Seuß eingereicht hatte, als die Kunde davon die Rektorin der Technischen Universität erreichte und zu den anderen Fakultäten drang, den naturwissenschaftlichen, aber auch den geisteswissenschaftlichen, die es an dieser Hochschule schon seit der Gründung des Deutschen Reiches gab, als sich die ersten ausländischen Mathematiker ankündigten und die Medien davon Wind bekamen, als immer mehr Journalisten nach einer Akkreditierung fragten und man sowohl im Dekanat der Fakultät als auch im Rektorat anfing, ernsthaft in Betracht zu ziehen, dass an dem Beweis etwas dran sein könnte, dass man sich damit nicht blamieren, sondern vielleicht Wissenschaftsgeschichte schreiben würde, wurde der Termin publikumsfreundlich und werbewirksam auf den Samstag geschoben. Einige vorsichtige Stimmen wiesen auf die Ratlosigkeit in den Mathematikerforen hin und auf die Gefahren für den Ruf der Universität. Ihrer Meinung nach hätte man dem Hype, wie sie es nannten, viel mehr entgegenwirken sollen, schließlich handle es sich immer noch um strenge Wissenschaft, müsse ein Beweis verständlich sein, seien gerade bei der Riemannschen Vermutung medial schon einige Strohfeuer abgebrannt worden.

Oliver hatte seine Arbeit in Absprache mit Dorfmeister und der Prüfungskommission vorab auf arXiv.org veröffentlicht. Die Kommentare waren in den ersten Tagen zumeist kurz, beleidigend und höhnisch. Das hörte nach drei Wochen auf. Die Mathematikergemeinschaft schien die Luft anzuhalten. Die vierzigseitige Version, die Oliver ins Netz gestellt hatte, wurde in den nächsten Wochen das am meisten heruntergeladene Preprint dieses weltbekannten wissenschaftlichen Dokumentenservers. Namhafte Mathematiker und einzelne Forschungsgruppen kündigten an, sich damit befassen zu wollen. Die zahlreichen Nachfragen, die Oliver von da an erreichten, einzelne Stellen, Punkte, Operationen des Beweises betreffend, beantwortete er freundlich mit dem Hinweis, möglicherweise im Rahmen seiner Verteidigung darauf einzugehen. So wuchs das Interesse an dieser Veranstaltung weiter und wurde schließlich so groß, dass die Rektorin dafür den Kleinen Saal im Hörsaalzentrum mit einer Kapazität von vierhundert Sitzplätzen zur Verfügung stellte. Der Dekan der Mathematik-Fakultät bewilligte seinerseits eine befristete Hilfskraftstelle, die genauso geschickt wie unermüdlich die Veranstaltung organisierte und die Pressearbeit koordinierte. Zur Jury gehörten neben Dorfmeister Dekan Wenzelbrunn, Donati-Krenn und Élian de Chemin, der Doyen der französischen Riemann-Forschung.

Ina und Oliver waren jede freie Minute zusammen. Zwar fuhr sie jetzt dreimal in der Woche nach Chemnitz. Er arbeitete tagsüber in seiner Wohnung oder in der Bibliothek. Manchmal traf er sich auch mit Dorfmeister oder anderen Mathematikern. Aber nachmittags oder abends ging er immer zu Ina. Es war wunderbar: das Küssen, Sich-Anschauen, das Schwatzen über alles Neue, alle Neuigkeiten den Beweis betreffend, ihre Fortschritte mit der Habilitation, über ihr früheres und ihr zukünftiges gemeinsames Leben. Wenn sie miteinander schliefen, schien sie genauso nervös zu sein wie er. Aber glücklich lagen sie danach aneinander. Er hatte so einen Zustand nicht für möglich gehalten. Valenteraschkowina wohnte auch wieder in Inas schöner, heller Wohnung im vierten Stock eines sanierten Gründerzeitbaus. Oliver gefiel die östliche Johannstadt. Sie gingen in Cafés und Restaurants und einmal sogar tanzen. Danach hatte Oliver zwei Tage Kopfschmerzen, obwohl er weiter keinen Alkohol anrührte.

Anfang Juli, in der Woche, da Oliver seine Doktorarbeit verteidigen sollte, starb sein Großvater mit einundneunzig Jahren.

Drei Tage später, als die Familie, die Freunde und die alten Leutchen aus dem Dorf von Harald Seuß Abschied nahmen an dem aufgebahrten Sarg auf dem schönen Dorffriedhof von Muckau, mit der hohen, halbrunden Mauer an der Straße, stand Oliver hinter einem Pult im Mittleren Saal, wohin sie kurzfristig tatsächlich noch hatten umziehen müssen wegen des Andrangs, vor sechshundert Leuten, jeder Menge hochgehaltener Handys, zwei Fernsehkameras, eine davon für einen Live-Stream, einem halben Dutzend Mikrofonen, und erläuterte seinen Beweis. Stand da – ein fast dreißigjähriger, sportlicher Wissenschaftler mit lockigen dunkelblonden Haaren, blinzelnd wegen der ungewohnten Kontaktlinsen in einem grünen Hemd, dunkler Hose, braunkariertem Sakko – was er alles selbst ausgesucht hatte – und redete stockend zu einem Publikum, das ihm nicht folgen konnte, aber darauf lauerte, einen Vergleich, eine Analogie, einen Gedanken oder irgendetwas aufzuschnappen. Die Menschen wollten dieses Genie sehen und bei dessen Krönung dabei sein, schließlich war die Abdankung des letzten sächsischen Königs einhundert Jahre her.

Wegen der Schwierigkeit der Sache sprach Oliver anfangs allgemeiner von den Primzahlen als pulsierenden Knotenlöchern an den Übergängen von der drei- zur vierdimensionalen Struktur und den seltsamen Symmetrien, Linien, Verschränkungen im vermeintlichen Chaos. Am liebsten wäre er Schritt für Schritt seinen Beweis durchgegangen, wovon ihm aber sowohl Dorfmeister als auch Ina abgeraten hatten. Deshalb versuchte er, diesen Nagel zu beschreiben, den er in den Himmel der Mathematik gehauen hatte, die Art dieses völlig neuartigen Dings und die Weise dieses völlig neuartigen Schlagens und Haltens. Aber das war schwer. Denn dafür gab es, neben der mathematischen Darstellung, kaum Worte. Das hatten ja Ina, Siggi und Wenzelbrunn auch nur vage verstanden, obwohl er es ihnen mehrmals im Einzelnen auseinandergesetzt hatte. Er wollte den anwesenden Mathematikern die entscheidenden Punkte zeigen, die Gelenke, die neuartigen Verbindungen seines Beweises. Er erzählte ihnen, wie und an welchen Stellen er ins Nichts gesprungen und wo er schließlich Halt gefunden hatte. Aber er schien nur Nebel zu produzieren. Der Funke sprang nicht über. Am Ende sprach er leise und abgehackt, kratzte sich mit dem Daumennagel an dem

Platinring und sah einen Moment ernüchtert zu Ina hinüber in die erste Reihe.

Als Vorsitzender erteilte Dorfmeister den Mitgliedern der Prüfungskommission nacheinander das Wort. Die Professoren besprachen in ihren Beiträgen Seuß' Arbeit aus unterschiedlichen Perspektiven.

Wenzelbrunn bezeichnete den vorderen Teil der Doktorarbeit als den zugänglicheren. Ein Teilergebnis, die Jensen-Polynome betreffend, fand seine ganz besondere Bewunderung.

Donati-Krenn ging direkt auf den revolutionären Anhang ein, konnte damit auch tatsächlich, wie er sagte, etwas anfangen, war aber noch nicht zu einem abschließenden Urteil gekommen, ob es sich hierbei wirklich um einen Beweis der berühmten Vermutung oder um etwas anderes handelte, das er noch nicht begreife. Fehler habe er bislang nicht entdeckt, weswegen er Oliver voller Hochachtung zu seiner Arbeit gratuliere.

Am längsten sprach auf Englisch Élian de Chemin aus Paris, der seine jahrzehntelangen Anstrengungen erläuterte, die Riemannsche Vermutung mit der Zermelo-Fraenkel-Mengenlehre zu verschränken und damit das allgemein anerkannte Axiomensystem der Mathematik zu komplettieren. Diese Bemühungen stünden durch den *Satz von Seuß*, wie er die seiner Meinung nach entscheidende Stelle des Beweises nannte, nunmehr kurz vor ihrer Vollendung.

Im Anschluss äußerte sich Oliver zu einigen Fragen und Kommentaren der Prüfer. Nach der Disputation leitete Dorfmeister zu zwei externen Gutachten über, die angesichts der Dimensionen und vor allem der Schwierigkeiten des Vorliegenden mit Zustimmung des Kandidaten angefordert worden waren.

Das erste Gutachten war ein zehnminütiges Video von Peter Sarnak, einem der angesehensten Mathematiker weltweit, Mitglied des Institute for Advanced Study in Princeton und eine Koryphäe, was die Riemannsche und andere Zeta-Funktionen anging. Das Video hatte der gebürtige Südafrikaner vor wenigen Tagen geschickt. Es lief mit deutschen Untertiteln auf der großen Leinwand des Hörsaals. Sarnak sagte, dass er in den vergangenen zwei Monaten fast nichts anderes gemacht habe, als diese außergewöhnlich tiefsinnige Arbeit zu prüfen. Ohne Umschweife gestand er ein, dass er mit zwei Schritten des Beweises Probleme habe, wo ihm unklar sei, ob man das so machen könne und welche Konsequenzen das habe. Um das gründlich zu bedenken, brauche er vielleicht noch zwei, drei Wochen oder ein Gespräch mit Seuß, den er herzlich nach Princeton einlade. Er sei sich aber jetzt schon sicher, dass Seuß' Arbeit die Forschung in diesem Bereich und darüber hinaus substanziell weiterbringe, womit er das Kriterium des Clay Mathematics Institute als erfüllt betrachte. Sarnak beglückwünschte Seuß zu seiner außerordentlichen Leistung und schlug diesbezüglich eine Konferenz in den Staaten vor.

Das zweite Gutachten stamme, wie Dorfmeister vorausschickte, von ZEUSS, einer KI-Forschungsgruppe des Institute for Advanced Technology in Shenzhen, dem neben Shanghai bedeutendsten Wissenschaftsstandort Chinas, wo der momentan modernste Computer der Welt stehe, mit dem auch das neunköpfige Forschungsteam arbeite.

Mit ihren ersten Ergebnissen hätten sich die Chinesen an Oliver Seuß und die TU Dresden gewandt. In dem Video zu sehen sei die Wissenschaftlerin Wang Lei, die wegen ihrer ausgezeichneten Deutschkenntnisse ihre Gruppe präsentiere, Deutschkenntnisse, die sie vor vier Jahren während eines

Masterstudiengangs über Approximationsmethoden an der LMU München erworben habe.

Nach einer schnell beseitigten Komplikation lief ein Live-Stream mit einer jungen Frau in einer roten Bluse, deren hoher Kragen von einer gold-grünen Drachenbrosche zusammengehalten wurde. Sie begrüßte Oliver Seuß und die anwesenden Damen und Herren und erklärte, dass ihre Gruppe aus dem großen Wissenschaftlerpool des Shenzhener Forschungszentrums Mitte April zusammengestellt worden sei von einem Administratoren-Team und Lóng Island 2 – Lóng sei Chinesisch und bedeute Drache –, also der stationären KI, um verschiedene Überprüfungsstrategien des Beweises zu entwickeln. ZEUSS, der Name ihrer Gruppe, sei natürlich eine Zusammensetzung aus Zeta und Seuss. Nachdem sie fünf Wochen lang an ganz unterschiedlichen Überprüfungs- und alternativen Beweisansätzen herumexperimentiert hätten, habe Lóng 2, wie sie ihn nannten, über Nacht eine gekürzte Version des Seußschen Beweises auf achtundzwanzig Seiten präsentiert. Wie Lóng 2 das geschafft habe, entziehe sich ihrer Kenntnis. Da die Übereinstimmungen mit dem Seußschen Beweis bei zweiundsiebzig Prozent liegen, betrachteten sie diese Version nicht als eigenständigen Beweis. Wobei gerade die neuen Operationen, die Lóng 2 vorschlage, sehr dunkel seien, was für mehrere Stellen bei Seuß allerdings genauso gelte. Deswegen sei auch noch nicht abschließend zu sagen, ob durch die kürzere Version die längere Version als bewiesen gelten könne. Lóng 2 immerhin scheine das so zu verstehen. Bislang hätten sie ihre Ergebnisse noch nicht veröffentlicht, da sie gerade von einem Parallelteam in Shanghai auf der Schwester-KI Lóng Island 1 überprüft würden. Eine direkte Bestätigung des ursprünglichen Beweises von Meister Seuß liege also momentan nicht vor.

Auf einen bemerkenswerten Fakt möchte sie jedoch hinweisen: Innerhalb des Forschungsnetzwerks von Shenzhen sei von mehreren Teams unabhängig voneinander festgestellt worden, dass Lóng 2 seit der Beschäftigung mit Seuß und dann noch einmal seit der Präsentation seines verbesserten Beweises deutlich schneller arbeite als vorher, nämlich um durchschnittlich achtzehn Prozent, was von mehreren Wissenschaftlern als eine autonome Systemverbesserung interpretiert werde, die Lóng 2 wohl mithilfe des revolutionären Seußschen Beweises an sich selbst vorgenommen habe. Einigen dieser Wissenschaftler gelte das als Bestätigung des Seußschen Beweises. Man gehe davon aus, dass Lóng Island 1 in den nächsten Tagen zu einem Ergebnis komme, mit dem man dann schnellstmöglich an die wissenschaftliche Öffentlichkeit treten werde. Einen kleinen Vorgeschmack dürfe sie allerdings schon geben. Im Video erschienen erst eine, dann noch eine Tafel mit Gleichungen und mathematischen Operationen. Die blauen Teile, sagte Wang Lei, seien identisch mit Meister Seuß' Gleichungen, die roten stammten von Lóng 2. Egal, ob Oliver Seuß hierzu etwas einfalle oder nicht, er sei auf das Herzlichste nach Shenzhen eingeladen. Wang Lei gratulierte Oliver Seuß zu seiner Leistung, legte die Hände vor der Drachenbrosche zusammen und verbeugte sich. Damit wurde die Live-Schaltung beendet.

Dorfmeister fragte Seuß förmlich, ob er zu den zwei Gutachten etwas sagen wolle. Die an einem langen Tisch auf der Bühne sitzenden Kommissionsmitglieder und die Zuhörer im Saal blickten zu Oliver, der die ganze Zeit an dem Pult auf der Bühne stand.

»Ich glaube«, begann Oliver, der einige Tage zuvor den achtundzwanzigseitigen Beweis von Lóng 2 zugeschickt bekommen und seitdem über die Drachenversion nachgedacht hatte, »dass diese kürzere Version meines Beweises richtig und außerordentlich kreativ ist. Wir sind Zeugen einer Zäsur in der Geschichte nicht nur der Mathematik, sondern der Wissenschaft, dergegenüber selbst mein Beweis verblasst.« Ein Raunen ging durch den Saal. »Ich glaube, ich sollte demnächst einmal nach Shenzhen fahren. Vielen Dank.« Mit diesen Worten trat Oliver hinter dem Pult hervor, nickte der Prüfungskommission zu, verbeugte sich leicht auch Richtung Publikum und setzte sich an den Kandidatentisch am rechten Rand der Bühne.

Dorfmeister wandte sich mit der Ansage an das Publikum, dass sich die Kommission für zehn Minuten zurückziehen werde bis zur Verkündung der Bewertung der Promotionsleistung.

Die meisten Zuhörer blieben sitzen.

Oliver begab sich in einen Vorbereitungsraum, wohin auch Ina kam. Er hatte rote Hitzeflecken im Gesicht, aber seine Hände waren kalt. Sie rieb seine Arme.

»Hast du Kathrin gesehen?«

Ina schüttelte den Kopf. »Vielleicht steht sie irgendwo hinten mit ihrer Augenklappe.«

»Ich kann nicht sagen, dass ich das gewohnt bin.«

»Du bist so schön auf der Bühne. Und bei dem, was du zuletzt gesagt hast, da war es ganz still im Saal. Du hättest gar kein Mikro mehr gebraucht.«

»Na, komm.«

»Die Menschen haben den Atem angehalten.«

»Villei solltsch noch ä bissel sächseln?«

Sie kniff ihn lachend in die Hüfte, streckte den Kopf zu ihm, und er küsste sie auf den Mund.

Der Beifall auf das von Dorfmeister verkündete summa cum laude und die unprätentiöse Verleihung des Doktortitels war laut und anhaltend. Studierende, Dozenten, aber auch Leute, die überhaupt nichts von Mathematik verstanden, jubelten über die wissenschaftliche Leistung, den Erfolg eines sächsischen Eigengewächses, feierten den Überossi.

Ina kam auf die Bühne und setzte Oliver einen schwarzen Doktorhut mit Quaste auf, welche alte Tradition über Hollywood zurückgekehrt war an die ehrwürdigen deutschen Universitäten in den vergangenen Jahren, erst zum Spaß, mittlerweile aber schon fast wieder wie offiziell und unabdingbar. Euphorische, herzliche, bewundernde, ehrfürchtige Glückwünsche an den frischen Doktor und großes Gedränge für Selfies mit ihm, der das alles freundlich über sich ergehen ließ.

Die vier Professoren der Prüfungskommission standen noch zusammen auf der Bühne und sahen auf die Menschentraube um Oliver.

»Ein großer Tag«, sagte Donati-Krenn.

»Wenn alles gut geht«, sagte Wenzelbrunn.

»Ich hoffe so«, bemühte sich de Chemin.

»Hievon wäre ...«, seufzte Dorfmeister.

Sie lachten und wandten sich anderen Kollegen und Kolleginnen zu.

Etliche Leute aber gingen an diesem Nachmittag mit einem unguten Gefühl davon, wie die Saurier nach dem Einschlag des Kometen.

Zwei Tage nach dieser denkwürdigen Veranstaltung kamen ein Journalist und ein Kameramann aus New York nach Dresden. Der Erste interviewte Oliver anderthalb Stunden. Der Zweite nahm alles auf und machte am Nachmittag an verschiedenen Orten zusätzliche Fotos mit ihm, wobei Oliver ihm den Zutritt zu seiner Wohnung verwehrte und auch bestimmte, dass keine Außenaufnahmen seines Hauses veröffentlicht werden dürften. Die Woche darauf war Oliver mit dem Titel *The Last Mathematical Genius* auf dem Cover des *Time Magazine* abgebildet, wobei es in dem Artikel mehr um Chinas Vorsprung bei der Künstlichen Intelligenz, den globalen wissenschaftlichen Wettbewerb, die Gefahren der KI für Amerika und für die Menschheit ging als um das sechste Millenniumproblem und den Deutschen.

Danach konnte sich der promovierte Mathematiker vor Interviewanfragen und Professurangeboten kaum retten, sodass er Rebekka Wolf fragte, ob sie wieder im Land sei und ein Jahr lang für ihn arbeiten könne.

23

Wie bei Lisbeth sechzehn Jahre zuvor fand die Beisetzung von Haralds Urne vier Wochen nach der Trauerfeier in kleinem Kreis statt. Oliver und Ina fuhren mit dem Auto hin. Im Garten des Großvaters, wo sich die Familie traf, stellte Oliver Ina vor. Die Verwandten begrüßten sie mit einem festen Händedruck.

»Ach, du, Gratulation. Wir konnten ja leider nich nach Dresden kommen«, sagte leise Tante Margit.

»Hams aber in der *LVZ* gelesen«, fügte Lothar an. »Warst ja sogar im Fernsehn.«

»Mensch, Doktor!«, brummte Henry später. »Schön, dassde hergekommen bist un deine Zukünftige«, er lächelte freundlich Ina an, »mitgebracht hast.«

»Is zwar nich der schönste Anlass«, sagte Anke, seine Frau, »aber so isses nu ma.«

Simone drückte sich auf dem Weg zum Friedhof an ihn heran. »Vielen Dank für die Einladung zur Hochzeit. Das is ja wunderbar!«

»Wir kommen«, schloss sich Effi an, »sehr gern zu der Feier nach Dresden.«

Oliver musste nichts antworten, erklären. Nur nicken, hier, wo er endlich Ruhe hatte. Er ließ die Muskeln seines Gesichts sich so vollständig entspannen, dass es nicht nur teilnahmslos, sondern regelrecht apathisch aussah, ja, trostlos, so schwer, wie ihm auch die Lider über die Augen sanken, als ob er müde wäre, schlafwandelte oder unter Drogen stünde. Vielleicht war das ja auch seine Trauer um den Großvater, diese Entrücktheit. Es war ihm egal, was die anderen dachten, ob sie ihn für arrogant hielten. Er gehörte zu der kleinen Gruppe von Menschen, die den Erfolg nicht von vorn, sondern von hinten genossen: Er wollte nicht bewundert werden; ihn konnten jetzt alle mal am Arsch lecken.

Außer Ina. Seine liebe, zärtliche, schöne Frau. Ihre Hand hielt er fest. Er liebte es, um ihren Arm zu greifen und sie zu drücken. Das machte ihn so glücklich. Dass sie jetzt zusammen waren. Er schloss fast die Augen. Sie führte ihn.

Endlich konnte er – ganz anders als früher – stumm sein. Hier. In dieser Familie. Konnte er einfach mitgehen, dabei sein. Denn das war ja alles unsäglich schwer und schrecklich gewesen, eine nie enden wollende Qual, all die Jahre, sein halbes Leben. Und jetzt vorbei. Ach, wie tief er atmete, wie weit er hörte. Wenn nur der Kopfschmerz nicht gewesen wäre. Er hielt sich fest an Inas Arm.

Ein Sommertag. Lisbeth, dann Achim, jetzt Harald, dachte Oliver: Bei jeder Beerdigung hatte die Sonne geschienen. Er trug einen dunklen Anzug und streckte die Schultern. Ina war mit ihm einkaufen gegangen und überrascht gewesen von seinem guten Geschmack. Alles war gut. Zusammen hatten sie seinen dreißigsten Geburtstag gefeiert. Sein Herz schlug fromm. Was für ein schöner Muskel! Eine höhere Pflanze, die sich der Sonne entgegenstreckte. Das warme oder kalte, weiche oder harte Licht der Welt und das eigene wünschende Herz brauchten sich. Dazwischen flirrte das Leben. Das Herz im Herzen.

Sie standen vor dem rechteckigen Grabstein mit Haralds frisch graviertem Namen, Geburts- und Sterbedatum über

Lisbeths ebenso goldig aufgefrischtem. Ein Mann vom Bestattungsunternehmen hielt die schwarze Urne mit weißen Handschuhen. Henry nahm sie in die Hand, seine drei Schwestern zierten sich diesmal nicht. Danach polierte der Angestellte mit einem grünen Samttuch den Metallkörper nach, versenkte ihn gekonnt, stopfte taktvoll Erde nach, setzte einen Geranientopf obenauf. Alle sahen ihm bei der Arbeit zu, aufmerksam, in Gedanken, als dürfte diese Arbeit gern länger dauern. Sie hörten die wenigen Vögel mehr flattern als zwitschern, das Lüftchen in den Blättern der Buchen, Akazien – bis jener zurücktrat und die Schwestern die Blumen ausrichteten.

Anke hielt ihrem Mann einen fast leeren Beutel hin, in dem sie Blumen mitgebracht hatte. Henry holte daraus die zerbeulte grüne Feldflasche hervor, das Familienheiligtum, das wohl nun in seinen Besitz übergegangen war als dem Ältesten, schraubte mit seinen großen Händen den Deckel ab, ohne dass das quietschte. Hell sprang der am Flaschenhals befestigte Verschluss aus seinen Fingern gegen das Blech.

»Vater, Mutter. Harald, Lisbeth. Jetzt liegt ihr wieder beieinander. Wir wissen, wann ihr das erste Ma zusammen gelegen habt. Das hat uns Harald vor sechzn Jahrn hier erzählt. Un nu steckt eure Asche nebenander in der Erde. Wir sind noch da un denken an euch. Un danken euch, dass wir da sin.«

Er hielt die Flasche über das frische Grab, goss einen und noch einen Schwapp über die Blumen, nahm selbst einen Schluck und reichte sie weiter. Erst tranken die Töchter, Margit, Effi, die weinende Simone, dann die Männer der Schwestern, dann Oliver, Ina und die älteren Enkelkinder. Man konnte am Verschluss das Olivenöl schmecken, mit dem Henry das Metall glattgerieben haben musste.

Sie standen vor dem Grab, redeten leise. Henry nahm einen zweiten Schluck und ließ die Flasche abermals rumgehen. Diesmal nippten nur noch Margit, Effi und Haralds drei Schwiegersöhne.

»Einma is keinma«, animierte Henry Oliver.

»Stimmt. Un«, Oliver hielt die Augen nur einen Spalt offen, »genau dort möcht ichs«, er sprach langsam, »lassen.«

»Off eem Been kammer nich stehn«, stichelte Henry.

»Sufficit unum.« Oliver schloss, indem er näher an Ina rückte, kurz die Augen. Wie lange würden sie sich an den Großvater erinnern und sagen, Harald ist jetzt schon so und so viele Jahre tot? Wirklich, die meisten Menschen lebten länger, als sie tot sein würden. Vielleicht würde man von ihm selbst etwas länger sprechen, würde sein Grabstein nicht so schnell verschwinden. Aber tot würde er trotzdem nur für die Leute sein, die hier auf dem Friedhof standen, und einige zukünftige Bekanntschaften.

Die abweisende Vergeistigung seines Neffen ärgerte Henry, der sich als männliches Oberhaupt der Familie eine explizite Geste des Respekts wünschte. Mit ausgestreckter Feldflasche machte er zwei Schritte auf Oliver zu.

Effi schritt dazwischen, hängte sich Henry in den Arm. »Das hasde aber schön gesagt zu Harald under Mutti.«

Margit nahm ihn von der anderen Seite. »Da war kee Wort zu viel, Brüderchen.«

Lothar stellte sich vor Oliver. »Bisde jetz berühmt?«

»Sehr.«

»Und ihr auch mit«, sagte Ina, »oder nich?«

Lothar sah auf die kleine Frau herab. »Da is was dran.« Er lächelte. »Un krigsde nu die Million?«

»Wahrscheinlich.«

»Un was machsde damit?«

»Erstmal haben.«

»Stimmt«, sagte Lothar.

»Und wie fühlt *ihr* euch jetzt?«, fragte Ina. »Habt ihr euch so was denken können?«

Lothar sah die kleine Frau genauer an, ob die wirklich schon dazugehören sollte. »Ach, iwo, meine Gutste«, er stupste ihr mit den Fingerspitzen auf die Schulter, »wo denkst denn du hin?! Wenn das hier jemand behauptet, willer nur wichtigtun oder sich einschmeicheln.«

Auf dem Weg zurück zum Haus schob sich Steffen neben Oliver. »Sach ma, äh, stimmt das, entschuldige, aber krigsdu jetz echt nen Nobelpreis.«

»Nee«, antwortete Oliver. »Bestimmt nicht.«

»Es gibt keinen Nobelpreis für Mathematik«, sagte Ina.

»Das ham die aber erzählt.« Steffen streckte die Unterlippe vor.

»Wer?«, fragte Oliver.

»Meine Kumpels.«

»Erzählt wird immer viel«, sagte Ina. »Dass Alfred Nobel die Mathematiker nicht mochte. Angeblich. Weil ihn einer mal bei einer Frau ausgestochen haben soll.«

»Ach so!«

»Die höchste Auszeichnung in der Mathematik ist der Abel-Preis. Und den hat im März Karen Uhlenbeck bekommen, bei der ich in Princeton war. Als erste Frau überhaupt. Damit steht es hier neunzehn zu eins für die Männer. Über siebenhunderttausend Euro Preisgeld. Ist doch nicht schlecht, oder?«

»Eine Million ist besser«, sagte Steffen.

»Eine Million ist mehr«, sagte Ina.

»Erstma haben«, sagte Lothar von hinten.

»Aber mal was andres, mein Gemahl«, wandte sich Ina an Oliver. »Unter den Riemann-Rittern war keine einzige Frau, zumindest nicht, dass man davon gehört hätte?«

»Es gab«, er nickte und drehte sich noch einmal um, »Frauen auf dem Kolloquium.«

»Ich meine unter all den Recken, vorgeblichen Bezwingern, Gescheiterten und Aufschneidern, war keine einzige Frau.«

Er lächelte, blieb stehen, zeigte auf den Friedhof. »Dort will ich auch mal liegen.« Er schaute Ina an. »Ja?«

»Das hat Zeit«, sagte sie und zog ihn lächelnd fort. Sie dachte an das Gespräch mit dem Dekan der Mathematik-Fakultät vor einigen Tagen. Dass die Universität alles versuchen werde, um Oliver zu halten. Dass es, nach Rücksprache mit der Rektorin, die dieses Vorhaben nachdrücklich unterstütze, die Möglichkeit einer Doppelberufung gebe, für Seuß und, sobald sie ihre Habilitation in Chemnitz abgeschlossen habe, sie. In den USA werde so etwas ja oft gemacht. Die Vorteile für eine Hochschule, vor allem aber für ein Paar, eine Familie, lägen auf der Hand. Auch die Staatsministerin für Wissenschaft und Kunst – wie es der Zufall will: promovierte Diplomlehrerin für Mathematik und Physik mit Schwerpunkt Physik-Didaktik, eine ganz beachtliche Frau, die er Ina sehr gern vorstellen würde, übrigens in Mainz geboren, was ja nur zwei Autostunden entfernt sei von Stuttgart –, Frau Dr. Stange, sei im Bilde und würde gern ein Zeichen setzen für die ostdeutsche Wissenschaftslandschaft, deren Bedeutung für die Wirtschaft und den Freistaat außerfrage stehe, aber natürlich auch für die Förderung der Frauen in der Wissenschaft. Wenzelbrunn erkundigte sich, wie es in Chemnitz laufe, ob sie sich, als gebürtige Baden-Württembergerin, wohlfühle in

Sachsen und wohin sie eigentlich in ihren Flitterwochen fahren würden: »Weit weg, Europa oder Deutschland?«

In Haralds wildem Garten hatten die Geschwister alles vorbereitet. Tische, Stühle auf der Wiese, die so ausgetrocknet und struppig war, dass auch unter den Kräftigsten kein Stuhlbein in den Rasen stach, ein Sonnenschirm, Kaffee, Kuchen, zwei Erdbeertorten. Sie liefen hin und her. Eine große Familie an einer Tafel; die Enkelkinder und jüngeren Angeheirateten allerdings unvollzählig – saßen beieinander in der prächtigen Sonne. Ina rauchte. Oliver für einen Moment froh, dass sie seine Familie von der väterlichen Seite kennenlernte. Die Männer wollten recht bald ein Bier. Zur Abkühlung. Wofür natürlich gesorgt war.

Margit von ihrem siebenjährigen Enkel: »Was der für e Geschicke hat. Da wollte ich letztens ma annem Topf so n Griff, der da locker war, festdrehen un fuhrwerke – du warst nicht da –«, sie nickte Lothar zu, »mit dem Schraubenzieher so rum. Der Kleene guckt mir die ganze Zeit off die Pfoten. Un weeßde, was der da sagt? Zu mir. Solange, sagt der, solange s Deutsche Reich besteht, wird de Schraube rechts gedreht.«

Sie lachten. Lachten.

Oliver wackelte mit dem Kopf. Schön, schön. Früher hatte immer Achim erzählt. Harald einmal, an Lisbeths Grab. Er selbst auch einmal, bei Achim. Jetzt Margit.

»Das hat Konrad vom Hausmeister in der Schule«, erklärte Natalie. »De ganze Hortzeit steckter bei dem. Der bringtm das alles bei.« Sie sah nicht zu Steffen. Die, die wussten, wie wenig ihr Mann zu Hause war und sich mit seinen Söhnen abgab, hörten den Vorwurf heraus.

»Letzte Woche Freitag«, sagte Lothar, »komm ich um vierzn Uhr – das war so abgesprochen – in den sein Hort, gehe so durch das Haus durch hinter inn Garten, weil ich mir schonn denken konnte, dass die bei dem Wetter alle draußen sin, läuft die eene Erzieherin off mich zu: Herr Wohlfahrt, ruft die, haben Sie die Körbe mit? Ich wusste erst ma gar nich … äh, was die wollte. – Gut, dass Sie endlich da sind.«

Oliver saß neben Henry. Sein Onkel hatte einen eigenartigen Mundgeruch. Nicht den ignoranten Altherrenmundgeruch. Sondern einen schwereren, erdigereren oder alkoholischerereren – der Oliver mehr betäubte als abstieß. Das zog aus dessen Mund in seine Nase, sein Gehirn und kondensierte wie ein Ruf, tick e tick. Irgendwie war ihm der Schnaps am Grab nicht bekommen.

»Du warst wirklich n bissel spät dran an dem Tag«, rief Margit über den Tisch.

»Fünf Minuten höchstens. War schließlich mei freier Tag. Warum soll ich da so hetzen? Ja, sach ich zu der Jungschen, als mir dämmerte, was die meente. Die hab ich im Auto. Konrad ist schon den ganzen Tag aufgeregt, wegen den Erdbeeren, sagt die. Der hat das halbe Spielzimmer auseinandergenommen. Hören Sie, Herr Wohlfahrt, das geht nicht so weiter. Ich bin doch nicht die Ergotherapeutin von dem Jungen. Die Eltern … In dem Moment schießt Konrad off mich zu: Hast du die Körbe mit? So baute sich der Knirps vor mir off. Nich: Hallo! Oder: Opa! Opa! Sondern: Hast du die Körbe mit? Ich sach: Ja. Na klar hab ich die mit. – Wie viele? – Vier, sag ich. Die Erzieherin nickte nur, als ob ichse jetz verstehn würde. Wobei ich immer noch drüber nachdachte, ob ich der jetz was huste, von wegen Ergotherapeutin. Nur vier? Fährt der mich an. Ich dachte, du bringst sieben mit. Wir wollen doch mit Oma Marmelade machen.«

»Ja, das hatte ich ihm versprochen«, gestand Margit ein.

»Na, jetzt sind jedenfalls Sie dran, sagt die Erzieherin zu mir. Ich hab dann Wochenende. Alles Gute! Dreht sich um un geht. Ich seh der noch ganz verdutzt nach, da zieht der mich schon am Ärmel weg: Lass uns gehn. Die wollen, sagt der zu mir, hier ja ooch ma ihre Ruhe ham. Ich dachte …« Lothar fuhr sich mit einem Taschentuch über die hohe Stirn.

»Die wollen ja«, rief es in der Verwandtschaft, »hier ooch ma ihre Ruhe ham.« Sie feixten, lachten, schnaubten in der Runde und hielten nach Konrad Ausschau, ob der gerade vorbeiflitzte. »Vor ihm.«

Etwas stieg Oliver zu Kopf. Der Urnenschnaps? Der eine Schluck? War das nur Mundgeruch oder ein Nervengift, das von irgendwoher ausströmte und ihn so schwer machte, lähmte. Etwas drückte auf sein Gehirn. Er schwitzte.

»Ich dachte, wer hat nur so nen Jungen in die Welt gesetzt.«

»Papa!«, rief Natalie.

»Prost, Lothar«, rief Steffen.

»Jedenfalls – wir zu dem Erdbeerfeld gefahrn. Warn ja zwee Wochen vorher schonn ma dort gewesen. Kannten wir alles. Der Kleene hattes natürlich leicht. Der musste sich eigentlich gar nich bücken. In eim Affenzahn machte der die Körbe voll. Ich ging gemütlich hinterher. Steckte mir ooch ma ne Erdbeere inn Mund.«

»Die sin doch gespritzt«, sagte jemand.

»Ja, aber nur am Amfang«, sagte Lothar.

Amen, wollte Oliver sagen, aber da kam nichts raus aus seinem Mund. Etwas drückte in seinem Kopf: ticketicketick. Mühsam drehte er sich Ina zu.

»Un dann machte der ooch noch mein Korb voll! Nich eene Erdbeere hat der probiert. Is denn Oma zu Hause?, frachte der. Nee, du, die is im Garten, aber das wird heute nix mit Einkochen, sag ich. – Dann lass uns inn Garten fahren. Ich: Na, gut. Mittlerweile wars halb fünfe. Ich hatte Vormittag den Rasen gemäht un wusste, was mich nu erwartete. Denn wie der den Raaaasen sah, guckte der mich nur an, zog sich seine Arbeitshose an, seine Arbeitshandschuhe, holte sich die kleene Akkurasenschere un legte los.«

Ticketicketicktick. Er hatte zu viel eingesogen von dem giftigen Dampf. Zahlen flirrten in seinem Kopf herum. Ein Druck war das. Ein Schmerz, tick, tick. Sah ihn denn niemand?

»Zwischendurch nur n Glas Kakao un n Stück Streuselkuchen.« Margit zog die Stirn in Falten hoch.

»Ansonsten keene Pause«, bekräftigte Lothar. »Der Rasen sah danach aus wie geleckt. Wie jetz in Wimbledon.«

»Ja, so ist der«, sagte Effi.

»Wie so ne Duracell«, sagte Margit.

»Un weeßde«, wandte sich Lothar an seine Schwägerin, »was der dann gesacht hat?« Lothar schaute die Runde entlang: »Ich gloob, das reicht für heute. Ich will jetz heem.«

Andächtig nickte die Verwandtschaft.

»Un der sah aus!« Margit schüttelte den Kopf. »Die Schuhe, die Hose. Sei schönstes Weihnachtsgeschenk. Darüber hat der sich am meisten gefreut. Dass der von uns so ne Kinderarbeitshose bekommen hatte. Der war aber dann wirklich total fertig. Mit sein siem Jahrn!«

»Der is mir ooch glei offm Rücksitz eingeschlafen, als ichn zurückbrachte.« Lothar rieb sich das Kinn. »Wo der das bloß herhat?«

»Von dir bestimmt nich«, rief Steffen.

»Wenn der so weitermacht«, sagte Lothar, »hatter mit acht nen Burn-out.«

Ein Druck, ein Druck, k, k. Wo waren die denn alle? Ina? Neben ihm? Warum half ihm niemand? Warum bohrte niemand ein kleines Loch in seinen Kopf, in diesen Überdruck hinein? Das pla, pla, platzte ...

»Bla bla«, ärgerte sich Natalie.

»Andauernd arbeiten.« Mit dem Herrentaschentuch tupfte sich Lothar die hohe Stirn, als Oliver mit aufgerissenen Augen auf dem Stuhl zwischen Henry und Ina nach hinten kippte.

Ina fing ihn auf, rief den Rettungswagen, bestand darauf, mitzufahren, hielt seine Hand während der Fahrt, sah, wie Oliver auf der Transportliege in der Leipziger Universitätsklinik verschwand.

Sie betrat das moderne Gebäude, meldete sich an der Aufnahme, sollte sich ausweisen, erklären, in welchem Verhältnis sie zu dem gerade Eingelieferten stehe. Wartete in schrecklicher Angst.

Eine ältere Frau in weißem Kittel kam zu ihr, eine Neurologin, wenig größer als Ina. »Zerebrales Aneurysma. Er ist gerade im MRT, damit wir die Größe der Gehirnblutung genau lokalisieren. Wir werden öffnen. Wann genau ist es passiert?« Die Ärztin saß einige Minuten bei Ina, wurde weggerufen, kam kurz darauf wieder. »Gerade wird das Gehirn abgekühlt, um die Schwellung zu verringern. Wollen Sie im Wartebereich bleiben? Es gibt hier Kaffee und bequeme Plätze, und ich werde auch einmal vorbeikommen. Oder möchten Sie dabei sein?«

Die Ärztin führte Ina durch die Gänge, erklärte ihr einige Implikationen der Operation, welche Gehirnareale für welche kognitiven, sensorischen, motorischen Fähigkeiten verantwortlich waren, wie lange die Operation wahrscheinlich dauern würde. Schließlich betraten sie den von der Ärztin so genannten Beistandssaal.

Die halb verglaste Vorderseite des Raums ging auf den Operationssaal, der im Dämmerlicht lag, die rechte Seite auf den hell erleuchteten Überwachungsraum, in dem sich drei Ärzte einfanden, die an verschiedenen Bildschirmen die Systeme und Geräte überprüften. Neben Ina die Fachärztin erklärte leise die Sicherheitsvorkehrungen und das Prozedere.

Die Lichter im Operationssaal gingen an. Eine Schleuse öffnete sich. In den aseptischen Raum fuhr langsam ein robuster Tisch herein, darauf Oliver mit Beatmungsmaske und rasiertem Schädel. Das Gefährt blieb in der Mitte stehen. Bis auf den fixierten Bewusstlosen war der Operationssaal menschenleer. Eine Armee glänzender Metallarme und bunter Schläuche rückte von der Seite, aus der Decke, aus dem Boden heran. In weißen Kitteln, aber ohne Hauben, Mundschutz oder Gummihandschuhe, kontrollierte das Team im Nachbarraum die Justierung der Operationstechnik um und über dem Tisch, auf dem Olivers Kopf kaum noch zu sehen war.

»Laser, Kameras, Sauger und In-Stents«, flüsterte die Fachbetreuerin und zeigte dabei auf die Bildschirme an der Seite des Raums. »Das feinste Besteck. Auf engstem Raum.«

Als die Operation begann, nickte sie. »Die Trepanation. Der Ton wird nicht übertragen. Das ist aber auch kaum noch hörbar. Das sind unglaublich präzise Laser, die das Gehirn um das betroffene Areal herum freilegen.«

Behutsam trat sie zurück und gab das Panorama frei auf die Roboter, das Ärzte-Kontrollteam, die Monitore mit den Bildern unterschiedlich angereicherter Realität.

Ina starrte auf die tanzenden Titan-Arme, wie sie den Schlag des Herzens und die Atmung der Brust austarierten.

Mit krampfhaft vollgepumpten Lungen betete sie, dass dieser pulsierende Rhythmus nicht flacher würde. Ein Orchester medizinischer, optischer Instrumente und pharmazeutischer Substanzen spielte an Olivers offenem Schädel eine Symphonie der Technik. Hundertarmig, fast schwebend arbeiteten sie an dem organischen Gewebe, das bislang allein auf der Welt den Geist und alle Maschinen hervorgebracht hatte.

Auf den Bildschirmen sah Ina Olivers Blut und seine weiße, verschlungene Hirnhaut. All die kleinen, gelenkigen Ärmchen kamen ihr vor wie eine Putzkolonne aus der Zukunft. Sie saugten, tupften, leckten das Blut auf und trieben es zurück in die geflickten Gefäße.

»Was«, sie schluckte, vergaß, was sie sagen wollte, glotzte auf die Scheibe, erinnerte sich, »was ist bei Komplikationen?«

»Auch darauf reagieren die Maschinen mittlerweile besser als wir.«

»Und«, warum, dachte sie, warum wurden ihr nicht auch tausend Nadeln in den Kopf gestoßen, »wenn doch«, in ihr nutzloses Gehirn, »etwas Unvorhergesehenes geschieht?«

»Greifen wir ein. Aber das bleibt ihm hoffentlich erspart.«

»So überzeugt?« Ach, hätte sie damals doch mit in dem Bus gesessen, mit ihrer ganzen Klasse, mit Ben. Warum hatte sie nicht mit in dem Bus gesessen? Um das jetzt zu sehen? »So überzeugt sind Sie von den Fähigkeiten dieser Apparatur?«

»Wir haben sie seit einem Jahr«, sagte die Frau beruhigend. »Schon am Anfang waren die Resultate sehr gut. Viel besser als bei Menschen. Exzellente Operationen. Eine neue Epoche der Gehirnchirurgie. Aber seit dem Update vor einem Monat wirkt sie wahre Wunder. Dagegen sind wir nur noch Klempner. Das ist die Verbindung von Nano-Medizin und KI.«

»Woher?«

»Wie bitte?«

»Woher?« Warum hatte sie nicht Theologie studiert? War sie nicht Seelsorgerin geworden? Ein Fehler. Schrecklich und vermessen. Die ganze Wissenschaft. »Kommt das?«

Weil die Ärztin nichts sagte, drehte sich Ina nach ihr um.

»China.«

Ina sah in den Kontrollraum und nahm jetzt erst zwei der Ärzte, eine Frau und einen Mann, als Chinesen wahr.

»Woher genau aus China?«

»Ich weiß es nicht.«

Ina krallte die Nägel ihrer rechten Hand in die linke, sah weg von der Operation, auf die Ärztin im Nebenraum. Dass niemand von denen mehr als den Kopf bewegte, beruhigte Ina schließlich ein wenig. »Bitte, sagen Sie mir, wie es aussieht.«

»Sie können sich denken, dass ich keinerlei Prognosen abgeben darf und dazu auch gar nicht in der Lage bin. Sie haben Glück – entschuldigen Sie, dass ich das Wort gebrauche –, aber Sie können wirklich froh sein, dass Sie hier als Verlobte überhaupt hereingelassen wurden ohne Vorsorgevollmacht. Wenn Sie meine private Meinung wissen möchten, nun, so hätte man vor einem Jahr nicht mehr viel machen können bei Herrn Seuß. Einige Bereiche werden erheblich beschädigt sein. Wir reden von einer starken Blutung nahe des Hirnstamms. Aber er könnte es schaffen. Und das hat er dem Drachen zu verdanken.« Die Betreuerin nickte hinüber in den Kontrollraum. »So nennen unsere neuen Kollegen den Geist in der Maschine.«

24

Bis zum Sommer kursierten nur relativ nichtssagende Bilder von Oliver. Einige ältere und jüngere Fotos eines hochgewachsenen Deutschen mit Locken und meistens Brille, der mal schüchtern, mal ernst blickte, mal lächelte wie bei der Preisverleihung in Montreal oder bei der Verteidigung seiner Doktorarbeit oder sonst irgendwo in Dresden. Porträts eines Wissenschaftlers, dessen Theorien man nicht verstand. Von Lóng gab es sowieso keine richtigen Darstellungen. Zumindest wussten die Leute nicht, was sie davon halten sollten.

Was Oliver anging, änderte sich die Situation schlagartig, als im Netz Aufnahmen des am Gehirn operierten, kahlköpfigen Mannes im Rollstuhl auftauchten – das Gesicht aufgedunsen von vielerlei Medikamenten. Wer diese Schnappschüsse in Umlauf gebracht hatte, ließ sich so wenig feststellen wie rückgängig machen, obwohl Ina, die ebenfalls darauf zu sehen war, gerichtlich dagegen vorging. Die Wirkung dieser Bilder war gewaltig. Sie wurden zum Symbol des gebrochenen menschlichen Geistes im einundzwanzigsten Jahrhundert, zu einer Ikone der menschlichen Hybris und hundertmillionenfach geteilt in den sozialen Medien. Man sah das Motiv alsbald auf T-Shirts gedruckt, an Häuserwände gesprüht, auf Haut tätowiert – oft mit dem Namen: SEUß, wobei der letzte Buchstabe etliche grafische Entstellungen erfuhr. Natürlich dachten viele, dass sich Gott an Seuß dafür gerächt hätte, dass er eines der größten Geheimnisse der Wissenschaft gelüftet und ein weiteres Mal vom Baum der Erkenntnis gegessen hatte – verführt von welchem Teufel auch immer. Dafür war ihm ein furchtbarer Nagel in den Schädel getrieben worden. Nicht wie Stephen Hawking, das Genie, das durch die immer dicker werdenden Mauern seines kranken Körpers hindurch weiter kommunizierte mithilfe der Technik und eines unbändigen Willens. Nein: Seuß war wie der umnachtete Nietzsche mit dem gewaltigen Schnauzer in Weimar, wie der genauso syphilitische Lenin in Gorki: ein erloschener Geist im Rollstuhl.

Oliver überlebte, lebte, überstand die ersten kritischen Wochen. Er konnte selbstständig atmen, aber nicht schlucken und sich auch nicht bewegen. Ein großer Körper, dessen Organe funktionierten. Er wurde künstlich ernährt, gewindelt, gewaschen und regelmäßig im Bett gedreht, damit er sich nicht wund lag. Dieser Zustand stabilisierte sich nach einigen Monaten, sodass Oliver in ein Sanatorium bei Leipzig verlegt werden konnte.

Die Gehirnblutung hatte Oliver erst recht und ultimativ weltberühmt gemacht. Mehrere Filmstudios aus China, Deutschland und Hollywood wollten sein Leben verfilmen. Nachdem Ina allerdings in mehreren Gerichtsverfahren gegen verschiedene Medienunternehmen und Webseitenbetreiber größere Summen Schadenersatz zugesprochen worden war, was die Abbildungen von sich anging, nahmen die Studios Abstand von ihren Projekten, bis geklärt war, wer Olivers Persönlichkeitsrechte vertrat.

Wochenlang hatte Ina unter Schock gestanden. Im Oktober aber, nach der langen vorlesungsfreien Zeit, war sie wieder nach Chemnitz gefahren. Die Lehre und die Arbeit an ihrer Habilitation halfen ihr, zurück ins Leben zu finden. Sie besuchte Oliver so oft wie möglich. Jedes Wochenende, Samstag und Sonntag, und an fast allen Tagen, wo sie nicht an die

Uni musste, wobei ihr auch die juristischen Auseinandersetzungen viel Zeit nahmen. Sie wollte ihre Wohnung im vierten Stock verkaufen und suchte nach einem kleinen Haus für sich und Oliver in der Nähe von Dresden oder Chemnitz, barrierefrei mit Garten und geschützt vor Paparazzi.

Kathrin, die es nicht weit hatte von ihrer Wohnung, kam anfangs öfter ins Sanatorium. Dorfmeister an jedem ersten Dienstag des Monats. Einige Verwandte fühlten sich an Olivers Bett unwohl, da keinerlei Kommunikation möglich war, Oliver gar nichts mitbekam und nicht einmal auf Berührungen reagierte. Im neuen Jahr fing auf einmal auch Vera an, ihren Stiefsohn zu besuchen, was Ina nicht nur überraschte, sondern misstrauisch machte.

Unterdessen hatte das Clay Mathematics Institute von den angesehensten Zahlentheoretikern der Welt Gutachten angefordert, ob der Satz von Seuß als Beweis der Riemannschen Vermutung anerkannt werden könne. Ein Jahr, nachdem Oliver seinen Beweis im Internet veröffentlicht hatte, waren weder Widersprüche noch Fehler daran entdeckt worden, bis auf unwesentliche Details. Längst operierten zahlreiche Forschungsgruppen mit Teilen von Seuß' und Lóngs Lösungswegen, wodurch sich weitere Entdeckungen und Fortschritte in der Zahlentheorie ergeben hatten, die Seuß' Ruhm unter Mathematikern festigten. Zwar mussten, der eigenen Satzung zufolge, zwei Jahre vergehen, bis ein Preis verliehen werden durfte. Ein Vertreter der Stiftung erkundigte sich aber schon einmal in Deutschland nach dem Befinden des Kandidaten und den Möglichkeiten, unter den höchst bedauerlichen Umständen das Preisgeld auszuzahlen.

Gegen Inas Bemühungen, Oliver in ein Sanatorium nahe Dresden zu verlegen, erhob Vera Einspruch. Die beiden Frauen liefen sich kurz darauf in der Heilstätte über den Weg, wo Vera erklärte, dass sie die gesetzliche Vertreterin von Oliver sei. Die Verlobung müsse ja wohl als gegenstandslos und eine Heirat mittelfristig als ausgeschlossen angesehen werden, da Oliver nicht einmal einen Finger krümmen könne, um seinen Willen zu bekunden. In Zukunft werde sie auch die Betreuung von ihm übernehmen. Ina stünde es natürlich frei, Oliver jederzeit zu besuchen. Angesichts der traurigen Perspektive würde sie ihr allerdings nicht verdenken, wenn sie sich von ihm löse, ja, ihr sogar raten, bei allem Respekt, Oliver so, wie er gewesen war, in Erinnerung zu behalten, und sich nach einem anderen Mann umzusehen. Sie sei ja noch jung. Ina entgegnete nur, dass sie um Oliver kämpfen werde und all diese Fragen gerichtlich entschieden würden, wenn Vera bei ihrem Standpunkt bleibe und es darauf anlege.

Nach diesem unerfreulichen Gespräch intensivierte Ina die Suche nach einem Haus und entschied sich schließlich für eins in Pieschen, dem nordwestlichen Stadtbezirk Dresdens, wo sie siebeneinhalb Jahre zuvor Oliver kennengelernt hatte in jenem Biergarten an der Elbe. Der kleine und nicht besonders attraktive Flachbau aus der Nachwendezeit befand sich auf einem Grundstück, dessen Größe hauptverantwortlich war für den stolzen Kaufpreis, aber auch Ruhe und Privatsphäre versprach, mit einer Mauer an einer Seite und einer hohen Hecke sonst drum herum. Ihre Wohnung in der Innenstadt konnte Ina für das Zweieinhalbfache dessen, was sie seinerzeit bezahlt hatte, verkaufen. Bei den historisch niedrigen Zinsen und dem Eigenkapital, das sie vorzuweisen hatte, war es nicht schwer, an eine Baufinanzierung zu kommen, zumal man sich in ihrer Familie mit solchen Dingen auskannte.

Ein Jahr nachdem Oliver seine Arbeit verteidigt hatte, zog

Ina um, wobei ihr einige Freunde halfen. Als sie am nächsten Abend das erste Mal allein war in dem Haus, weinte sie. Das passierte ihr nie, wenn sie bei Oliver am Bett saß, zu ihm sprach, ihm vorlas, seine Hand streichelte. Aber an dem Abend weinte sie lange. Sie konnte auch nicht immer stark sein, die Habilitation vorantreiben, ihren Lehrverpflichtungen in Chemnitz nachkommen, mit Ärzten und Anwälten sprechen. Valenteraschkowina, das Gegenteil einer Kosmonautin, hatte sich ängstlich irgendwo verkrochen. Hoffnung machten Ina immerhin die Fortschritte Olivers, der gelernt hatte, Essen zu schlucken, also gefüttert werden konnte. Die Möglichkeit, dass er das Sanatorium verließ, rückte näher.

Das Verfahren um das Betreuungsrecht sollte am Landgericht Leipzig eröffnet werden. Um sich ein Bild von den familiären Verhältnissen machen, die sich daraus ergebenden Vorrechte mit dem anzunehmenden Willen des Betreuungsfalls einerseits, den Wünschen der Angehörigen andererseits abgleichen sowie die Vor- und Nachteile der in Aussicht stehenden Betreuungsmodelle beurteilen zu können, lud die Richterin Vera, Ina, Kathrin und weitere Angehörige vor. Ina legte jedoch Beschwerde gegen den Gerichtsstand ein. Wer Oliver gesetzlich vertreten, wer sich um ihn kümmern und zu wem er nach dem Sanatoriumsaufenthalt kommen würde, sollte ihrer Ansicht nach am Landgericht seines bisherigen Wohnortes, in Dresden, entschieden werden.

Da Ina nicht auf Zuschüsse von Olivers Krankenkasse warten wollte, kostete die behindertengerechte Renovierung des Hauses nicht nur eine Unsumme. Ina musste den Handwerkern auch noch hinterherrennen. Die Anwälte verlangten ebenfalls nicht wenig. So ging das Geld von den gewonnenen Schadenersatzprozessen schnell zur Neige.

Kathrin schickte Ina eine Nachricht, dass sie mit ihr sprechen wolle. Sie verabredeten sich bei Oliver.

An einem warmen Spätsommertag schoben sie ihn im Rollstuhl durch die große Parkanlage. Unter einer hohen Buche setzten sich die beiden Frauen auf eine Bank. Ina bot Kathrin eine Zigarette an.

»Weißt du, ich bin nich sehr mobil. Für mich wärs besser, Oli is in Leipzig. Oder du hättest hier n Haus gekauft.«

»Ich hab in dem neuen Haus genug Platz und ein Gästezimmer. Da kannst du auch mal mehrere Tage bleiben. Das wäre schön. So lernen wir uns auch besser kennen.«

»Ja, aber die Fahrt. Das kann ich ooch nich oft machen.«

»Mit den Tickets kann ich dir helfen.«

»Schön. Aber seine übrigen Verwandten, die wohnen eigentlich alle hier in der Nähe. Un das hilft ja ooch, wenn da immer ma jemand vorbeikommt.«

»Oliver war nie so der Familienmensch. Außer Achim und Vera hat der all die Leute nur manchmal auf einem Gartenfest gesehen. Du bist auch nich gerade der Familienmensch.«

»Ja, früher. Aber jetz in der Not, da hält man schon zusammen.«

»Glaubst du? Hat dir deine Familie geholfen? Du hast ja auch einiges durchgemacht?« Kathrin drückte die Zigarette auf dem Kiesweg aus.

»Bei mir, das war speziell. Mit meinem Vater. Das ging damals in der Wendezeit ooch alles drunter und drüber un viel zu schnell. Da hing ich, hasde nich gesehn, zwee Jahre mit irgendwelchen Punkern aus Hannover rum, zog mir das ganze schöne Zeug rein, dazwischen noch ne Abtreibung. Das war verdammt selbstdestruktiv. Deswegen muss mer jetz umso mehr zusammenhalten.«

»Ich bin der Mensch, der Oliver am nächsten ist, und ich werde mich gut um ihn kümmern.«

»Vera sieht das anders. Die will, dass wir beede uns zusammentun. Ich un sie.«

Ina schluckte. »Hier in Leipzig?«

»Darum solls doch vor Gericht gehn. Wer Oli nimmt.«

»Ihr wollt euch zusammen um Oliver kümmern?«

»Naja, Vera will sich um alles kümmern, hat sie mir versprochen. Dafür braucht sie aber meine Unterstützung, dass Oli hier bei ihr in e gutes Heim kommt.«

»In ein Heim! Das kennt er ja!«

»Du, ich will hier kee moralisches Ding draus machen.« Sie warf ihre Kippe ins Gras.

»Hat sie dir noch etwas versprochen?«

»Deswegen wollte ich mit dir sprechen. Du weeßt ja, dass meine Situation nich so leicht is. Ich meine, ich werd ooch älter. Un so richtig vorgesorgt hab ich nich.«

»Wie viel will dir Vera denn geben? Ich denk mal von der Million.«

»Ich mag dich. Mehr als die. Sonst würde ich dir das alles nich erzähln. Wenn du mir das gibst, was mir Vera gesagt hat, muss ich nich weiter überlegen.«

»Hunderttausend?«

»Genau.« Das kam wie aus der Pistole geschossen.

»Aber vielleicht geht sie noch höher, wenn du ihr sagst, du hättest jetzt auch mit mir gesprochen. Hundertfünfzigtausend?«

Kathrin überlegte. »Nee, ich will nich feilschen. Mit hunderttausend fang ich n neues Leben an. Damit schaff ich es sicher.«

»Du hast einmal Oliver weggegeben und nichts dafür bekommen, außer einem Batzen Schuld. Jetzt gibt es noch mal die Möglichkeit.«

»Pass off, was de sagst. Wir müssen ooch nich weiterreden.«

»Und wie kannst du sicher sein, dass Vera dir das Geld gibt?«

Ina holte ein Handy aus der Tasche und wackelte damit vielsagend in der Luft herum.

»Du hast euer Gespräch aufgenommen?«

Kathrin zuckte die Schultern.

»Das ist strafbar.«

»Na, und?«

»Wird vor Gericht auch gar nicht anerkannt. Aber weiter müssen wir beide wirklich nicht mehr reden. Meine Antwort ist Nein. Auf gar keinen Fall werde ich jetzt oder irgendwann ein Geschäft mit Oliver machen. Du tust mir leid, Kathrin. Du hast nichts gelernt aus deinem Leben.«

Ina stand auf, löste die Bremse vom Rollstuhl, in dem Oliver die ganze Zeit still gesessen hatte, und schob ihn fort.

»Ach, spiel dich doch nich so off, du Westtrulla«, rief Kathrin ihr hinterher. »Hätt ich doch sowieso nich gemacht. Ich brauch gar nichts. Von niemandem. Aber ne Zigarette könnsde mir dalassen.«

Ina blieb kopfschüttelnd stehen, ohne sich umzudrehen. Kathrin kam heran, zog sich zwei Zigaretten aus der hingehaltenen Schachtel. »Feuer?«

Ina gab ihr das Feuerzeug.

Kathrin zündete sich eine Zigarette an. »Kannst du mir sagen, warum Vera ihn Kaffeemaschine nennt? Meine goldene Kaffeemaschine?«

Im ersten Jahr nach Olivers Zusammenbruch sprach Ina nicht viel mit den Menschen, die ihr nahestanden, nicht mit ihrer Mutter, ihrem Vater, ihren Brüdern, kaum mit Freundinnen und Freunden. Nur mit Siggi, der einmal auch zusammen mit Wenzelbrunn Oliver besuchte, hatte sie sich angefreundet, sprach sie mehr. Siggi brachte stets einen Packen an die Fakultät adressierte Briefe für Dr. Seuß mit, worin sich ältere Menschen aus der ganzen Welt – Wissenschaftler, Mathematiker oder nicht – nach Seuß' Befinden erkundigten, Fragen stellten, ihm dankten. Die etwas Jüngeren schickten zahllose E-Mails an verschiedene im Netz gefundene Adressen von Fakultätsmitgliedern, die diese an Dorfmeister weiterleiteten, der sie aber genauso wenig wie Ina alle durchzusehen vermochte.

Inas Beschwerde wurde vom Oberlandesgericht im Oktober abgelehnt. Die Sache sollte nun zügig verhandelt werden, da sich Olivers körperlicher Zustand weiter verbessert hatte. Er konnte jetzt schon mehrere Minuten aufrecht sitzen im Bett oder auf einem Stuhl.

So viele Leute kümmerten sich um ihn: Ärztinnen, Psychologen, Therapeutinnen, Krankenpfleger. Sie machten Ina Hoffnungen, dass er in einem halben Jahr würde stehen können.

Ina sprach viel zu Oliver. Wenn sie allein waren. In dem Proseminar, das sie in Chemnitz hielt, lächelte sie auch, lachte sogar, sprach laut, erklärte, lobte, ermutigte. Lehren, merkte sie, konnte ein Weg für sie sein.

Nach Anhörung aller Seiten, der Vorgeschichte, der Berichte, wie Oliver zu seiner Stiefmutter und auch zu seinem Vater gestanden hatte, nach Henrys Erklärung, dass sie alle ja schon zur Hochzeit eingeladen gewesen waren, angesichts der Festigkeit, mit der Ina zu ihrem Verlobten stand, und aller Vorkehrungen, die sie für seine Rückkehr getroffen hatte, nicht zuletzt aber auch der Fürsprache wegen, die Ina vonseiten der leiblichen Mutter erhielt, sprach die Richterin im Dezember Ina das Betreuungsrecht zu.

Endlich konnte Ina Oliver in eine medizinische Einrichtung nach Dresden bringen lassen.

Genau zwei Jahre nach der Veröffentlichung des Beweises kündigte das Clay Institute die Überweisung des Preisgeldes an. Aus diesem Anlass fand an der TU Dresden ein großes internationales Kolloquium statt, wo der Preis stellvertretend an Ina vergeben wurde. Oliver war bei der Festveranstaltung nicht anwesend. Einem solchen Ansinnen hatte sich Ina strikt verweigert.

Es dauerte noch das ganze Jahr, bis Oliver in Inas Haus gebracht werden konnte. Weihnachten saß er im Rollstuhl am Tisch zusammen mit Ina, ihrem jüngeren Bruder, seiner Frau und Kathrin.

Ina hatte zahlreiche Maschinen, um Oliver auch allein zu heben und zu halten. Diese Geräte und Einbauten waren teuer gewesen, wobei die Krankenkasse den Großteil übernommen, Ina nur die Extras bezahlt hatte. Die Maschinen machten das häusliche Leben mit Oliver dauerhaft möglich. Oliver wog über dreißig Kilogramm mehr als Ina. Oft am Abend im Bett – zum Glück musste er nicht mehr gewindelt werden – sprach sie zu ihm, erzählte ihm ihr und sein ganzes Leben, summte oder sang Lieder, las ihm vor, ganze Bücher, einige mehrmals. Er machte sich nur bemerkbar, wenn er Hunger hatte oder seine Notdurf verrichten musste. Darüberhinaus reagierte er nur auf Wärme und Berührung, wenn sie sich an ihn kuschelte. Dann bog oder streckte er sich ihr ein wenig entgegen, als ob ihre Wärme in seinen Organen wohltuend ankam. Wenn sie ihm dann noch den Rücken kraulte oder durch die Haare fuhr, nahm sie ein leises Schnurren wahr.

Oliver blieb ansonsten willenlos, stumm, fast unbeweglich. Man konnte ihn hinstellen oder auf einen Stuhl setzen. Eine Weile stand oder saß er so da. Dann sank er zusammen. Wenn Ina ihn laut ansprach, zuckte er vielleicht zusammen und straffte seine Haltung. Aber wenig später rutschte er wieder in sich hinein. Seine inneren Organe funktionierten einwandfrei. Seine Gliedmaßen jedoch gebrauchte er nicht. Man drückte ihm einen Löffel in die Hand, führte die Hand damit zum Mund, und er kaute und schluckte. Von allein löffelte er nicht. Allein wäre er an einem gedeckten Tisch verhungert, wenn Ina, die an drei Tagen für einige Stunden engagierte Haushaltshilfe oder der Pflegedienst ihn mithilfe eines gut abgestimmten Plans nicht gefüttert hätten.

Einmal in der Woche bezahlte Ina auch einen zusätzlichen Physiotherapeuten. Einmal im Monat fuhr sie mit Oliver zu einer renommierten Neuropsychologin. Noch reichte das Geld von ihrer Stelle und Olivers Behindertenrente. Die Clay-Million wollte sie nicht anrühren. Aber wenn sie habilitiert sein würde, kam finanziell eine Durststrecke auf sie zu als unbezahlte Privatdozentin. Dann würde sie die Filmstudios kontaktieren.

Valenteraschkowina, die nie in den schönen Garten, höchstens einmal auf die Terrasse ging, kam bestens aus mit dem erloschenen Geist. Sie lag immer in seiner Nähe, oft sogar – was sie sonst bei niemandem machte – auf seinem Schoß, was ihm genauso wie ihr gefiel. Nie krümmte er dabei auch nur einen Finger.

Ina nahm es als Glück, dass er am Leben, dass er physisch erstaunlich gesund war, die Atmung, Verdauung, die Gliedmaßen. Nur bewegte er sich kaum. Oft sah es so aus, als ob er mit offenen Augen schliefe. Allerdings hatte er morgens manchmal eine Erektion, was Ina anfangs schockierte. Träumte er etwa?

Im April, an einem schönen Morgen weitete er einmal die Nasen- und dann die Lungenflügel, als wollte er den Frühling in sich hineinziehen. Aber das war für längere Zeit die einzige Regung, die sie von ihm mitbekam.

Sie hatte so viel zu tun. An der Universität. Zu Hause, dass Oliver gut versorgt wurde. Selten hielt sie einmal einen Vortrag außerhalb, obwohl sie viele Einladungen bekam. Das allermeiste sagte sie ab. Musste sie absagen. Ihr fehlte schlicht die Zeit. Manchmal weinte sie vor Kraftlosigkeit still ins Kopfkissen.

»Das geht alles sehr langsam«, sagte die ältere Neuropsychologin, »gerade am Anfang. Herr Seuß ist ja noch jung.« Ina erwiderte darauf nichts. Drei Jahre nach dem Unglück kam es ihr nicht mehr wie ein Anfang vor. Oliver war mittlerweile dreiunddreißig und sie selbst noch ein bisschen älter.

Die Arbeit an der Habilitation – eine Weiterentwicklung ihres Vortrags in Olivers Kolloquium zu speziellen *Übereinstimmungen im Verhalten von Quantensystemen und Primzahlen,* der durch Olivers Beweis und Lóngs Verdichtung und Abwandlung entscheidende Impulse erfahren hatte – schloss sie im September erfolgreich ab. Ina leistete damit nicht nur einen Beitrag zum Verständnis des Satzes von Seuß. Sie konnte sich auch Hoffnungen auf eine Stelle an einer Forschungsinstitution oder gar auf eine Berufung machen – mit Geschick und Geduld, denn so viele Ausschreibungen gab es auch wieder nicht in ihrem Gebiet.

Von einer namhaften amerikanischen Universität wurde ihr bald darauf eine Assistenzprofessur mit der Möglichkeit der stufenweisen Beförderung angeboten. Auch Dr. Seuß sei herzlich willkommen in Kalifornien. Sie rief bei dem Institutsleiter an und erkundigte sich näher – auch nach der Krankenversicherung für sich und ihren Mann. Der Professor fragte zurück, ob es schon eine Prognose gebe, wann Dr. Seuß wieder sprechen könne. Danach war das Gespräch ziemlich schnell beendet.

Es gab noch einige andere EU-Länder mit einer akzeptablen Gesundheitsfürsorge und guten Universitäten, wo sie theoretisch hätten leben können. Aber eigentlich war sie mit Oliver an Deutschland und erst einmal auch an Sachsen gebunden. Länger allein mochte sie ihn nicht lassen. Auch als sie eine Gastdozentur an der TU Berlin bekam, blieb sie nie über Nacht. Wieder einmal in einen Techno-Club zu gehen, kam ihr gar nicht in den Sinn.

Sie hatte auch schwache, dunkle Momente, wenn es Oliver nicht gut ging, wenn sie müde zurückgekommen war aus Berlin oder von Stellen, auf die sie sich beworben hatte, Absagen erhielt oder wenn sie ihr Leben betrachtete. Einmal an einem trüben, kalten Sonntag im November schob Ina den Rollstuhl auf knirschenden Wegen vorbei an den winterkahlen, menschenleeren Schrebergärten, vorbei an den Kastanienbäumen, suchte und fand drei Kastanien, versuchte, sie Oliver in die Hand zu drücken, legte sie ihm auf den Schoß, von dem sie bald schon herunterkullerten. Das tat ihr so weh. Menschen waren nur wenige unterwegs an dem ungemütlichen Tag. Vereinzelte Radfahrende, denen das Wetter nichts auszumachen schien. Sie sah über die stumpfen Wiesen, den grauen, schnellen, an einigen Stellen, wie sie wusste, gefährlich wirbelnden Fluss hinüber auf das Ostra-Gehege und daneben die glanzlose orientalische Kuppel der einstigen Tabakfabrik. Oliver starrte eingefallen vor sich hin. Es zog ihr das Herz zusammen, dass er die Welt nicht mehr sah. Sie blieb stehen, fasste seine kalten Ohren, strich über seine nicht ganz so kalten Wangen, griff nach seinen warmen Händen. Er war ja da! Hier. Mit ihr. Und sie mit ihm. Er war ihr geblieben. Nicht wie damals ihr Freund in der Schule. Ihr armer Mann. Eine hilflose warme Hülle. »Rockmusik«, sagte sie laut und rüttelte ihn. »Äh, Ba-Rock-Musik.« Sie zog ein Taschentuch hervor, schnäuzte sich. Schluchzte. Sie schüttelte sich vor Kälte, lächelte, rieb ihm die Oberarme, streichelte ihm das Gesicht, küsste ihn und schalt sich, dass sie ihm noch nie Musik vorgespielt hatte. »Barockmusik! Natürlich, mein Nebelchen.« Sie schüttelte den Kopf. »Bach. Ach, wie konnte ich dich nur so lange ohne Musik lassen.« Sie würde niemals in den Fluss gehen. Sie würde ihn niemals verlassen.

Bei einem Essen in ihrem Haus mit Wenzelbrunn, Siggi und deren wunderbaren Gattinnen ließ sie die Bemerkung fallen, dass man bei den weiter steigenden Immobilienpreisen ein Haus auch wieder verkaufen könne. Wenzelbrunn, der sich seit jener in Aussicht gestellten Doppelberufung nicht mehr mit Ina über ihre akademische Zukunft ausgetauscht hatte, nickte bedächtig: Er werde in ihrer Sache erneut mit der Rektorin sprechen und auch mit Frau Dr. Stange, die sich bei ihrem letzten Treffen nach Ina und Oliver erkundigt habe. Sie sei zwar nach den letzten Wahlen nicht mehr Ministerin, aber nach wie vor gut vernetzt und könne einiges bewirken.

Wochenlang hörte Ina nichts von Wenzelbrunn. Als Siggi sie das nächste Mal besuchte, sprach sie ihn darauf an. Der altgewordene Professor zuckte die Schultern und schwieg mit einem Glas Saale-Unstrut in der Hand und Händels *Wassermusik* im Hintergrund.

»Hebel! Nicht Händel!«, rief Dorfmeister plötzlich.

Erschrocken fuhr Ina auf.

»Wir brauchen einen Hebel. Was ist von dem Millennium-Preisgeld übrig? Ist das alles hier ins Haus geflossen?«

Ina schüttelte den Kopf und zog eine Augenbraue hoch. »Ich komme aus einer wohlhabenden Familie und kann mit Geld umgehen. Das liegt nach wie vor auf Olivers Konto, komplett, obwohl das natürlich nicht sehr intelligent ist in Zeiten von Negativzinsen. Aber ich fass das nicht an, weil die Riemannsche Vermutung Oliver ja zum Teil auch zerstört hat.«

Dorfmeister schüttelte den Kopf und fragte nach, ob sie über das Konto verfügen könne. Sie nickte. Da erklärte er ihr, wie sich möglicherweise die zwei größten sächsischen Städte und Universitäten gegeneinander ausspielen ließen, wie die alte Rivalität zwischen dem Handels-, Wirtschafts- und Wissenschaftszentrum im Norden und der barocken Kunst- und Machtmetropole im Süden des Landes Ina zu einer Berufung verhelfen könne.

Oliver machte durch eine Schwimmtherapie kleine Fortschritte, bekam etwas mehr Körperspannung, bewegte etwas öfter die Beine, Schultern, Arme, wobei das recht mechanisch blieb, ohne dass sich sein Wille regte. Er schien sich zu freuen, wenn ihn jemand umarmte, hielt, streichelte. Er grunzte dann regelrecht, egal, wer ihn in die Arme nahm, ob Ina, Kathrin oder Verwandte, die ab und zu vorbeikamen, sogar mütterlicherseits, wobei Ina ihnen strengstens untersagte, Fotos oder gar Selfies zu machen; sie würde vor weiteren Klagen nicht zurückschrecken.

Rebekka Wolf, die kurz vor und eine Weile noch nach der Katastrophe die PR-Arbeit für Oliver gemacht hatte und dann zurückgegangen war in eine kleine nordafrikanische Stadt, deren Namen sie niemandem verriet, kam zu Besuch und drückte Ina so fest, dass dieser fast schwindlig wurde von all dem, was sich dabei übertrug an Wüsten- und Oasengeist, eine Transfusion, die Ina ihr auch bei Oliver erlaubte. Die zwei drahtigen Frauen legten den schweren Mann auf einen Teppich, den Rebekka als Geschenk mitgebracht hatte, sie drehte Oliver ein bisschen hin und her wie einen prallen Thunfisch, dann umarmte die mittlerweile pensionierte Frau ihren einstigen Schüler lange und fest – und zeigte Ina hernach einige Techniken der körperenergetischen Kommunikation. Das gefiel ihm. Merklich. Wie einem riesigen Permafrostbaby der Klimawandel.

In den folgenden Wochen glaubte Ina zu bemerken, wie der Hunger und der Trieb in ihm stärker wurden. Eines Morgens ergriff sie die Gelegenheit und versuchte, ihn zu befriedigen, vorsichtig, mit der Hand und einem neutralen Massageöl ohne Aromastoffe, das der Physiotherapeut dagelassen hatte. Sie schämte sich schrecklich dafür – wiederholte den Versuch gleichwohl in den nächsten Wochen, indem sie sich nackt an ihm rieb, einmal sogar mit der Geräuschkulisse eines Pornos. Das schien Oliver zu gefallen. Er kam aber nie.

Es gebe Fälle, sagte die Neuropsychologin, die lange wie in sich eingeschlossen blieben und eine Initialzündung bräuchten, damit versehrte Gehirnareale wieder erwachten und beginnen, sich zu reparieren, neue Verbindungen aufzubauen.

Siggis Plan, dass Ina auf der Grundlage der Clay-Million eine gemeinnützige Stiftung ins Leben rief und dafür Spenden namhafter Persönlichkeiten, mathematik- und wissenschaftsbegeisterter Teile der Bevölkerung sowie von Unternehmen gerade aus der mittlerweile wieder fest ortsansässigen Hochtechnologiebranche sammlte, nahm Gestalt an. Da Ina bislang in der Öffentlichkeit sehr dezent in Erscheinung getreten war und das symbolische Kapital von Oliver Seuß zusammengehalten hatte, fiel es ihr leicht, Menschen für ihr Vorhaben zu gewinnen. Olivers Schicksal bewegte die Menschen. Sie spendeten zahlreich. Ziel der Stiftung sollte die Finanzierung einer außerordentlichen Professur für Mathematik und die Unterstützung der Grimmaer Gauß-Schule sein, des altehrwürdigen Spezis – ein Aspekt, der die ostdeutsche Seele und den sächsischen Stolz besonders ansprach. Die Frage, wo die Stiftung ihren Sitz haben würde, sollte im Einklang mit dem Dresdner Staatsministerium für Wissenschaft und Kunst und natürlich in Absprache mit der TU Dresden einerseits und der Universität Leipzig andererseits entschieden werden. Dresden oder Leipzig. Dort würde Ina mit ihrem Mann bleiben oder hinziehen. Dort sollte die Seuß-Professur für einjährige Gastprofessuren unter besonderer Berücksichtigung weiblicher Kandidaten eingerichtet werden. Nur diese zwei Hochschulen kamen infrage, wie Ina dem Leipziger Rektor und der Dresdner Rektorin klarmachte: Leipzig in unmittelbarer Nähe zu seiner Geburtsstadt Borna, wodurch Oliver als heimgeholter Leipziger gelten könne. Oder Dresden, wo der gebürtige Sachse studiert, geforscht, die Riemannsche Vermutung bewiesen und auch seine Frau gefunden habe, Dresden, wo er immer noch lebe. Das wäre – wie Ina gegenüber dem Staatsminister, dem Rektor und der Rektorin nicht zu erwähnen vergaß – auch für sie die Frage: Welche Universität, welche Fakultät sie verstärken könne berufenermaßen. Das Kapital der Seuß-Stiftung betrage mittlerweile fast drei Millionen

Euro, eine Summe, die sie auch dem Bürgermeister von Leipzig unter die Nase rieb, ohne zu verschweigen, welches Licht auf die Stadt fiele, wenn Oliver hier wie seine Mutter auf der Strecke bleiben würde.

»So ein Hebel«, hatte Siggi prophezeit, »wird sie richtig in Bewegung setzen an der Elbe-h, ha.«

Es dauerte keine sechs Monate, und Ina erhielt einen Ruf an die TU Dresden, zur übergroßen Freude Dorfmeisters, der kurz davor emeritiert worden war und sich nun, wie er sagte, verstärkt der Dichtung widmen wolle.

»Oliver, mein Lieber«, sagte sie Monate später nach ihrer kleinen Geburtstagsfeier, als sie ihn ins Bett gelegt und sich selbst ausgezogen hatte, und drückte seine Hände, damit er die Augen noch einmal öffnete, »mein lieber Mann, ich möchte so sehr ein Kind.« Seine Augenlider sanken herunter. »Von dir. Ich bin jetzt siebenunddreißig.«

»O«, zuckte sie zusammen, »li!«

»Siebenunddreißig«, wiederholte sie zaghaft.

Wieder drückte er ihre Hände.

»Achtunddreißig«, hauchte sie, »neununddreißig«, als ob sie sich nicht getraute, »vierzig«, als ob sie sich schämte für eine traumhafte Eingebung, die sich sogleich als Illusion erweisen würde. »Einundvierzig«, sagte sie schnell und spürte ganz deutlich, wie er zugriff. Sie zitterte. »Zweiundvierzig.« Nichts. Sie wartete einen Moment. »Dreiundvierzig.«

Er drückte ihre Hand und öffnete die Augen.

Sie zählte weiter bis einhundert, und er schnappte noch genau elfmal zu bei jeder Primzahl.

Sie fiel ihm um den Hals, küsste ihn, sein ganzes Gesicht, seine Lippen, seine Augen, seine Brauen, seine Wangen. Sie küsste seinen Hals, seine Hände, seinen Nabel. Sie setzte sich auf ihn, hielt seine Hände, führte sie über ihr Gesicht, ihre Wangen, ihren Hals, ihre Brüste und weinte, weinte, weinte. Sie dankte Gott und zählte die ganze Nacht.

FSC
www.fsc.org
MIX
Papier aus verantwortungsvollen Quellen
FSC® C014496

Verlagsgruppe Random House FSC® N001967

PENGUIN VERLAG

1. Auflage

Umschlaggestaltung: Sabine Kwauka
Umschlagabbildung: © Arcangel / Cheryl Clegg
Satz: Vornehm Mediengestaltung GmbH, München
Druck und Bindung: GGP Media GmbH, Pößneck
Printed in Germany
ISBN 978-3-328-60128-9
www.penguin-verlag.de

Dieses Buch ist auch als E-Book erhältlich.